HORST BOSETZKY

Promijagd

BERLINER JAGDSAISON Berlin-Schöneberg. Bernhard Jöllenbeck, 39 Jahre, Politiker der NeoLPD, wird am U-Bahnhof Bayerischer Platz von einem Zug überrollt. Der Zugführer und ein Zeugin wollen gesehen haben, dass ihn jemand auf die Gleise gestoßen hat, andere sprechen davon, dass er selbst gesprungen ist. Sicher ist nur: Ein Mann ist geflüchtet. Die Ermittlungen führt Kriminaloberkommissar Gunnar Schneeganß. Kurze Zeit später wird der bekannte Promipsychiater Dr. Hagen Narsdorf erpresst. Der tote Politiker war einer seiner Patienten gewesen.

Narsdorf findet heraus, dass auch einige seiner Patienten erpresst werden und bittet den bereits pensionierten Kommissar Hans-Jürgen Mannhardt um Hilfe. Gemeinsam mit seinem Enkel Orlando beginnt Mannhardt zu ermitteln. Schnell wird dem erfahrenen Ermittler klar, dass ein skrupelloser Soziopath Jagd auf Berlins Prominente macht …

Horst Bosetzky, geboren 1938, lebt in Berlin. Er ist emeritierter Professor für Soziologie und veröffentlichte neben wissenschaftlichen Beiträgen, Romanen, Drehbüchern und Hörspielen seit 1971 unter dem Pseudonym -ky zahlreiche, zum Teil verfilmte Kriminalromane. Für seine schriftstellerische Arbeit wurde er mehrfach ausgezeichnet: 1980 Preis für den besten deutschsprachigen Kriminalroman, 1988 Prix Mystère de la Critique für den besten ausländischen Kriminalroman in französischer Sprache, 1991 Kultur-Bär der BZ, 1992 Ehren-Glauser des »Syndikats« für das Gesamtwerk und die Verdienste um den deutschsprachigen Kriminalroman, 1995 Berliner Krimi-Fuchs, 2005 Bundesverdienstkreuz. -ky hat zu verschiedenen Gmeiner-Anthologien Kurzgeschichten beigetragen. Mit »Promijagd« erscheint sein zweiter Kriminalroman um den Berliner Ex-Kommissar Hans-Jürgen Mannhardt im Gmeiner-Verlag.

Bisherige Veröffentlichungen im Gmeiner-Verlag:
Unterm Kirschbaum (2009)

HORST BOSETZKY

Promijagd

Kriminalroman

Original

GMEINER

Personen und Handlung sind frei erfunden.
Ähnlichkeiten mit lebenden oder toten Personen
sind rein zufällig und nicht beabsichtigt.

Besuchen Sie uns im Internet:
www.gmeiner-verlag.de

Im Ehnried 5, 88605 Meßkirch
Telefon 07575/2095-0
info@gmeiner-verlag.de

1. Auflage 2010

Lektorat: Claudia Senghaas, Kirchardt
Herstellung / Korrekturen: Daniela Hönig / Katja Ernst,
Sven Lang
Umschlaggestaltung: U.O.R.G. Lutz Eberle, Stuttgart
unter Verwendung eines Fotos von: Koosinger / photocase.com
Druck: Fuldaer Verlagsanstalt, Fulda
Printed in Germany
ISBN 978-3-8392-1085-7

Be Berlin.
Be in therapy.
Be in the capital of losers.

1

Die Reinickendorfer Kriminacht hatte sich in anderthalb Jahrzehnten von der schlichten Lesung zur großen Show entwickelt, und Henning Hanke war stolz und glücklich, dass man ihn diesmal nach Tegel eingeladen hatte. Mit seinem Roman ›Berliner Blut‹ hatte er es endlich geschafft, richtig wahrgenommen zu werden.

In früheren Zeiten hatte das mit Abstand größte Berliner Krimifestival auf einer künstlichen Insel im Tegeler Hafen stattgefunden und bis zu 700 Besucher angelockt, wegen vieler verregneter Sommer und der anstehenden Bebauung des Eilands war man in die am Ufer gelegene Humboldt-Bibliothek gezogen, in deren postmoderne Halle nur an die 350 Stühle passten. Für Henning Hanke, der bislang lediglich in kleinen Buchhandlungen mit höchstens 30 Plätzen gelesen hatte, war das immer noch eine Zahl, die ihn heftig fiebern ließ. Würde er zu stottern anfangen, würde er einen Blackout haben, wenn ihn der Moderator nach seinen Motiven fragte, Krimis zu schreiben? Würden ihm beim Lesen die Buchstaben vor den Augen verschwimmen, würde er sich andauernd verhaspeln und schließlich kollabieren? Alles war möglich. Am liebsten wäre er aus der Halle gelaufen. Was ihn am meisten verunsicherte, waren die Stars der Szene, die vor und nach ihm an der Reihe waren. Dutzende von Romanen und Drehbüchern hatten sie geschrieben und waren mit diversen Preisen bedacht worden, wer wollte da ihn hören, den No-Name-Autor mit seinem Debütroman.

Zu allem Unglück musste er auch noch ewig warten, bis er an der Reihe war, kurz vor der Pause, und das war eine Art Psychofolter für ihn. Hörte er die Texte der anderen, kam er sich wie ein Stümper vor. Zum Glück gab es kurze Musikstücke zwischen den Auftritten der Kolleginnen und Kollegen, die zwar alle lieb und nett waren, aber zugleich doch Konkurrenten und Feinde. Auch diese ambivalenten Gefühle waren eine Last, und mit ihnen fertig zu werden, kostete Kraft, Kraft, die ihm nachher fehlen würde, wenn er auf der Bühne saß, allein wie ein Boxer im Ring.

Und noch etwas belastete Henning Hanke. In seinem Buch gab es einen Mord auf offener Bühne, das heißt, ein Irrer stürzte nach vorn, um einen Schriftsteller abzuknallen. Nein, das konnte er unmöglich lesen, das rief womöglich Geister auf den Plan, die … Er griff nach seinem Roman, um in aller Eile eine andere Passage herauszusuchen.

Dann war es so weit. Fast hätte er seinen Einsatz verpasst, denn als der Moderator seinen Namen rief, schaute er sich nur suchend um und brauchte Sekunden, um zu realisieren, dass er dieser Henning Hanke war, der nun auf die Bühne kommen sollte. Er stolperte die Treppe hinauf. Der Beifall der Menge kam ihm höhnisch vor.

»Ist das Ihr Pseudonym?«, fragte der Moderator. »Weil Sie auf Henning Hanke gar nicht reagiert haben?«

»Ich heiße wirklich so.« Henning Hanke zog seinen Ausweis aus der Brusttasche seines Jacketts und hielt ihn dem Moderator vor die Nase.

»Richtig. Henning Hanke also wirklich. ›Berliner Blut‹ heißt Ihr Roman – was ist denn so besonders an dem Berliner Blut als solchem?«

Fragen dieser Art hatte Henning Hanke gefürchtet, denn mit fetzigen Antworten tat er sich schwer. Er war ein Schriftsteller, der Zeit brauchte, um etwas zu formulieren, und kein Kabarettist, der aus dem Stegreif Pointen abfeuern konnte.

»Bei ›Berliner Blut‹ denkt man automatisch an ›Wiener Blut‹«, brachte er schließlich hervor, doch von den Leuten in der Halle kannte kaum einer die Operette von Johann Strauß mit dem Libretto von Victor Léon und Leo Stein, sodass er erst zu einer umständlichen Erklärung ansetzen musste.

»Ah, ja«, unterbrach ihn der Moderator schließlich. »Und bei Ihnen im ›Berliner Blut‹ geht es nun zu wie in einer Wiener Operette?«

»Ja«, antwortete Henning Hanke, obwohl es eigentlich Stuss war, was er da erzählte. »So komisch wie da, denn ›Wiener Blut‹ ist ja eine komische Operette. Mein Held heißt Leander und kommt aus Wien und ist Basketballer … Sozusagen ein langer Wiener …« Dass an dieser Stelle niemand lachte, irritierte ihn, denn der Vergleich mit einem Würstchen war doch ganz witzig. »Also, Leander begegnet hier in Berlin einem Serientäter, und der hat sozusagen Berliner Blut an den Händen.« Dass er andauernd sozusagen sagte, war mehr als peinlich. »Die beiden sind sozusagen eine Dyade.« Schon wieder. »Also, ich meine: ein Paar, das in seinen Rollen aufeinander bezogen ist.«

»Was ist denn das Spannende an einem Serientäter?«, fragte der Moderator.

»Na, dass der Mann nicht nur einen Mord begeht, dass es sozusagen ein Reigen ist, ein Reigen des Tötens, kein Reigen der Liebe wie bei Schnitzler. Nicht der Karl-Eduard von Schnitzler aus dem DDR-Fernsehen, Sudel-Ede, sondern Arthur Schnitzler.« Wieder lachte keiner.

So ging es noch gute zwei Minuten, bis der Moderator ihn erlöste und bat, nun aus dem ›Berliner Blut‹ vorzulesen. Henning Hanke ging zum Tisch, setzte sich, rückte sich das Mikrofon zurecht und schlug die Stelle auf, die er schnell ausgesucht hatte. Er hustete noch einmal, dann begann er:

»›Leander liebte es, vor den anderen aufzustehen und vor dem Frühstück ein wenig zu schwimmen. Wie jedes Jahr zu Pfingsten war er mit seiner Familie in die Datsche gezogen, die er von seinen Eltern geerbt hatte. Sicher, sie war nicht mehr standesgemäß, aber er hing an ihr und dem Fleckchen Erde, auf der sie stand, der waldreichen Landzunge zwischen der Großen Krampe und dem Langen See, auf der einmal ein berühmtes Ausflugslokal gestanden hatte, die Krampenburg.

Bevor er zum Kopfsprung ansetzte, genoss Leander den Blick nach Schmöckwitz hinüber. Über das spiegelglatte Wasser trieben Nebelschwaden, die großen Galaxien glichen. Ein einsamer Angler verlor sich in ihnen wie ein Raumschiff in den endlosen Weiten des Alls.

Leander gab sich einen Ruck, zog seinen roten Bademantel aus, legte ihn auf das Geländer des Stegs und sprang in die Fluten der Dahme. Die ersten Meter kraulte er, um sich sozusagen aufzuwärmen, dann ging er zum gemächlichen Brustschwimmen über und nahm Kurs auf das gegenüberliegende Ufer der Großen Krampe, wo sich seit DDR-Zeiten ein Campingplatz befand. In einem der Zelte wartete Vanessa. Erst würde sie ihn wärmen, um ihn anschließend …

Gerade als er darüber nachdachte, in welcher Stellung sie es heute Morgen treiben würden, wurden seine Füße gepackt, und eine Kraft, der nicht zu widerstehen war, zog ihn in die Tiefe. Ein Wels, schoss es ihm durch den Kopf, nein. Er strampelte und schrie …«

An dieser Stelle machte Henning Hanke, um die Spannung zu erhöhen, eine kleine Pause und griff zum Wasserglas. Einmal, um seinen Mund, der vom vielen Sprechen ausgetrocknet war, wieder zu befeuchten, zum anderen, um etwas zu gurgeln und den Leuten beim Gefühl des Ertrinkens etwas nachzuhelfen.

In diesem Augenblick entdeckte er seinen alten Klassenkameraden Leon Völlenklee unten im Publikum. Erinnerungen wurden wach, Assoziationen ließen sich nicht unterdrücken, und so kam es, dass er sich, als er nun weiterlas, des Öfteren versprach. Er hatte Leon angehimmelt, hatte ihm unzählige Liebesbriefe geschrieben und wäre seinetwegen fast von der Schule geflogen. Während des Studiums hatten sie eine Zeit lang zusammengelebt, allerdings hatte es Leon bald darauf zum anderen Geschlecht hingezogen und sie waren im Zorn auseinandergegangen. Nun hatte sich Leon wieder in seine Nähe gewagt, was hieß, dass es ihm verdammt schlecht gehen musste.

Was ihn an Leon Völlenklee schon immer fasziniert hatte, war dessen Art zu kommunizieren. Auch wenn es um unwichtige Dinge ging, hielt er flammende Reden und suchte, seinen Gesprächspartner mit einer unglaublichen Intensität zu überzeugen und mit Erbitterung niederzuringen, wenn der nicht seiner Meinung war. Schnell wurde er dabei zum Eiferer, und ihr Lateinlehrer hatte gespottet, Völlenklee sei ein neuer Savonarola.

Henning Hanke kam zum Ende und erzählte den Leuten zudem, ohne dabei den Ausgang der Geschichte zu verraten, von einem Taucher und ehemaligen Kampfschwimmer der Bundeswehr, der zum Serientäter wird und immer wieder ahnungslose Berlinerinnen und Berliner unter Wasser zieht und grausam ertrinken lässt.

»Dabei sieht er sich als ein Hakenmann, wie ihn unsere Vorfahren gefürchtet haben, als einen, der auf dem Grund eines Gewässers wohnt und Schwimmende mit einem Haken in die Tiefe zieht.« Damit war er am Ende und stand auf, um sich leicht zu verbeugen und den Beifall der Leute zu genießen.

»Ich danke Ihnen im Namen aller!«, rief der Moderator.

»Wieso im Namen Allahs?«, fragte Henning Hanke und hatte so beim Abgehen noch einen gewaltigen Lacher. Zugleich überfiel ihn eine ungewisse Angst, weil es Menschen geben sollte, die dies bereits als fürchterliche Blasphemie ansahen und mit Tod und Verderben drohten, wenn sie davon erfuhren. Aber nicht nur dieser Gedanke bremste seine Euphorie, auch der Gedanke an das Wiedersehen mit Leon Völlenklee tat es, zumal der jetzt, als er auf ihn zukam, eine junge Frau wie einen Schutzschild vor sich herschob.

»Hallo, Henning!«, rief Völlenklee. »Schön, dich mal wieder zu sehen. Das hier ist Corinna.«

»Ah, ja … Hallo!« Henning Hanke fühlte sich völlig hilflos. Sollte er Leon umarmen oder nur die Hand geben oder es bei diesem Hallo belassen. Er wusste es nicht. Doch zum Glück kamen augenblicklich sieben, acht Krimifreunde auf ihn zu, die sich in der Pause seinen Roman mit einer ganz persönlichen Widmung signieren lassen wollten. Mit einer Geste des Bedauerns ließ er Leon erst einmal stehen und ging zu seinem Tisch, wo man besser schreiben konnte.

Als er alles signiert hatte, was ihm hingehalten wurde, war Leon verschwunden. Auch diese Corinna konnte er nirgends entdecken. Komisch. Er streifte durch die Halle, sie zu suchen, aber am Catering-Tisch standen sie nicht und Bücher kauften sie auch nicht. Er stellte sich in den Gang, der zu den Toiletten führte, doch ebenfalls vergeblich. Ohne Zweifel waren beide schon gegangen. Er wäre ihnen gern gefolgt, konnte aber nicht, da alle Akteure aufgerufen waren, zu warten und zum Schluss noch einmal gemeinsam auf die Bühne zu kommen.

Während die Kolleginnen und Kollegen lasen und anschließend der Krimi-Fuchs verliehen wurde, fragte sich Henning Hanke, warum Leon zu seiner Lesung gekommen war, vor allem aber, warum er so schnell wieder gegangen war. Gern wäre er mit ihm noch etwas trinken gegangen. So allerdings … Nach dem gemeinsamen Schlussbild sagten sich die Schreibenden auf Wiedersehen, und man zerstreute sich in alle Winde, ohne dass ihn ein Einzelner oder jemand aus den kleinen Grüppchen, die sich schnell gebildet hatten, fragte, ob er Lust hätte, zu einer kleinen Nachfeier mitzukommen, irgendwohin. Was blieb Henning Hanke anderes übrig, als allein zur U-Bahn zu laufen.

Bis zur Endstation der Linie 6 waren es nur wenige 100 Meter. Dabei war, kam man aus der Bibliothek, ein dunkles Stück Straße zu passieren. Und Henning Hanke war ein ängstlicher Mensch. Sonst hätte er keine Kriminalromane geschrieben. Rechts von ihm, auf der Fläche zwischen Hafen und Straße, stand eine Gruppe Jugendlicher, Bierflaschen in der Hand. Jetzt kamen sie auf ihn zu, sicher nur in der Absicht, ihn niederzuschlagen und zu Tode zu treten. Er rannte in Richtung U-Bahn. Auf dem hellen Platz vor C&A, wo viele Busse hielten und die Taxen standen, war so viel los, dass er sich sicher fühlen konnte. Er lief hinunter zum Bahnsteig. Der Zug in Richtung Alt-Mariendorf stand schon auf dem rechten Gleis. Er schaffte es gerade noch hineinzuspringen. Hinter ihm schlossen sich die Türen, er fiel auf einen Sitz. Nachdem er kurz verschnauft hatte, sah er sich um. Ob nicht doch Völlenklee irgendwo im

Zug saß. Nein. Ein älteres Ehepaar, das bei der Kriminacht gewesen sein musste, nickte ihm zu. Das versöhnte ihn ein wenig.

Sieben Stationen hatte er zu fahren. Er wohnte unweit des Bahnhofs Rehberge in der Barfusstraße, einer Seitenstraße des Weddinger Boulevards, der Müllerstraße. Der Witz war, dass der brandenburgisch-preußische Feldmarschall Hans Albrecht von Barfus in den Schlachten von 1686 und 1691 entscheidend mitgeholfen hatte, die Türken an der Eroberung Europas zu hindern, nun aber Türken und Kurden kräftig dabei waren, in der Barfusstraße zu siedeln, von Multikultimenschen wie Henning Hanke freudig begrüßt. So war es für ihn selbstverständlich, nicht in eine deutsche Kneipe zu gehen, um schnell eine Bulette zu essen, sondern seinen vertrauten Döner-Imbiss aufzusuchen und mit Yilmaz noch ein wenig zu plaudern. Der stand wie immer am Spieß und schnippelte mit seinem langen Messer am Fleisch herum.

»Hast du gehabt gute Vorlesung?«

»Ja, es war schon riesig. Der Höhepunkt meines Lebens, was das betrifft.« Henning Hanke setzte sich hinten neben den Spielautomaten, den nie einer benutzte. »Kultur macht hungrig, säbel mir mal ordentlich was ab.«

Nach dem Trubel der Kriminacht genoss er es, hier in aller Stille in der Ecke zu hocken und mit keinem kommunizieren zu müssen. Die drei Türken in der anderen Ecke unterhielten sich über die Stärken von Fenerbahçe Istanbul. So viel verstand Henning Hanke von ihrer Sprache. Er schloss die

Augen, um sich besser auf ihre Dialoge konzentrieren zu können …

… und schreckte hoch, als ein maskierter Mann in den Imbiss stürzte und ohne ein Wort auf den Wirt zu feuern begann. Als Yilmaz in sich zusammensackte, bemerkte der Schütze, dass es vier Augenzeugen gab. Er zögerte nur einen Augenblick.

2

Ich sitze in der S-Bahn und lese Zeitung. Mir gegenüber fällt ein Mann auf den Sitz. Als ich aufblicke, erkenne ich ihn: es ist Grgic. Den jage ich schon lange, weil er einen türkischen Gastwirt erschossen hat. Auch er erkennt mich und springt wieder auf. Bevor die Türen sich schließen, ist er raus aus dem Zug. Ich hinterher. Wir hetzen über den Bahnsteig. Grgic springt auf der gegenüberliegenden Seite auf die Gleise, steigt über die Stromschiene hinweg und rutscht die Böschung hinunter. Irgendwie kann ich ihm folgen. Es geht über eine breite Straße, die Autos fliegen wie Geschosse heran, ohne uns zu treffen. Plötzlich sind wir auf dem Flughafen. Tempelhof. Grgic läuft die Startbahn entlang, aber ich bleibe mühelos an ihm dran. Ein Airbus kommt auf uns zugeschossen. Wir werfen uns auf die Rollbahn. Knapp vor uns hebt er ab. Die Triebwerke wirbeln uns herum wie Blätter und pusten uns in eine angrenzende Straße. Grgic läuft in einen Hausflur. Es geht die Treppen hinauf. Mit einem Mal stehen wir auf dem Dach. Es geht im Slalom um Schornsteine und Fernsehantennen. Ich rutsche ab, stürze in die Tiefe, will schreien, bringe jedoch keinen Ton hervor. Ich lande auf einer Markise und rutsche auf einen Balkon. Da steht aber bereits Grgic und bindet mich auf ein Rad, wie es die Messerwerfer im Zirkus früher hatten. Das Rad dreht sich, das erste Messer fliegt heran und dringt mir in den rechten Oberschenkel. Ich schreie laut und wache auf, weil Heike an mir rüttelt.

*

Sie saßen am Frühstückstisch, als Hansjürgen Mannhardt seinen Albtraum zum Besten gab; er, Heike, die Gefährtin seines Leben, und Orlando, sein Enkel, der gerade sein Jurastudium begonnen hatte. Silvio, sein Sohn, war längst in der Schule.

»Mindestens dreimal die Woche träumt er so 'n Zeugs«, sagte Heike.

Orlando lachte. »Opa, du solltest sehen, dass dir der Amtsarzt umgehend deine Dienstunfähigkeit bescheinigt.«

»Ich bin schon pensioniert«, brummte Mannhardt, jahrelang Leiter der zwölften Mordkommission.

»Jetzt arbeitet er alles auf, wozu er früher im Dienst keine Zeit gehabt hat«, sagte Heike im selben spöttischen Ton wie Orlando.

Mannhardt lachte. »Wenn ich bei der Post gewesen wäre, könnte man sagen, dass es posttraumatisch ist.« Indem er selbst blödelte, wollte er ihnen den Wind aus den Segeln nehmen. Gleichzeitig bemühte er sich, das Thema zu wechseln. Der Volksentscheid über die Schließung des Flughafens stand ins Haus und sorgte dafür, dass in den Familien heftig gestritten wurde.

»Tempelhof muss geschlossen werden«, sagte Heike. »Ein Flugplatz mitten in der Stadt ist doch ein Unding, siehe Luftverschmutzung, siehe Gefährdung durch abstürzende Flugzeuge.«

»Tempelhof muss offen bleiben!«, rief Mannhardt. »Tempelhof ist eine Heilige Kuh der West-Berliner, und Heilige Kühe schlachtet man nicht. Außerdem graust es mir vor dem Mist, den uns die modernen Architekten nachher auf den Flugplatz hinsetzen werden.«

»Du willst ja nur Wowereit eins auswischen«, vermutete Orlando.

»Klar, wozu bin ich fast 50 Jahre in der SPD. Durch uns aufsteigen, und dann hochmütig vergessen, wem man alles zu verdanken hat, und Kotzbrocken wie Sarrazin oder diese von der Aue im Kabinett haben.«

»Reg dich nicht so auf!«, rief Heike. »Dein Blutdruck.«

Doch so schnell war Mannhardt nicht zu bremsen. »Be Berlin, be bescheuert!«, rief er, böse über die nicht nur seiner Meinung nach schwachsinnige Werbekampagne, die Millionen kostete, die woanders fehlten.

»Du solltest wirklich mal zum Arzt gehen«, sagte Heike. »Zu deinen posttraumatischen Belastungsstörungen kommen auch noch deine zunehmenden Verbitterungsstörungen.«

Orlando lachte. »Wenn das so weitergeht, wirst du zum Amokläufer.«

»Das nicht«, sagte Heike. »Aber ich mache mir wirklich ernsthaft Sorgen um ihn. Schließlich war er schon mal in der Klinik. Das ist zwar Jahrzehnte her, aber immerhin …«

Damals hatte die Trennung von seiner ersten Frau Mannhardt völlig aus der Bahn geworfen, er hatte nicht nur zu trinken angefangen, sondern auch versucht, seinen Vorgesetzten mit einem Ziegel zu erschlagen. Er sah ein, dass man prophylaktisch etwas machen musste, damit es diesmal nicht zur Katastrophe kam. »Wo gibt es einen Psychologen oder Psychiater, der mir helfen kann?«

»Hier in Berlin, den Dr. Narsdorf«, antwortete sein Enkel. »Das ist mein Doppelpartner im Tennisverein. Der ist total überlaufen und nimmt lieber Promis als Kassenpatienten, aber wenn ich ihn bitte, sich mal um dich zu kümmern, dann macht er das gerne.«

*

Treffen sich zwei Psychologen. ›Weißt du, wie viel Uhr es ist?‹ – ›Nein, aber gut, dass wir mal darüber gesprochen haben.‹ – Die beiden treffen sich eine Woche später wieder. ›Und, weißt du inzwischen, wie viel Uhr es ist?‹ – ›Nein. Aber ich kann schon viel besser damit umgehen.‹

Als Mannhardt in der Praxis von Dr. Hagen Narsdorf saß, fielen ihm alle Witze über dessen Berufsgruppe ein, die er in den letzten Tagen gehört hatte.

Das Psychologen-Paar nach dem Sex. ›Für dich wars ja ganz toll, aber wie war's denn nun für mich?‹

Mannhardt kannte das: Feuerwehrleute wurden all diejenigen, die verkappte Pyromanen waren, zur Polizei gingen jene, die legal andere Menschen demütigen, verprügeln und erschießen wollten, und Psychologen und Psychiater wurden jene, die selbst ungeheure Probleme und erhebliche Macken hatten.

Als er Dr. Narsdorf zum ersten Mal sah, fühlte er sich in all seinen Vorurteilen bestätigt, denn der Mann war wirklich zum Schießen komisch. Lang und dürr war er, bleich wie ein Albino und überall rot behaart, sodass er Mannhardt an eine aufrecht gehende Raupe erinnerte. Das mochte auch daran liegen, dass Dr. Narsdorf nicht richtig ging, sondern sich irgendwie durch die Räume schlängelte. Dazu grinste er so penetrant, als hätte er jahrelang bei Thomas Gottschalk und Alfred Biolek Unterricht genommen.

Noch musste Mannhardt warten, schließlich war er nur Kassenpatient und sein Enkel nicht so bedeutsam, dass sich für einen Freundschaftsdienst Gegenleistungen einfordern ließen, die etwas wert waren.

»Herr Mannhardt bitte.« Dr. Narsdorf stand vor ihm, um ihn ins Sprechzimmer zu holen.

»Ja, danke.« Mannhardt sprang hastig auf, um dem vielbeschäftigten Manne nicht übermäßig Zeit zu stehlen, und streckte ihm die Hand hin. Er hatte das Gefühl, in einen Pudding zu fassen. Und das bei einem Tennisspieler.

»Nehmen Sie bitte Platz«, sagte Dr. Narsdorf und war so freundlich wie sonst nur die Leute von den Zeugen Jehovas, wenn man ihnen den Wachtturm abkaufte und den Anschein erweckte, sich eventuell bekehren zu lassen. »Was führt Sie her zu mir?«

»Meine posttraumatische Belastungsstörung«, antwortete Mannhardt. »Aber auch die aktuelle Verbitterungsstörung.«

Dr. Narsdorf grinste noch intensiver. »Danke, dass Sie die Diagnose selbst stellen, bevor ich mit der Anamnese begonnen habe.«

»Ja, zwar schießen die Preußen nicht so schnell, aber ich bin ja Kriminalbeamter, gewesen zumindest …«

»Dann erzählen Sie doch mal.«

Dr. Narsdorf drehte sich um, rückte sich die Computertastatur zurecht und tippte alles gleich in seinen Computer, was Mannhardt ihm zu erzählen hatte.

3

»Herr, unser Gott, ausgelöscht wurde hier ein Leben von fremder Hand – durch furchtbare Gewalt. Herr, wir sind fassungslos, können nicht begreifen, was Menschen dazu treibt, einen anderen Menschen zu töten.«

Leon Völlenklee hatte Mühe, sich auf das zu konzentrieren, was der Pfarrer sagte, denn er bündelte all seine Kräfte, um das braune Holz des Sarges zu durchdringen und noch einmal das Gesicht Henning Hankes zu sehen. Der Mörder des Döner-Wirts aus Wedding hatte ihn erschossen, weil es keine Augenzeugen geben durfte. Wäre er, Völlenklee, auch abgeknallt worden, wenn er mit Henning nach der Lesung etwas unternommen hätte? Die Frage war falsch gestellt, denn wenn sie etwas unternommen hätten, wären sie bestimmt nicht im Döner-Imbiss gelandet. Also würde Henning noch leben.

»Herr, lass du uns gerade in Augenblicken wie diesen unsere eigene Schuld vor dir erkennen«, fuhr der Pfarrer fort. »Damit wir nicht maßlos werden in unserem Zorn, damit nicht der Gedanke an Rache jeden anderen Gedanken in uns erstickt.«

Rache … Das Wort hallte genau in der Sekunde durch die Friedhofskapelle, in der Völlenklee Hagen Narsdorf erblickte, wie Henning Hanke ein früherer Klassenkamerad, und mit Abstand der Mensch, den er am meisten hasste. Seine Gedanken gingen 15 Jahre zurück …

*

Das Lehrerkollegium war zusammengekommen, um über den Schüler Leon Völlenklee zu Gericht zu sitzen. Würde er bleiben dürfen – oder würde das Ganze mit einem Consilium Abeundi enden? Er stand vor einer Tafel, wie es sich für einen Schüler gehörte, auch wenn er schon 18 Jahre alt war, während die Lehrerinnen und Lehrer, zwei Dutzend waren es, gewichtig an Tischen saßen, die zu einem Hufeisen zusammengerückt worden waren. So hatten alle freien Blick auf den Angeklagten. Der Prozess begann. Der Rektor, wie auch anders, leitete die Verhandlung.

»Herr Völlenklee, wir wissen, dass Sie, seit Sie an unserem Gymnasium sind, mitunter zu einem höchst exzentrischen Verhalten neigen.«

»Unser Genie eben«, murmelte der Deutschlehrer, der mit Völlenklee nichts anzufangen wusste und sehr darunter litt, dass der junge Mann seine Ausführungen, die er allesamt für druckreife Essays hielt, als schöngeistiges Geschwafel abtat.

»Halten wir uns doch bitte mit Wertungen zurück!«, rief der Kollege, der Mathematik und Physik unterrichtete und Völlenklee geradezu anhimmelte, weil er in diesem Schüler endlich einmal einen Partner hatte, mit dem sich Fachgespräche führen ließen.

Der Rektor bat mit einer unwirschen Handbewegung um Ruhe. »Herr Völlenklee. Uns ist bekannt, dass Sie von dem Augenblick an, als Sie Narsdorf zum ersten Mal erblickt haben, eine tiefe Abneigung gegen ihn empfunden haben. Würden Sie das bestätigen?«

»Ja.« Völlenklee hatte sich keineswegs vorgenommen, nur mit Ja oder Nein zu antworten, es war seine Art, lakonisch zu sein.

»Und woran mag das gelegen haben?«

Die Biologielehrerin, die Völlenklee irgendwie mochte, versuchte eine Erklärung. »Aus der Sicht der Gestaltpsychologie würde ich sagen, dass jeder Mensch früh auf bestimmte Muster geprägt wird, das heißt, das eine Gesicht nehmen wir als lieb, das andere als böse wahr. So geschieht es, dass wir uns in einen Menschen geradezu verbeißen, ihn hassen und ihm zu schaden versuchen, ohne dass er uns vorher das Geringste getan hat. Er hat eben das Pech, in das Stereotyp Feind zu fallen.«

»Dasselbe gilt dann aber auch für Narsdorf!«, rief Völlenklee.

Der Rektor herrschte ihn an. »Sie sind noch gar nicht gefragt worden!«

»Doch. Sie haben mich gefragt, woran das liegt, dass ich Narsdorf nicht ausstehen kann.«

»Herr Völlenklee, werden Sie nicht impertinent! Ich weiß ja, dass Sie uns alle hier im Raum für mediokerhalten, jedoch …«

»Man wird sich noch verteidigen dürfen«, sagte Völlenklee und schrieb an die Tafel: ›ICH WILL MEIN RECHT!‹

»Gut.« Der Rektor lenkte ein, weil er vermeiden wollte, dass die Sache beim Verwaltungsgericht landete. »Fünf Jahre lang gab es heftige Konflikte zwischen Ihnen und Narsdorf …«

Völlenklee grinste. »Ja, wir lagen andauernd im Clinch. Dauernd hat er sich bei den Lehrern eingeschleimt und uns verpfiffen. Als wir unsere Band Los travestis gegründet hatten und auch ein Lehrer dabei war, hat er einen Riesenskandal daraus gemacht.«

»Das war noch vor meiner Zeit«, sagte der Rektor.

»Der Kollege Landwehr hat damals einen Selbstmordversuch unternommen und ist anschließend nach Bremen gegangen«, informierte ihn der Mathematiklehrer. »Dies nur nebenbei.«

Völlenklee nickte. »Ja. Narsdorf war zu jeder Gemeinheit bereit. Als ich für meinen Freund Henning Hanke die Mathearbeit mitgeschrieben habe, hat er das auffliegen lassen, und Henning ist mit einer Fünf sitzengeblieben und jetzt eine Klasse unter mir. Als ich für Jugend forscht etwas über die Tricks geschrieben habe, mit denen man Schachcomputer schlagen kann, hat er das auf meiner Diskette gelöscht.«

»Und was haben Sie ihm alles angetan?« Der Rektor hatte eine lange Liste mit Anklagepunkten vor sich liegen. »Zum Beispiel mit dem Song, in dem eine Made auftritt, die Narsdorf aufs Haar ähnelt, oder mit dem Flugblatt, auf dem steht: ›Wanted!!! Wer ist der größte Narr im Dorf?‹«

»Das sind doch alles Kleinigkeiten«, sagte Völlenklee.

»Aber …« Die Deutschlehrerin bemühte Theodor Fontane. »100 Nadelstiche schmerzen mehr als ein Kolbenstoß.«

Der Lehrer für Mathematik und Physik meldete sich zu Wort. »Die Eskalation war vorprogrammiert, und es wäre unsere Aufgabe gewesen, hemmend einzugreifen.«

Der Rektor überhörte es. »Jedenfalls … dann kam der Tag, an dem Sie Narsdorf so zusammengeschlagen haben, dass er mit schweren Kopfverletzungen ins Krankenhaus musste.«

»So ist es.« Völlenklee nickte. »Und auf diese Tat bin ich heute noch stolz.«

»Wie können Sie nur!«, rief die Deutschlehrerin.

»Nicht, weil er sie geliebt hat oder weil sie ihn verführt hat, hat er das Verhältnis mit meiner Mutter angefangen, sondern nur, um mir eins auszuwischen und dafür zu sorgen, dass sich meine Eltern trennen. Und ich bedaure es heute noch, dass ich das Schwein damals nicht erschlagen habe!«

Nach diesem Bekenntnis konnte das Lehrerkollegium nicht anders, als mehrheitlich zu beschließen, dass Leon Völlenklee die Schule sofort zu verlassen hatte.

*

Auf dem Weg von der Kapelle zum ausgehobenen Grab ging Narsdorf in der Reihe vor ihm, und Völlenklee konnte den Impuls kaum unterdrücken, dem Totengräber, an dem sie vorbeikamen, den Spaten aus der Hand zu reißen und seinem Vordermann damit den Schädel zu spalten, zu lustvoll war er.

Beim Leichenschmaus in einem Café an der Seestraße konnte er es dann einrichten, am anderen Ende der langen Tafel zu sitzen, sodass er Narsdorf nicht immer in die Augen sehen musste. Ihn sprechen zu hören, ließ sich aber nicht vermeiden, denn als sie darüber diskutierten, wie und warum Henning Hanke gestorben war, wurden ihre Stimmen immer lauter.

»Wenn sich die Ausländer in Berlin gegenseitig umbringen, ist ja dagegen nichts einzuwenden«, sagte der Bruder des Verstorbenen. »Aber wenn es uns Deutsche trifft, dann …«

»Was hat denn das damit zu tun?«, rief Narsdorf. »Mensch ist Mensch.«

»Mag ja sein, aber ein Angehöriger der Ingroup steht mir nun mal näher als einer der Outgroup«, kam der Einwand eines Klassenkameraden, der als Einser-Jurist eine große Zukunft vor sich hatte.

Schlimm wurde es für Völlenklee, als die große Fragerei begann, wer denn was machte. Er merkte, dass er in dieser Runde der große Loser war. Alle hatten es zu etwas gebracht, nur er krebste als Mädchen für alles in einer kleinen Elektronikbude herum. Sie alle bastelten fleißig an einer großen Karriere, während er seine Abende und Nächte damit verbrachte, World of Warcraft zu spielen. Der Einser-Jurist ging zur Deutschen Bank, einer der Klassenkameraden war der jüngste Vertreter seiner Partei im Berliner Abgeordnetenhaus, eine Mitschülerin war gerade Professorin in Heidelberg geworden, und Narsdorf berichtete, dass er nach Promotion und Ausbildung zum Facharzt eine psychiatrische und neurologische Praxis eröffnet habe und sich vor lauter Zulauf gar nicht retten könne.

»Wie schön, dass wir eine Gesellschaft haben, die uns alle krank macht«, sagte der Bruder des Verstorbenen. »Die einen landen im Knast, die anderen in der Psychiatrie und die dritten auf dem Friedhof.«

Der Einser-Jurist sah Völlenklee an: »Und was machst du? Du warst immer unser Genie …«

»Ich?« Er musste einen Augenblick überlegen. »Ich nehme mir Robbie Williams zu Herzen!«

»Gehört der jetzt zu eurer Band?«

»Nein, aber einen seiner Sprüche habe ich mir zu Herzen genommen: ›Ich habe damals all die Stars im Fernsehen gesehen und wollte sein wie sie: erfolgreich. Berühmt werden, ob als Musiker, Schauspieler oder Massenmörder …‹«

»Willst du also Schauspieler werden?«

Völlenklee lachte. »Nein, Massenmörder.«

»Das ist ja makaber!«, riefen einige.

»Aber man wird wahrgenommen«, entgegnete Völlenklee. »Zum ersten Mal an diesem Nachmittag habt ihr ja gemerkt, dass ich auch noch da bin.«

»Du, Hagen!«, rief jemand lachend in Richtung von Dr. Narsdorf. »Das ist ein Fall für dich.«

Diese Worte noch immer im Ohr, fuhr Völlenklee mit der U-Bahn nach Hause. Die Linie 6 brachte ihn von der Seestraße zum Mehringdamm, wo in die Linie 7 nach Rudow zu wechseln war. Am Südstern stieg er dann aus, um nach Hause zu laufen. Er wohnte in der Dieffenbachstraße, einem Kiez, der auch im Jahre 2008 noch ganz nach alter West-Berliner Szene schmeckte.

Während der Fahrt fragte er sich immer wieder, warum er der Einzige aus der alten Klasse war, der so wenig vorzuweisen hatte, war er doch intelligenter und kreativer als sie alle und schlug sie mit seiner Allgemeinbildung um Längen, wie die fünfstellige Summe zeigte, die er im letzten Jahr bei Günther Jauchs Wissens-Quiz gewonnen hatte. Unser Genie … Es hatte spöttisch geklungen, aber zumindest die Lehrerinnen und Lehrer in den naturwissenschaftlichen Fächern hatten ihn wirklich für einen hochbegabten Menschen gehalten, einen, dem alles nur so zuflog. Allerdings hatte er sich nie quälen können, es nie geschafft, intensiv zu lernen, Nächte hindurch zu pauken. Lieber hatte er sich auf den Haschwellen davontragen lassen oder war mit dem Rucksack durch Indien oder Australien getrampt. Das Genie hatte es mit Mühe und Not zum Fachabitur an einer Abendschule und danach zum Diplom-Ingenieur (FH) und einem miesen Job in einer Mini-Firma gebracht. Das war die Realität, doch in seinem Bewusstsein war er eine Mischung aus Max Planck, Bill Gates und Mister Allwissend. Er war klug genug, diese Divergenz zu erkennen, jedoch zu schwach, etwas zu unternehmen, sie aufzuheben. Zu seinem Leben gehörte es, sich treiben zu lassen. Das hatte sich auch nicht geändert, seit er mit Corinna zusammenlebte.

Corinna Natschinski war zwei Jahre älter als er und Bildende Künstlerin. Für sie traf zu, was bei älteren Berlinern sprichwörtlich war, antworteten sie auf die Frage ›Was macht die Kunst?‹ doch stereotyp mit der Wendung ›Die Kunst geht Wasser saufen.‹ Ebenso gerecht wurde ihr die Beschreibung ›innen weich, außen hart‹, war sie doch zugleich sensible Künstlerin wie herbe Gewichtheberin. Um besser mit ihren beliebtesten Werkstoffen Eisen und Stahl umgehen zu können, hatte sie sich dieser Sportart zugewandt. Aber was sie auch anpackte, es wurde nichts. Nie konnte sie so viele Kilo in die Höhe stemmen, dass es zu einem Sieg oder einem der vorderen Plätze gereicht hätte, und noch weniger Erfolg hatte sie beim Verkauf ihrer Bilder und Skulpturen. Keine Galerie dachte daran, sie anzurufen, und wenn sie privat eine Ausstellung auf die Beine stellte, fand sich niemand, der wenigstens 100 Euro locker machen wollte, auch wenn ihm etwas gefiel und die einschlägigen Stadtmagazine sowie viele Blogger von ihr schwärmten. In Berlin wahrgenommen zu werden, war nahezu unmöglich, und eher wagte sie auf einen Sechser im Lotto zu hoffen als auf den Moment, wo die Feuilletons ihr eine halbe Seite widmeten. Ihr kleines Atelier in einem alten Fabrikgebäude am Südstern wurde ihr vom Senat bezahlt. Ansonsten lebte sie von Hartz IV und dem, was Leon Völlenklee in seiner Firma verdiente. Fragte man sie, ob sie Leon liebte, dann wusste sie keine Antwort darauf und fragte nur barsch zurück »Was soll denn der Quatsch?« Sie hatten eine Zweckgemeinschaft gebildet, um zu überleben, ab und an ein bisschen Spaß zusammen zu haben, zu chillen und zu hoffen, dass irgendwann einmal etwas passierte. Was, hätten sie nicht definieren können, aber etwas, das mit mehr Geld und mehr Anerkennung zusammenhing, dass man sie endlich wahrnahm als das, was sie waren: höchst außergewöhnliche Menschen, die es verdient hatten, in den Medien zu sein.

Völlenklee lief die Körtestraße hinunter, um hinter dem Zugang zu den Höfen an der Hasenheide und dem Sportplatz des SC Berliner Amateure auf die

Urbanstraße zu stoßen. Links beherrschten die gelben Backsteinbauten des Urbankrankenhauses das Bild, und Völlenklee musste daran denken, dass es eine Zeit lang unter nicht ganz integrierten Jugendlichen mit Migrationshintergrund üblich gewesen war, Feinden mit dem Ruf ›Isch mach dich urban!‹ zu drohen. Hinter der Ampel begann die Grimmstraße, und von der konnte er wenig später in seine Straße abbiegen, die Dieffenbachstraße.

Als er an der Ampel wartete, tippte ihm jemand von hinten auf die Schulter. Er fuhr herum und erstarrte.

»Ritchie, du …? Ich denke, du bist längst übern Jordan!«

»Da waren ein paar Medizinmänner, die hatten den Ehrgeiz, mich unbedingt zu retten.«

Völlenklee hatte mit Ritchie anderthalb Jahre in derselben WG gewohnt. Ritchie war zu dieser Zeit schwer traumatisiert gewesen, weil sich sein Vater in seinem Garten draußen in Zehlendorf an einem Kirschbaum aufgehängt und er ihn gefunden hatte. Seine Eltern hatten sich total auseinandergelebt, weil seine Mutter gelernte Buchhändlerin und Lektorin war und draußen in Zehlendorf eine eigene Buchhandlung aufgemacht hatte. Als die ihr wichtiger geworden war als Mann und Kind, hatte der Vater zu trinken angefangen. Ritchie hatte erst den Vater vom Ast abgeschnitten, dann das Bücherlager seiner Mutter in Brand gesteckt und war untergetaucht. Schnell hatte er an der Spritze gehangen und sich das Geld als Edelstricher verdient. Drei Jahre war das so gegangen, bis er eines Tages zusammengebrochen war. Völlenklee hatte ihn aus den Augen verloren, als er Corinna kennengelernt hatte und aus der WG ausgezogen war.

»Und nun?«, fragte er.

Ritchie zuckte mit den Schultern. »Mal sehen, was noch so kommt. Die einen besetzen Häuser, die anderen Bauwagen. Meinen da hinten muss einer vergessen haben …« Er zeigte in Richtung Hallesches Tor. »Die Firma soll Pleite gegangen sein.«

Völlenklee sah auf seine Armbanduhr. »Du, ich muss. Ich besuch dich mal bei Gelegenheit.«

»Okay!«

Sie klatschten sich ab, wie sie es früher immer getan hatten, danach überquerte Völlenklee die Urbanstraße. Etwa in der Mitte zwischen Grimm- und Graefestraße hatte er in einem Hinterhaus der Dieffenbachstraße, drei Treppen, Mitte rechts, eine Zweieinhalbzimmerwohnung gemietet. Er erinnerte sich an einen Dialog, den er vor Jahren einmal mit Henning Hanke geführt hatte.

*

»Wenn der Hermann Broch nicht schon über 40 Jahre vor deiner Geburt seine Romantrilogie mit diesem Titel geschrieben hätte, würde ich sagen: du wärst sein Vorbild gewesen.«

»Wieso?« Völlenklee kannte weder einen Schriftsteller namens Hermann Broch, noch sah er irgendeinen Zusammenhang zwischen ihm und sich.

»Na: ›Die Schlafwandler‹«, erklärte ihm der Freund.

Völlenklee protestierte. »Ich bin doch kein Schlafwandler.«

»Aber du bist wie einer aus Brochs Romanen: Du leugnest irgendwie die Realität, du taumelst orientierungslos von einem Wertsystem ins andere, du wirst immer zynischer und irgendwann nur noch auf kommerziellen Gewinn aus sein, siehe Brochs dritten Band.«

»Was interessiert mich dieses Arschloch von Broch!« Wenn Völlenklee etwas hasste, war es schöngeistiges Gewäsch.

*

In diese Gedanken vertieft, betrat Völlenklee seinen Hausflur und stieg nach oben. Corinna hing wieder einmal auf irgendeiner Vernissage herum, und er hatte den Abend für sich. Er fühlte sich so zerschlagen wie bei einer beginnenden Grippe und warf sich, nachdem er einen Schluck Leitungswasser getrunken hatte, auf seine Couch, um eine Weile mit offenen Augen dazuliegen und gegen die Decke zu starren. Wer vom Hinterhaus in sein Zimmer sah, musste ihn für einen Toten halten. Er konnte nichts anderes denken als: Henning Hanke ist tot und Hagen Narsdorf groß im Kommen. Dann murmelte er: »Und du, Leon Völlenklee, hast dein Leben total verkackt.«

Wie gelähmt lag er da und wäre wohl irgendwann eingeschlafen, wenn ihn nicht das Dudeln seines Handys geweckt hätte. Unwirsch klappte er den Deckel hoch und drückte auf die grüne Taste. »Ja, was ist?«

Es war Björn, ein Freund. »Wo bist du?«

»Irgendwo in der Ewigkeit.«

»Kommst du vorbei?«, fragte Björn, der Raidleiter war und die Aufgaben verteilte, wenn eine Schlacht anstand.

Völlenklee überlegte. Seit zwei Jahren spielten sie in einer Gilde regelmäßig an ihren Computern WoW, World of Warcraft, ohne dass er süchtig danach geworden wäre. Er schaffte es noch immer, AFK zu sein, das heißt: Away From Keyboard, ohne dabei sonderlich zu leiden, was bei Björn ganz anders war.

»Was ist?«, fragte Björn.

Völlenklee war bemüht, weinerlich zu klingen. »Ich bin heute nicht gut drauf, ich hab zu viel zu verkraften.«

Björn beschimpfte ihn kräftig und beendete nach dem dritten Arschloch ihr Gespräch. Völlenklee nahm es gelassen hin. Sie würden ihn nicht rausschmeißen, denn sie brauchten ihn, wenn ihre Rechner streikten und er sie reparieren musste, weil die professionellen Helfer den Fehler nicht finden und beheben konnten. Da hieß es dann immer: »Unser Genie muss ran.«

Der Gedanke an Narsdorf ließ Völlenklee nicht los, und ganz automatisch suchte er, nachdem er seine E-Mails durchgesehen hatte, im Internet nach ihm. Es war davon auszugehen, dass Narsdorf eine Homepage hatte. Ein paar Klicks, und Völlenklee hatte sie gefunden.

Dr. med. Hagen Narsdorf, Arzt für Neurologie, Psychiatrie und Psychotherapie.

Nobel ausgestattete Praxisräume erschienen auf dem Bildschirm, die Völlenklee an ein Wellnesscenter erinnerten. Ein Text tauchte auf, der die Philosophie des Therapeuten erläutern sollte:

›Meine Grundhaltung wertschätzt einerseits die Erkenntnisse der biologischen Psychiatrie und Sozialpsychiatrie und integriert andererseits die evidenzbasierten Konzepte der Verhaltenstherapie, der analytischen, tiefenpsycholgisch fundierten Psychotherapie sowie der störungsspezifischen Psychotherapie. Hierbei beanspruche ich für mich ein Krankheitsverständnis und eine therapeutische Haltung, die sich schulübergreifend versteht. Dies bedeutet einerseits die Forderung nach konsequenter effizienter Psychopharmakontherapie, wo nötig, andererseits die Differentialindikation richtlinienpsychotherapeutischer, störungsspezifischer und edukativer Psychotherapie und gegebenenfalls weiterer unterstützender Maßnahmen.‹

Völlenklee fasste sich an den Kopf, als er das las. »Der Narsdorf muss wirklich ne Macke haben! Was müssen das für Idioten sein, die sich von diesem Arschloch behandeln lassen!«

Dieser Ausruf war es, mit dem alles Weitere begann und der in Völlenklee den Wunsch auslöste, wirklich zu wissen, wer mit welchen Problemen zu Narsdorf kam. Es war in diesem Moment die reine Neugierde, die ihn trieb, aber auch der Ehrgeiz, es zu schaffen, bis zu Narsdorfs Patientenakten vorzudringen, falls sie digital gespeichert waren, was ihm bei einer solch modernen Praxis sehr wahrscheinlich erschien.

Völlenklee behauptete von sich selbst, ein genialer Hacker zu sein, den Jungs vom BND haushoch überlegen. Das war nun zu beweisen …

Dass es jedoch so schwer war, Narsdorfs Firewalls zu überwinden, hätte er nicht vermutet, und als Corinna gegen 1 Uhr von ihrer Vernissage zurückkam, war er noch immer nicht am Ziel.

»Was machste da?«, fragte Corinna.

»Ich will sehen, was mein Erzfeind alles auf seiner Festplatte hat.«

Corinna gähnte. »Wer, der Narsdorf?«

»Ja.«

»Und warum?«

»Nur so.«

Corinna lachte. »Ich dachte, du wolltest den erpressen.«

Völlenklee drehte sich erst jetzt vom Bildschirm weg und sah zu ihr hinüber. »Womit erpressen?«

»Dass du ihm drohst, die Namen und die Macken der Promis, die bei ihm in Behandlung sind, in alle Welt hinauszuposaunen.«

»Du liest zu viele Krimis.«

»Nee, echt du!« Corinna war von ihrer Idee schwer begeistert. »Du kannst ihn damit fertigmachen und hast endlich deine Rache – und wir haben mal Kohle.«

Völlenklee verzog das Gesicht. »Ich wollte nie ein Black-Hat-Hacker werden.«

»Wirst du's ebent! Ist endlich mal was los, sonst ist doch alles nur Leerlauf bei dir.«

»Noch bin ich ja bei Narsdorf nicht drin«, sagte Völlenklee.

»Ich geh dann mal schlafen«, sagte Corinna und machte sich auf den Weg ins Bad.

Die Stunden vergingen, und Völlenklee gefiel

der Gedanke immer mehr, auf diese Art und Weise Rache an Narsdorf zu nehmen. Und Corinna hatte ja recht, wenn sie Narsdorf erpressten, kamen sie endlich aus ihrer Schuldenfalle heraus. Wahrscheinlich bekamen sie noch mehr Geld zusammen, wenn sie nicht nur Narsdorf selbst erpressten, sondern auch die Promis unter seinen Patienten, Leute, die um ihre Karriere fürchten mussten, wenn ihre Neurosen, Psychosen und sonstigen Erkrankungen in der Boulevardpresse und den Talkshows breitgetreten wurden. Und er selbst war mit einem Schlag kein Nichts mehr, sondern jemand, der in die Medien kam und damit eigentlich erst geboren wurde. Der Gedanke – alles dreht sich jetzt um Völlenklee – war ein kräftiger Ansporn, alle Künste aufzubieten, um bis zu Narsdorfs Festplatte vorzudringen.

Um 5 Uhr morgens war er am Ziel und riss die Arme hoch. Er druckte sich alles aus, was ihm brauchbar erschien, und als er dann mit Corinna am Frühstückstisch saß, suchten sie sich die Patienten heraus, die am meisten versprachen.

»Guck dir mal diesen Piloten hier an«, sagte Corinna. »Der Kerl hat gewaltige Alkoholprobleme, und auch sonst … Wenn das seine Gesellschaft erfährt, schmeißen sie ihn auf der Stelle raus, und kein Schwein nimmt ihn mehr. Was meinst du, was der zahlt, damit wir die Schnauze halten!«

»Der hier noch mehr.« Völlenklee hatte einen Schönheitschirurgen ausgemacht, der unter der zwanghaften Vorstellung litt, seinen Patientinnen mit seinem Skalpell die Kehle durchzuschneiden und beim Ankämpfen gegen diesen Impuls immer heftig zu zittern begann.

»Mein Favorit ist der hier!«, rief Corinna. »Ein Politiker, der ganz weit nach oben will, aber dauernd scharf ist auf kleine Jungs.«

»Richtig, wenn die Leute was von Pädophilie hören, rasten sie immer aus, und der Mann wird gerne zahlen.«

Die Nummern vier und fünf auf ihrer Liste waren eine Schlagersängerin, die ihren Zuhörern während ihrer Auftritte immer ins Gesicht sagen wollte, was für Kotzbrocken sie seien, und auch zu Protokoll gegeben hatte, wen sie am liebsten mit ganz bestimmten Schimpfwörtern belegt hätte, und ein berühmter Leistungssportler, der kräftig gedopt hatte und nun eine wahnsinnige Angst davor hatte, die gewonnenen Medaillen zurückgeben zu müssen, was für ihn den Verlust seiner Ich-Identität bedeutet hätte.

»Du hast recht«, sagte Völlenklee. »Endlich fangen wir an zu leben.«

4

Hannelore Velkoborski war 1942 geboren worden und hatte in ihrem langen Leben zwar in drei bis vier verschiedenen Staaten gelebt, aber immer nur in einer Straße, der Ackerstraße. Zur Welt gekommen war sie im sogenannten Dritten Reich in jenem Teil der Ackerstraße, der zum Bezirk Mitte gehörte und damit nach Kriegsende zum sowjetischen Sektor und später zur Hauptstadt der DDR gekommen war. Kurz vor dem Bau der Mauer war sie mit ihren Eltern in den Westen gegangen und hatte am Weddinger Ende der Ackerstraße eine Wohnung gefunden, war also West-Berlinerin geworden, faktisch Bundesbürgerin, völkerrechtlich jedoch nicht. Wie auch immer, ihre Berliner Kodderschnauze hatte sich nicht verändert, wenn Hannelore Velkoborski derzeit auch gezwungen war, zu allen Menschen scheißfreundlich zu sein, wollte sie nicht gefeuert werden. Und sie brauchte die paar Euro dringend, die sie sich im Kiosk auf dem U-Bahnhof Bayerischer Platz dazuverdiente, denn ihre Rente reichte vorne und hinten nicht.

Mit vielen Kunden hatte sie Ärger. Männer, die sie übers Ohr hauen wollten, waren Penner für sie, Frauen, die sie austricksen wollten, hießen bei ihr Schlunzen, und lag sie mit Menschen aus dem östlichen Berlin über Kreuz, waren das die Ostpocken. Hatte sie wenig zu tun, dann hockte sie auf ihrem Stühlchen, spähte durch ihre Verkaufsluke auf den Bahnsteig hinaus und studierte die Leute.

Am liebsten waren ihr natürlich die Fahrgäste, die vor ihrem Kiosk stehen blieben, um etwas zu kaufen. Zeitungen, Zeitschriften, Zigaretten, Süßigkeiten oder einen Flachmann für die größte Not. Am meisten genervt war sie von den Schulkindern, die um ihr Kioskhäuschen herum Einkriegen oder Versteck spielten, auch wenn sie noch so schrie: »Hört uff, sonst fallta noch uff de Schien!« Wenig begeistert war sie auch von den Typen, die über den Bahnsteig schlurften und Flaschen aus den Abfalleimern fischten. Manche schleppten auch blaue Müllsäcke mit sich herum und wohnten an kalten Tagen stundenlang in ihrem Bahnhof. »Ihr verschandelt ja den janzen Bahnhof und vatreibt ma de Kunden!«, rief sie dann. »Haut ab int Obdachlosenasyl.« Aber diese Menschen klauten wenigstens nicht, im Gegensatz zu den berufsmäßigen Taschendieben. Die kamen immer zu zweit oder dritt. Der Erste rempelte einen Fahrgast an und bekleckerte ihn mit etwas, der Zweite bot sich freundlich an, alles wieder abzuwischen, während der Dritte inzwischen Geld und Scheckkarten klaute. Einige Male hatte sie die Polizei angerufen, um anschließend lediglich Durchsagen durch den Lautsprecher zu hören, dass man sich vor Taschendieben hüten möge. Am aufmerksamsten war sie bei den Männern und Frauen, die den Eindruck erweckten, am Ende zu sein, und da vor allem bei denen, die aussahen als ob sie sich vor den nächsten Zug, der in den Bahnhof einfuhr, stürzen wollten. Das war immer ungeheuer spannend: Tut sie's oder tut sie's nicht? Da einzugreifen, hatte sie keine Chance, und wenn einer partout aus dem Leben scheiden wollte, dann sollte er doch. »Wenn er sich dadurch verbessern kann«, war ihre stehende Wendung. Auch der betroffene U-Bahnfahrer tat ihr nicht leid. »Diese Arschlöcher streiken dauernd, und ick vadiene in die Zeit keene müde Mark.« Obwohl sie tagtäglich mit Cent und Euro umgehen musste, kam sie von der alten Währung nicht los. Was sie nicht verknusen konnte, waren die Mütter, die ihrer Brut immer Puderzucker in den Hintern bliesen und so taten, als sei ihr Gör etwas absolut Einzigartiges. Besonders schlimm waren die Schlunzen mit den Wickeltüchern. »Mann, wir sind hier nicht bei die Hottentotten!«, entfuhr es ihr da mitunter schon mal. Auf ihrer Abschussliste standen auch die alten Weiber, die vor ihrem Kiosk stehen blieben, nüscht kooften, aber fürchterlich schnatterten, ebenso wie die jungen Schnepfen, die alle so aussahen, als würden sie bei Deutschland sucht den Superstar mitmachen und sich den Sieg dadurch erhofften, dass sie mit Dieter Bohlen ins Bett gingen. »Verpisst euch, ihr Nutten!« knirschte sie da. Was sie auch gewaltig nervte, waren die Fahrgäste, meistens Männer, die ruhelos von einem Ende des Bahnsteigs zum anderen liefen. Oft dachte sie, die wollten schnell zu ihr, um was zu kaufen, bevor der Zug einlief, doch denkste! Allerdings pflanzten sich die meisten Fahrgäste irgendwohin oder blieben stehen, wo sie waren, bis der Zug stand. Die guckten dann richtig wie in Trance. Andere wieder, die Fußschwachen, fielen auf die erstbeste Bank und dösten vor sich hin. Es gab aber auch fleißige Menschen, die nutzten die

Wartezeit, um Hausaufgaben zu machen, Fachbücher zu lesen oder bedeutsame Daten in ihren Laptop zu tippen. Manche packten auch ihre Stullen aus und mampften oder kamen mit ihrer Currywurst auf den Bahnsteig. »Arschlöcher«, murmelte sie in diesen Fällen immer. »Kooft euch lieba 'n Schokoriegel bei mir.« Ihren größten Spaß hatte sie an den Fahrgästen, denen der Zug vor der Nase weggefahren war. Die einen waren so wütend, dass sie nahe daran waren, mit dem Fuß gegen die Tür zu treten, die sich haarscharf vor ihnen geschlossen hatte, die anderen taten so erhaben wie eine Katze, die gerade ihre Beute verfehlt hatte. Hannelore Velkoborski bedauerte nur, dass der nächste Zug bereits in fünf Minuten kam und nicht erst in 50.

Groß war ihr Blickfeld leider nicht, denn eine Reihe stabil ausgeführter Mittelstützen zog sich von ihrem Kiosk bis zum Ausgang. Links von ihnen hatte sie den Bahnsteig Richtung Rudow und den Gang zur U4 im Auge, rechts den Bahnsteig der U7 in Richtung Rathaus Spandau und den westlichen Ausgang des Bahnhofs Bayerischer Platz. Links gab es da die Treppenstufen und rechts die nach oben führende Rolltreppe.

In dem Augenblick, in dem sie wieder einmal Zeit hatte, zum Ausgang zu sehen, kam ein Mann die Treppe herunter, den sie nicht nur vom Fernsehen her kannte, sondern auch von kleineren Plaudereien: der Rechtsanwalt Bernhard Jöllenbeck, der oben in der Aschaffenburger Straße seine Kanzlei hatte und immer mit der U-Bahn fuhr, wenn er fürchtete, bei einem Termin vor einem Gerichtsgebäude wie nach der Heimkehr vor seiner Kanzlei keinen Parkplatz zu finden.

»Na, wie geht's, Frau Velkoborski?«, fragte er, nachdem er an ihren Kiosk getreten war, um eine überregionale Tageszeitung und eine Rolle Pfefferminzbonbons zu kaufen, wobei er, da er aus der Nähe von Hamburg kam, das V wie ein F aussprach.

»Danke, für die jütige Nachfrage, Herr Anwalt: jlänzend! Wie sollt et ooch anders sein, wenn mal eena kommt, der meinen Namen richtig ausspricht.« Die Berliner nahmen bei Namen das V immer als W, denn keinem Jungen konnte man zumuten, Fiktor gerufen zu werden.

»Aber gerne, ja, an Ihnen ist doch nun gewiss nichts Welkes.«

Da strahlte sie und erließ ihm, da er es nicht passend hatte, die fehlenden zehn Cent. »Damit Se sich wieder mal 'ne Taxe leisten können.«

»Das ist es nicht, Frau Velkoborski, aber wenn man als Anwalt die Leute verstehen will, muss man sich immer mal wieder unters Volk mischen.«

Das gefiel ihr, und sie wünschte ihm noch einen guten Tag und viel Erfolg vor Gericht, ehe der nächste Kunde, der seinen Zug nahen hörte, Jöllenbeck zur Seite drängte.

Als der Mann wieder abgetreten war, sah sie, dass Jöllenbeck von einem Jungen in Baggy Pants angesprochen, ja, angepöbelt wurde. Es gab einen heftigen Streit, ohne dass sie ein Wort verstanden hatte. Der Junge riss Jöllenbeck am Jackett, der Anwalt wehrte sich.

Dann, als sie sich umdrehte, um dem eiligen Kunden eine Zeitung aus der Auslage zu holen, ging alles ganz schnell. Der Zug Richtung Rathaus Spandau rauschte in den Bahnhof, und Jöllenbeck stürzte auf die Gleise.

5

In den Räumen der zwölften Mordkommission ging es zu wie im Meditationsraum einer buddhistischen Gemeinschaft. Aktuelles lag nicht an und man beschäftigte sich mit ungelösten Fällen oder tat etwas für seine Fortbildung.

Gunnar Schneeganß studierte eine etwas vergilbte Nummer der Fachzeitschrift Kriminalistik und hatte gerade mit der Lektüre über Amokläufe an Schulen begonnen, während Eugen Grätz dabei war, in der Fußball-Woche nach einem Bericht über seinen Verein zu suchen, der ganz weit unten in der Bezirksliga angesiedelt war.

»Wieder nichts drin über uns«, musste er feststellen. »Diese Journalisten-Fuzzis sollte man alle auf den Mond schießen. Wenn man die nicht schmiert, schreiben sie auch nichts über einen, und Positives erst recht nicht. Aber über Hertha! Obwohl das doch die größten Loser aller Zeiten sind, und der Dieter Hoeneß keinen Einbeinigen von einem Zweibeinigen unterscheiden kann. Wenn es ein Straftatbestand wäre, dass man kein Fortune hat, müsste der für 20 Jahre in den Knast.«

Eugen Grätz, gerade 54 Jahre alt geworden, war zwar Beamter, streikte dennoch – und dies seit über 20 Jahren. Sein Arbeitskampf galt pauschal ›denen da oben‹, was, von seinen direkten Vorgesetzten bis zu Gott, alle einschloss, die etwas zu sagen hatten. Sie hatten verhindert, dass er auf der Bühne des Lebens mehr abbekommen hatte als die beschissene Statistenrolle eines Kriminalhauptwachtmeisters. Was hatte das Leben ihm bisher gegeben? Nichts außer Frust und Ärger. Ob nun Frau und Kinder oder Freunde und Kollegen, alle waren nur darauf aus, ihn zu ärgern und zu kränken. Dabei war er doch ein humorvoller und stets hilfsbereiter Mensch.

»Wenn das mit dir so weitergeht, endest du auch noch mal als Amokläufer«, sagte Schneeganß. »Versuch doch mal, alles ein bisschen leichter zu nehmen.«

»Wie denn? Unsere ganze Gesellschaft ist versaut! Überall nur Korruption und andauernd Streiks.«

»Ja.« Schneeganß nickte. »Nicht mal in Bagdad ist es schlimmer als bei uns. Komm mal bitte vom Fenster weg, ich hör schon die nächste Rakete.«

»Haha«, machte Grätz. »Werd du erst mal so alt wie ich, dann hängt dir auch alles zum Halse raus.«

»Ich lasse lieber alles in den Hals reinhängen«, murmelte Schneeganß. »Am liebsten in Sarahs. Siehe ›Deep Throat‹.«

Gunnar Schneeganß war gerade einmal 34 Jahre alt und hatte schon eine, wie er fand, sagenhafte Karriere hinter sich. Er kam aus einer total zerrütteten Familie. Sein Vater war Alkoholiker, andauernd arbeitslos und schlug, wenn ihn die große Wut überkam, auf alles ein, was in seiner Nähe war. Die Mutter hatte des Öfteren in ein Frauenhaus flüchten müssen, mal mit ihm, mal ohne ihn, je nachdem ob das Jugendamt ihn gerade in ein Heim gesteckt hatte oder nicht. Zudem hatte es Schneeganß in seinem Schöneberger Kiez als

Deutscher ungemein schwer gehabt, zu groß war die Dominanz von Klassenkameraden nichtdeutscher Herkunft gewesen. Doch er hatte es geschafft, sich durchzuboxen und war nach Abschluss der Hauptschule bei der Polizei aufgenommen worden, da sein IQ weit über dem Durchschnitt lag, seine Allgemeinbildung war besser als die mancher Akademiker und sportlich war er zudem. In all seinen Stationen war er glänzend beurteilt worden, hatte sich von Besoldungsgruppe zu Besoldungsgruppe hochgearbeitet und sich durch seine Mitgliedschaft in der Polizeigewerkschaft und der SPD ein ansehnliches Netzwerk aufgebaut, sodass man ihn schließlich, nachdem er in der Abendschule das Abitur gemacht hatte, als Kommissaranwärter zum Studium an die Fachhochschule schickte. Nach drei Jahren hatte er es geschafft, war nun Beamter des gehobenen Dienstes und zur Kripo gekommen. Wie viele Aufsteiger auch, neigte er dazu, sich für den Größten zu halten, für ein einzigartiges Exemplar der Gattung Homo sapiens, und bei jeder Handlung inszenierte er sich: immer schnoddrig, immer witzig, immer Alphatier. Prächtig gestylt war er, gab ständig den Macho, wenn auch selbstironisch, und glaubte, ein legitimer Erbe des großen Ernst Gennat zu sein.

Er griff gerade nach seinem Handy, um Sarah anzurufen, als der Koordinator aller Mordkommissionen bei ihnen auftauchte, um sie zum U-Bahnhof Bayerischer Platz zu schicken.

»Da ist ein Mann vor den Zug gefallen, gesprungen oder gestoßen worden. Jedenfalls: Exitus.«

»Oben oder unten?«, fragte Schneeganß.

»Wie?«

»Unten haben wir den Bahnsteig der U7, oben den der U4«, erklärte ihm Schneeganß.

»Keine Ahnung.«

»Keiner hat wieder mal von was 'ne Ahnung«, brummte Grätz.

»Wir sind eben die Generation Doof«, sagte Schneeganß. ›Generation Doof‹ von Stefan Bonner und Anne Weiss, war ein herrliches Sachbuch, und er las es jeden Abend mit großem Vergnügen.

Nach kurzer Beratung mit dem Koordinator machten sie sich auf den Weg. Schneeganß wäre die etwa zwei Kilometer gern im Walkingtempo gelaufen, aber Grätz bestand darauf, dass sie mit dem Auto fuhren.

»Meinst du, mein Dienstherr bezahlt mir die Hacken, die ich mir dabei ablaufe?«

Kurz nachdem sie im Wagen gesessen und losgefahren waren, dudelte das Handy und sie erfuhren, dass der Tote auf dem U-Bahnhof Bayerischer Platz ein Politiker sein sollte.

»Bernhard Jöllenbeck«, sagte Schneeganß, das Gerät wieder zuklappend.

»Schön, dass die sich selbst aus dem Verkehr ziehen, bevor sie größeren Schaden anrichten können«, erklärte Grätz. »Brauchen wir ihre riesigen Diäten nicht zu bezahlen.«

»Es steht doch noch gar nicht fest, dass es Selbstmord war«, sagte Schneeganß, während sie in die Martin-Luther-Straße einbogen.

Als Grätz das Straßenschild las, konnte er den Reflex nicht unterdrücken, weiter zu schimpfen.

»Was meinst du, was mich das aufregt, wenn unsere Nachrichtensprecher immer sagen: Martin Luser King, als würde unser Reformator Martin Luser heißen.«

»Kann er doch gar nicht«, wandte Schneeganß ein. »Der King war alles andere als ein Loser. Anders als dieser Jöllenbeck.«

»Nie gehört den Namen«, brummte Grätz.

»Jöllenbeck war Mitbegründer der NeoLPD, der Neoliberalen Partei Deutschlands, so einer Mischung von rechtester FDP und sozusagen nazifreier NDP, wenn so was überhaupt möglich ist. Ein deutscher Jörg Haider wollte er werden. Insofern steckt eine gewisse Logik darin, dass er sein Ende auf dem Bahnhof Bayerischer Platz gefunden hat, auch wenn Bayern noch nicht ganz Österreich ist, trotz Sissi.«

»Das ist mir zu hoch«, sagte Grätz.

»Wir sind ja gleich unten in der U-Bahn.« Schneeganß liebte es, Grätz auf den Arm zu nehmen. Anders war der Mann nicht zu ertragen.

Sowie sie am Bayerischen Platz angekommen waren, mussten sie sich die Ohren zuhalten, da der Rettungshubschrauber, der auf der Grünfläche des Bayerischen Platzes gelandet war, gerade in die Höhe stieg.

»Wozu braucht der denn noch 'n Hubschrauber, wenn der schon tot ist!«, rief Grätz. »Steuerverschwendung!«

Parkplätze gab es nicht, sodass Schneeganß nicht zögerte, auf den Bürgersteig zu rollen. Sofort war ein Hundebesitzer jüngeren Datums zur Stelle, um für Ordnung zu sorgen.

»Häih, det is hier 'n Bürgersteig und keene Autobahn!«

»Ja, aber ich bin der Pfarrer und muss nach unten, um dem traumatisierten U-Bahnfahrer die letzte Ölung zu … zu …« Da er das optimale Verb nicht kannte, stockte er kurz. »… zu verpassen.«

»Pass ma uff, det ick dir keene verpasse!«

»Sag bitte noch: du Arsch, dann haben wir die Beamtenbeleidigung beisammen.«

In diesem Augenblick tat der Dobermann des Jungberliners das, was seine Natur ihm gebot und was er sich jeden Tag mindestens einmal schuldig war: er kackte auf den Bürgersteig.

Grätz zeigte auf die Kotsäule. »Wegmachen, sonst …«

»Du hast wohl nicht mehr alle!« Der Hundehalter machte Anstalten, sein Tierchen von der Leine zu lassen.

Schneeganß knöpfte sein Jackett auf und deutete auf seine Dienstwaffe. »Sie binden Ihren Hund zuerst hier an den Laternenpfahl und heben schön auf, was er hinterlassen hat. Und nicht in Zeitlupe, sondern mit Höchstgeschwindigkeit bitte.«

Der Hundebesitzer beeilte sich, und Schneeganß fühlte sich in seiner These bestätigt, dass der mündige Bürger nichts als Fiktion war und nur in den Parteiprogrammen der CDU und der FDP wirklich existierte.

»Schade, dass du diesem Armleuchter nicht aus Versehen und in Notwehr ins Bein geschossen hast«, sagte Grätz. »Erst dem Hund in den Kopf und ihm dann ins Knie.«

»Besser noch: Ihm in den Kopf und dem Hund ins Knie.«

Nun konnten sie sich ihrer eigentlichen Tätigkeit widmen. Die Leute der BVG und die Kollegen von der Schutzpolizei waren mit ruhigem Eifer dabei, den Bahnhof zu sperren und die verwirrten Fahrgäste auf den bald eingerichteten Schienenersatzverkehr zu verweisen. Beim Tatbestand ›Person im Gleis‹, funktionierte der Ausnahmezustand immer tadellos.

»Sie sollten eine Strecke nur für Selbstmörder einrichten«, sagte Grätz. »Damit sparen sie sich das ganze Theater.«

Schneeganß war begeistert. »Gute Idee. Vielleicht die alte Siemensbahn von Jungfernheide nach Gartenfeld wieder in Betrieb nehmen. Die Bahnhöfe Wernerwerk und Siemensstadt stehen ja noch. Da lässt man alle Stunde einen Kurzzug pendeln, und wer will, der kann dann ... Vielleicht sollte man sogar eine richtige Firma gründen, so mit Pfarrer, Beerdigungsunternehmen und Psychologen, die versuchen, die Leute noch vom Sprung auf die Schienen abzuhalten.«

»Und wer kratzt sie von den Schienen ab?«, fragte Grätz.

»Da finden sich schon Freiwillige, wozu boomen die Horrorfilme. Ich hoffe nur, hier unten waren die Abkratzer schon am Werke ...« Auch nach einem Dutzend Dienstjahren hatte Schneeganß Angst vor dem Anblick grässlich zugerichteter Leichen. Am liebsten war es ihm, wenn man jemanden sanft vergiftet hatte.

Sie kamen nur langsam voran, denn überall stand einer, vor dem sie sich legitimieren mussten.

»Hoffentlich kommen wir bald ins Fernsehen, damit uns jeder gleich erkennt«, sagte Schneeganß.

Endlich hatten sie ihre Techniker erreicht, die auf dem Bahnsteig der U7 alles sicherten, was nach Spur aussah. Ihnen blieb es vorbehalten, die Leute zu befragen. Aber zu sehen war neben einigen BVG-Bediensteten nur eine ältere Dame.

»Ist das alles an Fahrgästen?«, fragte Grätz einen Fahrmeister. »Klar, nach der vielen Streikerei in diesem Jahr laufen die Leute lieber.«

»Die Fahrgäste des betroffenen Zuges sind alle ins Freie geleitet worden, doch die haben ja ohnehin nichts bemerken können.«

»Und der Fahrer selbst?«, wollte Schneeganß wissen.

»Der ist mit einem Schock ins Gertrauden-Krankenhaus gekommen.«

»Und die Leute, die auf dem Bahnsteig hier standen, als ...?«

»Die haben sich in alle Winde zerstreut. Es kommt immer Panik auf, wenn sich jemand ...« Auch der Fahrmeister vermied ein präzises Wort, denn alle Verkehrsunternehmen verfolgten die Strategie, das Thema Selbstmord auszublenden. »Nur die Dame da am Kiosk ist geblieben. Die kann ja nicht so einfach alles stehen und liegen lassen, die will ja nicht entlassen werden.«

Schneeganß und Grätz schlenderten zum Kiosk. Unten auf den Gleisen hörten sie die Arbeiter fluchen. Bei der Notbremsung hatte sich ein Stromabnehmer verklemmt.

»Zum Glück war es keine Schafherde«, sagte Schneeganß. »Wie neulich beim ICE. Oder eine Gruppe von Bundestagsabgeordneten. Die müssen ständig im Tunnel sein, sonst hätten sie nicht immer ihren Tunnelblick.«

Damit waren sie bei der Dame vom Kiosk angelangt und stellten sich vor. »Sie müssten doch etwas gesehen haben, Frau …?«

»Velkoborski, Hannelore Velkoborski.«

»Angenehm.« Schneeganß verwendete manchmal die Wendungen seiner Großeltern.

»Det is ja allet so schrecklich!« Hannelore Velkoborski wischte sich die Tränen aus den Augen. »Und hier uff meim Bahnhof. Da braucht man ja keen Fernsehen mehr. Der Jöllenbeck, Mann!«

»Kannten Sie den Mann?«, fragte Schneeganß.

»Ja, klar, der hat manchmal 'ne Zeitung bei mir jekooft. Und nu issa nur noch Hackepeter.« Wieder begann sie zu weinen.

Grätz hasste Showeinlagen wie diese. »Was haben Sie denn nun gesehen?«

Hannelore Velkoborski hatte Mühe, das Bild abzurufen. Wie Jöllenbeck von dem Jungen mit den schlabbernden Hosen angegriffen worden war. »Da is 'n Junge uff ihn zu, und dann gab's ne Rangelei. Mehr hab ick nich jesehn, weil jrade 'n Kunde jekommen is. Nur noch den Schrei hab ick jehört.«

Schneeganß bedankte sich, Grätz schrieb sich Namen und Adresse auf. Dann traten sie zu einer kurzen Beratung beiseite.

»Zuerst sollten wir uns mal ansehen, was auf dem Video der BVG zu erkennen ist, und dann mit dem Fahrer reden«, schlug Schneeganß vor. »Anschließend müssen wir uns wohl mit Jöllenbecks Privatleben befassen, wenn der überhaupt eins hatte.«

»Hoffen wir, dass es Selbstmord war«, sagte Grätz. »Da haben wir keine Arbeit mit.«

Doch die Videoaufzeichnung vom Bahnhof Bayerischer Platz brachte ihnen keinerlei Erkenntnisse darüber, was es denn im Falle Jöllenbeck wirklich war: ein Mord, ein Selbstmord oder ein Unfall. Es hatte einen kleinen Kampf gegeben, das schien festzustehen, jedoch war es nicht eindeutig zu erkennen, ob sich der Anwalt danach in selbstmörderischer Absicht vor den Zug geworfen hatte, ob er von dem Jungen in Baggy Pants vor den Zug gestoßen worden war oder ob er einfach das Gleichgewicht verloren hatte und auf das Gleis gestürzt war.

»Ohne diesen Knaben werden wir nicht weiterkommen«, sagte Grätz.

»So ist es.« Schneeganß nickte und sorgte per Handy dafür, dass die notwendigen Maßnahmen eingeleitet wurden. Danach machten sie sich auf den Weg, um zu sehen, ob es in Jöllenbecks Kanzlei etwas gab, das ihnen weiterhelfen konnte. Bis zur Aschaffenburger Straße waren es nur ein paar 100 Meter.

Die Anwaltsgehilfin hatte schon erfahren, was geschehen war, und saß wie leblos hinter ihrem Schreibtisch.

»Liegt hier irgendwo ein Abschiedsbrief?«, fragte Schneeganß.

»Nein …«

»Und im Computer war auch nichts?«

»Nein …«

»Ist hier irgendwann einmal ein junger Mann mit diesen Hosen aufgetaucht, die aussehen, als wären sie zehn Nummern zu groß?«, fragte Grätz.

»Nein …«

»Nein …« Grätz konnte nicht anders, als die stimmlose Dame nachzuäffen. »Ist Ihnen sonst etwas aufgefallen, das uns weiterbringen könnte?«

»Nein …«

Typisch Generation Doof, dachte Schneeganß, und nahm einen letzten Anlauf. »Können Sie uns bitte die Adresse von Herrn Jöllenbeck verraten und uns sagen, ob da jemand zu Hause ist. Ist er – war er verheiratet?«

»Nein …«

Immerhin erfuhren sie, dass Jöllenbeck in der Meraner Straße wohnte, gleich auf der anderen Seite des Bayerischen Platzes. Als sie klingelten, öffnete ihnen eine Reinemachefrau, die so chic und polnisch aussah, dass Schneeganß sofort an das dachte, was naheliegend war. Da sie jedoch nicht in Tränen aufgelöst war, konnte davon ausgegangen werden, dass sie von Jöllenbecks schrecklichem Ende nichts erfahren hatte. Sie stellten sich zwar vor, ließen sie aber vorerst im Ungewissen.

»Sie haben Herrn Jöllenbeck gut gekannt?«

»Ja …«

»So gut, dass er Ihnen immer alles erzählt hat, was ihn bedrückte?«

»Ja …«

»Hat er Ihnen gegenüber auch einmal durchblicken lassen, dass er an Selbstmord denkt?«

»Ja ...«

»Und da haben Sie ihn dann getröstet?«

»Nein ...«

Dieses Nein fiel so sehr aus dem Rahmen, dass Schneeganß Mühe hatte, es zu verarbeiten. »Wie?«

»Er hat nicht wollen, dass ich ihn tröste.«

»Wie das?«, staunte Schneeganß und grinste. »Ich an seiner Stelle ...«

»No, er hat lieber Jungen gehabt, wissen Sie.«

6

Hansjürgen Mannhardt hatte von seinem Enkel zum Geburtstag eine Karte für das letzte Heimspiel von Hertha BSC geschenkt bekommen, und nun bestand Orlando auch darauf, dass er am Pfingstsonnabend mit ihm ins Olympiastadion fuhr. Doch Mannhardt hatte keine Lust dazu und maulte.

»Muss ich mir das antun? Das sind doch keine Fußball-, das sind alles Trauerspiele, was die abliefern. Eine Schande für einen Hauptstadtklub, wo die in der Tabelle stehen. Ich mag keine Loser.« Hertha enttäuschte ihn Jahr für Jahr, denn er wünschte sich nichts sehnlicher, als dass ›die alte Dame‹ noch einmal Deutscher Meister wurde. Seit 1931, als man 1860 München im Endspiel 3:2 geschlagen hatte, war das nicht mehr der Fall gewesen.

Allein die Anfahrt zum Stadion erschien ihm so beschwerlich wie nach dem Kriege eine Hamsterfahrt ins Havelland. Fuhr man mit dem eigenen Wagen, fand man keinen Parkplatz, und nahm man U- oder S-Bahn, traf man auf besoffene Fans, die grölten und mit Bierflaschen warfen.

»Am besten, wir sind drei Stunden vor Spielbeginn im Stadion und fahren erst zwei Stunden nach dem Anpfiff wieder weg«, sagte Orlando, als er Mannhardts Bedenken vernommen hatte. »Da solltest du gleich mal an Ort und Stelle mit Dr. Narsdorf drüber reden.«

Mannhardt staunte. »Wieso Dr. Narsdorf, ist der

auch da, ist das der Mannschaftspsychiater von Hertha?«

»Nein, der reist sozusagen auf demselben Ticket wie wir beide, das heißt, unser Tennisverein hat drei Dauerkarten gekauft, und wer sich rechtzeitig anmeldet, kann zu Hertha gehen.«

Mannhardt gab sich geschlagen. »Gut, dann gehen wir, Masochismus soll ja was Schönes sein.«

»Treffen wir uns am Bahnhof Westkreuz?«, fragte Orlando.

»Nein, ich bin doch nicht lebensmüde!«, rief Mannhardt. »Da stehen Tausende, Wände von Menschen, und bei der Drängelei wird man nur auf die Schienen gestoßen.«

»Ja, ich weiß, bei jedem Hertha-Spiel müssen sie die Leichen mit dem Radlader zur Seite schieben, damit die nächste S-Bahn durchkommt.«

Schließlich einigten sie sich, schon am Bahnhof Friedrichstraße, wo es längst nicht so voll war, in die S-Bahn zu steigen. Dorthin kam Mannhardt von Alt-Tegel aus in 20 Minuten mit der U6.

Und richtig, das Abenteuer Anreise nahm ein glückliches Ende, eine halbe Stunde vor Anpfiff des Spiels stand Mannhardt völlig unversehrt am Eingang des Olympiastadions. Man musste den Strichcode am Ende der Eintrittskarte in einen Automaten stecken, dann öffnete sich das Drehkreuz. Dahinter erwartete ihn ein Wachschutzmann, der ihn so sorgfältig abtastete, als würde er eine El-Al-Maschine nach Jerusalem besteigen wollen.

»Das ist schön, dass Sie mir in meinem hohen Alter so viel kriminelle Energie zutrauen«, sagte

Mannhardt und musste daraufhin zur Strafe für seine Unbotmäßigkeit auch noch seine Schlüssel aus der Tasche holen, um nachzuweisen, dass sie kein Stilett waren. Schließlich saß er aber doch auf einem grauen Schalensitz im Block N, das war auf der sogenannten Gegentribüne. Links von ihm hatte Narsdorf Platz genommen, rechts sein Enkel. Entspannt ließ er die Bilder auf sich einwirken. Das Wetter war herrlich, Vorfreude erfüllte ihn. Ärgerlich waren nur die blaue Aschenbahn, widernatürlich für ihn, und das Dach, das aus dem weiten Rund des Stadions eine enge Halle machte. Ohne Deckel war die Schüssel schöner gewesen. Wenig erfreulich waren auch die beiden blau-weiß gekleideten Fans, die sich in die Reihe vor ihnen platzierten. Der eine trug einen Hut in Form eines Baumkuchens, der ihm die Sicht versperrte, der andere trank ein Bier nach dem anderen und schwitzte es postwendend wieder aus, worauf es anhaltend nach Kuhstall roch.

»Hach, ist der Rasen grün«, sagte Mannhardt. »Und so schön gemustert.«

Hertha spielte gegen den 1. FC Nürnberg, und Mannhardt fragte erstaunt, warum die denn den Maxl Morlock nicht aufgestellt hätten.

»Wer ist Maxl Morlock?«, fragte sein Enkel.

»O Gott!«, rief Mannhardt. »Das ist ja so, als wenn du als Jurist nicht wüsstest, wer Savigny war.«

Als die Mannschaftsaufstellungen durchgegeben wurden, erreichte der Lärm Dezibelstärken, die Mannhardt zu seinen Ohrenstöpseln greifen ließen. Zwar war dadurch kein Small Talk mit seinen Nachbarn mehr möglich, es ersparte ihm aber gesundheitlichen Schaden.

Das Spiel begann, es begann vor sich hinzuplätschern. Für Hertha ging es um nichts mehr, und die Nürnberger hatten nicht so recht realisiert, dass sie eigentlich siegen mussten, um dem Abstieg zu entgehen. Vor einem Jahr waren sie hier im Olympiastadion Pokalsieger geworden und noch immer geblendet von ihrer eigenen Größe. Was Mannhardt in der ersten Halbzeit hinderte, wegzudösen, waren die Zwischenergebnisse der anderen Bundesligaspiele, die regelmäßig auf der Videowand erschienen. Immerhin hatte er jetzt Pantelić, den Serben, der bei Hertha ab und an für Tore sorgte, den langen Jan Koller, den Tschechen, und Charisteas, den griechischen EM-Helden des Jahres 2004, einmal live gesehen.

»Nun kann ich ja beruhigt sterben«, sagte er zu Orlando. Zuvor regte er sich noch darüber auf, dass die Millionarios unten auf dem Rasen nur Kümmerliches boten und die Fans wie der Stadionsprecher umso mehr lärmten, je weniger Fußballkunst und echte Spannung geboten wurden.

Als ihm sein linker Ohrenstöpsel herausfiel, hörte er Narsdorf sagen, dass er Serben in deutschen Mannschaften gar nicht gern sehen würde, weder bei Hertha noch bei den Basketballern von Alba Berlin. »Man kann nicht wissen, ob die nicht auch in Srebrenica dabei waren.«

Mannhardt konnte nichts antworten, weil in diesem Augenblick ein Nürnberger gefoult wurde, und als er den sterbenden Schwan spielte, brüllte ein Depp hinter ihnen: »Hubschraubereinsatz!«

Endlich kam der Halbzeitpfiff und Mannhardt nutzte die Gelegenheit, auf die Toilette zu eilen. Dort wurde es so spannend wie in den 45 Minuten zuvor nicht ein einziges Mal, da sein Pinkelbecken mit eklig gelbem Urin angefüllt war. Nun ging, während er blank gezogen hatte, plötzlich die Spülung an und spritzte ihm die Brühe an die Hose. Nicht nur das, auch sein Penis bekam etwas ab, und er infizierte sich mit Gonorrhöe und AIDS. Mindestens. So seine Horrorvision, doch nichts passierte, und die zweite Halbzeit wurde besser als die erste, was auch daran lag, dass der Torwart der Herthaner zum besten Mittelfeldspieler der Mannschaft avancierte, weil seine Abschläge alle Steilpässe waren und die Nürnberger in Gefahr gerieten, ein Tor zu kassieren. Ihre Fans, die einen Block neben dem Marathontor besetzt hatten, suchten sie mit wildem Kriegsgeschrei zu unterstützen. Der Einpeitscher wie die Frontmänner hatten die Oberkörper entblößt.

Dutzende von Ordnern in grellen gelben und orangefarbenen Westen standen mit dem Rücken zum Spielfeld und beobachteten das Geschehen auf den Rängen. Dass ja keiner zum Amoklauf über das halbe Spielfeld ansetzte oder Feuerwerkskörper zündete.

Endlich fiel das 1:0 für Hertha BSC, und Mannhardt nutzte die Chance, um aufzuspringen, die Arme hochzureißen und eine Runde Rückengymnastik einzulegen. Geschossen hatte das Tor ein Brasilianer namens Raffael. Deutsche gab es kaum auf dem Platz, der Schiedsrichter hieß Babak Rafati. Er fiel vor allem dadurch auf, dass er den Nürnbergern zumindest einen klaren Elfmeter verwehrte.

»Sonst hätten sie unentschieden gespielt«, sagte Orlando.

»Wer sagt denn, dass sie den Elfer verwandelt hätten«, gab Mannhardt zu bedenken, wissend, dass sich Fußballakademiker über diese Frage stundenlang streiten konnten.

Zum Schutze sensibler Zuschauer verzichtete man auf eine längere Nachspielzeit, und die Nürnberger waren trotz ihrer Niederlage noch nicht abgestiegen, weil Arminia Bielefeld im Spiel gegen Borussia Dortmund kurz vor Schluss das 2:2 kassiert hatte. Dennoch riefen die frustrierten Nürnberger Fans: »Berlin ist Scheiße!«

»Ich kaufe dieses Jahr zu Weihnachten keine Nürnberger Lebkuchen«, beschloss Mannhardt.

Auf dem steilen Anstieg zum Ausgang war Dr. Narsdorf neben ihnen und fragte sie, ob sie nicht gemeinsam etwas essen könnten.

»Ich möchte da noch etwas mit dir beziehungsweise Ihnen bereden.«

Er führte sie die Olympische Straße hinunter zu einem Italiener am Steubenplatz. Nachdem sie ein wenig über das Spiel geplaudert und ihre Bestellung aufgegeben hatten, kam er beim Aperitif zur Sache.

»Auf Orlando kann ich mich verlassen, das weiß ich seit Jahren, und Sie, Herr Mannhardt, waren ja ein Leben lang Kriminalbeamter … Sie schwören mir, keinem anderen etwas von dem zu erzählen, was ich Ihnen jetzt anvertrauen will … Mit der Bitte um Hilfe …«

Mannhardt zuckte zusammen. Kam jetzt das Geständnis, dass der Arzt und Psychiater jemanden ermordet hatte? »Ja, natürlich werde ich nicht … Ich bin ja nicht mehr im Dienst.« Trotzdem: Mitwisser einer Bluttat werden wollte er auch nicht.

Nachdem auch Orlando sein Schweigen zugesichert hatte, platzte Dr. Narsdorf damit heraus, dass er erpresst werde.

Fast hätte Mannhardt ausgerufen: Na, wenn es weiter nichts ist!, und gesagt, dass er für dieses Delikt nicht zuständig sei. Er konnte sich jedoch gerade noch bremsen und fragen, weshalb und von wem.

»Weshalb?« Dr. Narsdorf sah sich um und antwortete erst, als er sich vergewissert hatte, dass niemand mithören konnte. »Jemand ist auf meine Festplatte vorgedrungen und hat herausbekommen, wer bei mir wegen was in Behandlung ist. Kommt das heraus, ist das tödlich für mich, das heißt, ich kann meine Praxis schließen. Wer würde noch zu mir kommen, wenn er weiß, dass alles, was er mir anvertraut, am nächsten Tag in der Zeitung stehen kann?«

»Das ist ja weniger schön …« Mannhardt überlegte. »Sie wissen ja, dass auch der genialste Erpresser ein Problem hat, das so unlösbar ist wie die Quadratur des Kreises: Er muss bei der Übergabe des Geldes aus der Deckung hervorkommen – und in dem Moment kann man ihn schnappen.«

»Es sei denn, der Erpresser hat nichts zu verlieren. Ich kann aber alles verlieren, wenn die Sache öffentlich wird. In diesem Falle ist Diskretion alles, und ich kann auch in keinem Fall die Polizei einschalten. Das wäre Selbstmord für mich. Darum dachte ich ja auch, dass Orlando und Sie als eine Art Privatdetektiv die Sache für mich …?«

»Ich danke Ihnen für das Vertrauen in mich und meine Produkte«, sagte Mannhardt mit nicht allzu großer Begeisterung. »Aber …« Er besann sich. Es war immer gut, mit einem Mediziner befreundet zu sein: die Wartezeiten in den Praxen und Krankenhäusern verkürzten sich dadurch für einen Kassenpatienten mindestens um 90 Prozent. »Wie ist der Erpresser an Sie herangetreten?«

»Ich habe einen Brief bekommen und die Kopie einer Krankengeschichte.«

»War der Brief ganz normal ausgedruckt oder aus Zeitungsbuchstaben zusammengesetzt?«, fragte Orlando.

»Alles ganz normal ausgedruckt.«

»Und wessen Krankengeschichte war das?«, wollte Mannhardt wissen.

Narsdorf senkte den Blick und starrte auf den Tisch. »Das möchte ich Ihnen nicht sagen.«

Mannhardt reagierte darauf etwas unwirsch. »Somit können wir kaum etwas für Sie tun.«

»Es war die von … von …« Narsdorf sprach um einiges leiser als zuvor. »Von Bernhard Jöllenbeck.«

Mannhardt wäre fast aufgesprungen. »Der, der auf dem U-Bahnhof Bayerischer Platz?«

»Ja. Und keiner weiß bis jetzt, ob es nicht doch ein Suizid war. Selbstmord, weil er auch schon erpresst worden ist.«

Mannhardt stöhnte anhaltend. »O Gott, das kann ja heiter werden! Hat der Täter auch die Adressen Ihrer Patienten oder nur ihre Krankengeschichten?«

»Er hat nur meine Notizen, also das, was man früher ins Diktiergerät gesprochen hat und heute schnell selbst in den Computer tippt. Nur den Namen und das Leiden, die Adresse nicht.«

»Dann wird er nach E-Mail-Adressen suchen müssen«, sagte Orlando.

»Oder die Leute direkt aufsuchen«, fügte Mannhardt hinzu. »Das wird ihn einige Zeit kosten. Von Ihnen selbst hat er noch kein Geld haben wollen?«

»Nein, bisher nicht.«

»Und Sie wissen, wer das ist?«

»Ja …« Narsdorf wartete, bis sich der Kellner, der ihnen gerade die Salate brachte, wieder entfernt hatte. »Ich glaube, dass es mein alter Intimfeind ist, Leon Völlenklee.«

*

Mannhardt und Orlando schlichen in Heikes Kleinwagen durch die Dieffenbachstraße und suchten das Mietshaus, in dem Leon Völlenklee wohnen sollte. Der Hausnummer nach musste es zwischen der Graefe- und der Grimmstraße sein, von der sie kamen. An beiden Ecken gab es ein Restaurant, das eine hieß Rizz, der Namenszug des anderen war nicht so recht zu entziffern: Powolly oder so ähnlich. Ihre Köpfe gingen in schneller Folge nach links und rechts. Eine Bilderrahmung war auszumachen, eine KiezBlüte, ein Ron Telsky, der Canadian Pizza verkaufte, eine Schule in wilhelminischem Backsteinrot, mehrere Läden: back.art, Fisch & Feinkost, Bücher, Künstlerbedarf, und noch ein Restaurant, eines mit dem Namen Honigstein.

»Da ist es!«, rief Orlando.

Sie kurvten eine Weile ums Karree herum, bis sie endlich einen Parkplatz gefunden hatten, und warteten darauf, dass Völlenklee aus dem Haus kam. Dabei hielt Mannhardt ein Foto in der Hand, das jemand bei der Beerdigung von Henning Hanke, Klassenkamerad von Völlenklee und Narsdorf, gemacht hatte. Sie waren hier, weil sie hofften, dass sich Völlenklee auf den Weg zu einem seiner Opfer machen würde. Traf er sich zur Geldübergabe mit einem von Narsdorfs Patienten, wussten sie wenigstens, dass der Arzt mit seiner Annahme recht hatte. Und danach? So intensiv sie über eine geeignete Strategie nachdachten, sie kamen nicht weiter.

»Was soll man machen, wenn der Erpresste aus einsichtigen Gründen nicht bereit ist, zur Polizei zu gehen?«, fragte Orlando.

»Dann bleibt nichts anderes übrig, als den Erpresser umzubringen«, antwortete Mannhardt. »Aber dabei dürfte es nicht so leicht sein, einen perfekten Mord zu begehen, da der Erpresser zu Hause mit Sicherheit all seine Opfer aufgelistet hat, damit jede Mordkommission leichtes Spiel hat.«

»Also ist der Erpresste machtlos, wenn er auf alle Fälle vermeiden muss, dass die Öffentlichkeit etwas von der Erpressung erfährt?« Es war ein Gedanke, der Orlando als künftigen Juristen und womöglich als zukünftigen Staatsanwalt zutiefst empörte.

Mannhardt nickte. »Ja, ist er. Er kann den anderen nur zur Strecke bringen, wenn er sich selbst opfert. Nehmen wir an, einer von Narsdorfs Patienten ist Krankenpfleger und leidet unter der zwanghaften

Vorstellung, einem frisch Operierten auf der Intensivstation die Schläuche kappen zu müssen, dann kann er sich, hat er seinen Erpresser auffliegen lassen, auf ein Leben als Dauerarbeitsloser einrichten.«

»Wer es auch immer ist, der Narsdorf-Erpresser ist eine … unwissenschaftlich gesagt: große Drecksau und gehört in den Knast!«, rief Orlando.

Mannhardt griff in eine seiner Schubladen. »Theorie der Rechtfertigungstechniken von Sykes und Matza: Er wird sagen, wie du mir so ich dir, und ich zahle dir nur zurück, was du mir angetan hast. Wobei sein Opfer auch stellvertretend für andere oder die ganze Gesellschaft stehen kann.«

Orlando fasste ihre Diskussion zusammen. »Solange Narsdorf keinen anderen Beruf ergreifen will, zumindest, solange er seine Praxis nicht aufgeben will, die ja eine Goldgrube ist, kann er gegen seinen Erpresser nichts machen?«

Mannhardt lachte bitter. »Nein, nur zahlen und hoffen, dass der andere bei einem Wohnungsbrand ums Leben kommt, und bei dem zusätzlich auch alle Papiere und Festplatten verbrennen.«

»Das heißt, wir haben auch auf Narsdorf zu achten, dass er der Versuchung widersteht, den Brand selbst zu legen … wenn der Erpresser schläft.«

»So ist es.« Damit gab sich Mannhardt seinem Mittagsschläfchen hin, während sein Enkel den Hauseingang im Auge behielt und dabei Zeitung las und das Gelesene gleichzeitig murmelnd kommentierte.

»Erdbeben in China … Nur gut, dass die Olympischen Spiele noch nicht angefangen haben. Venezuela: Hugo Chávez bezeichnet Angela Merkel als

Nachfahrin Adolf Hitlers … Welche Vene ist denn bei dem zu, wahrscheinlich die zum Gehirn. Mensch, da kommt er!«

Mannhardt schreckte hoch. »Wer? Hugo Chávez?«

»Nein, der Leon Völlenklee. Das ist er!«

»Na, endlich. Dann folgen wir mal errötend seinen Spuren.«

»Im Wagen oder zu Fuß?«, fragte Orlando. »Du bist der Fachmann.«

»Danke, aber …« Mannhardt zögerte mit einer Entscheidung. »Wenn er mit der U-Bahn fährt, wäre es nicht sehr klug, ihm im Wagen zu folgen, es sei denn, du gehst vorher zu ihm hin und legst ihm eine elektronische Fußfessel an.«

»Was man von älteren Menschen nicht alles lernen kann«, brummte Orlando.

»Es sieht ganz so aus, als würde er kein Auto haben, sondern zur U-Bahn gehen, Südstern wahrscheinlich. Ihm nach.« Mannhardt hievte sich aus dem Wagen. Da Völlenklee sie beide nicht kannte, brauchten sie sich bei seiner Observation nicht sonderlich anzustrengen. Völlenklee überquerte die Urbanstraße, ging die Körtestraße Richtung Südstern hinunter und verschwand in der Tat in der Eingangshalle der U-Bahn. Sie mussten sich beeilen, um nicht den Anschluss zu verlieren. Da der Bahnhof Südstern gerade renoviert wurde und die Züge in Richtung Rathaus Spandau nicht hielten, konnte Völlenklee nur stadtauswärts fahren wollen. Es war nicht schwer, ihn zu entdecken.

Während sie auf den Zug nach Rudow warteten,

fragte Mannhardt seinen Enkel, ob der wüsste, welche Namen dieser Bahnhof getragen habe.

»Nein. Aber ich kann ja mal raten: Hasenheide vielleicht?«

»Richtig! Der Kandidat hat 100 Punkte. Aber nicht nur Hasenheide, sondern auch noch Kaiser-Friedrich-Platz und Gardepionierplatz. Südstern ist der vierte Name.«

Der Zug kam, und sie schafften es, im selben Wagen wie Völlenklee Platz zu finden. Er fuhr das ganze ewige Ende bis Rudow und stieg dort in den Bus zum Flughafen Schönefeld um.

»Vielleicht hat er schon irgendwo kräftig abkassiert und will sich nun in die äußere Mongolei absetzen«, sagte Mannhardt.

Völlenklee machte jedoch nirgendwo Anstalten, einzuchecken, er streifte nur durch die Hallen und hielt Ausschau nach … Ja, wonach? Mannhardt und Orlando kamen nicht darauf. Wollte er jemanden abholen? Nein, da wäre er an einem ganz bestimmten Ausgang stehen geblieben. Einmal folgte er einer Gruppe von Stewardessen, musste allerdings zurückbleiben, als die im Personalbereich verschwanden.

»Er wird doch nicht etwa auch eine Stewardess erpressen wollen«, sagte Mannhardt. »Was soll bei einer Serviererin der Lüfte schon zu holen sein?«

Orlando verlor langsam die Lust an der Sache. »Vielleicht ist er gar nicht deswegen hier, vielleicht ist er gar nicht der, der es auf Narsdorf abgesehen hat?«

Völlenklee war inzwischen vor der großen Tafel

stehen geblieben, auf der die ankommenden Flüge angezeigt wurden. Lange studierte er das, was da an Zeiten, Flugzielen und Airlines zu finden war, dann nahm er seine Wanderung durch die Terminals wieder auf. Die nächste halbe Stunde verging, ohne dass etwas Besonderes geschah.

»Üben wir weiter«, sagte Mannhardt.

Sein Enkel konnte ihm nicht folgen. »Was sollen wir üben?«

»Na, uns in Geduld.«

Nach weiteren zehn Minuten schienen sie belohnt zu werden, denn Völlenklee verstellte zwei Piloten, die gerade ihren Dienst antreten wollten, den Weg, um sie etwas zu fragen. Die beiden schüttelten jedoch nur den Kopf und gingen weiter.

»Geh du hinter Völlenklee her«, sagte Mannhardt zu seinem Enkel. »Ich folge den beiden Piloten und frage sie, was Völlenklee von ihnen wissen wollte.«

Schnell hatte er die beiden Männer eingeholt und suchte, sie für einen Moment aufzuhalten.

»Pardon, kann ich Sie mal kurz fragen, was der Herr eben …?«

Die Piloten gingen weiter, als sei er Luft für sie. Möglicherweise verstanden sie kein Deutsch. Er versuchte es auf Englisch, doch auch da reagierten sie nicht.

»Arschlöcher«, murmelte Mannhardt und musste all seine Impulskontrolle bemühen, um den beiden nicht in den Hintern zu treten. Was blieb ihm, als umzukehren und nach Orlando Ausschau zu halten. Da stand er, am Zeitungskiosk.

»Na, Opa?«

»Nichts.« Mannhardt fluchte noch einmal. »Aber die Tatsache, dass er die beiden angesprochen hat, könnte darauf hindeuten, dass er auf der Suche nach einem Piloten ist, von dem er zwar den Namen, den Beruf und die Krankengeschichte hat, aber keine Adresse.«

Orlando nickte. »Ja, das sehe ich auch so. Was bleibt ihm anderes übrig, als die Leute live zu erwischen.«

Während sie diese Worte wechselten, war Völlenklee zur Bushaltestelle gegangen und in den 171er gestiegen.

»Wenn wir auch einsteigen, wird er uns bemerken und Verdacht schöpfen«, sagte Mannhardt. »Am besten, wir setzen uns in eine Taxe und lassen uns zum U-Bahnhof Rudow fahren. Vermutlich wird er da in den Zug umsteigen. Wenn nicht, haben wir Pech gehabt.«

Sie hatten Glück und folgten Völlenklee hinunter in die U-Bahn. Hier war so viel Betrieb, dass sie keine Angst haben mussten, ihm irgendwie aufzufallen. Sie nahmen an, dass er in seine Wohnung zurückkehren wollte, schauten allerdings vorsichtshalber an jedem Bahnhof abwechselnd aus der Tür, ob er nicht vorher aussteigen würde. Und richtig, bereits an der Johannisthaler Chaussee verließ Völlenklee den Zug und fuhr mit der Rolltreppe in die Gropius Passagen hinauf.

»Warum will er hier einkaufen und nicht bei sich vor der Tür?«, fragte Mannhardt.

»Weil es hier sicherlich billiger ist?«, antwortete Orlando.

Mannhardt schüttelte den Kopf. »Billiger als bei Karstadt am Hermannplatz glaube ich nicht.«

»Vielleicht ist einer der Händler hier im Einkaufscenter eines seiner potenziellen Opfer«, sagte Orlando.

Wieder war Mannhardt anderer Meinung. »Ach, das sind ohnehin alles Ketten, und die Verkäuferinnen kriegen alle nur ihren Mindestlohn, da ist doch nichts zu holen.«

»Vielleicht aber bei der da.« Orlando zeigte auf die kleine Bühne, die auf der Plaza vor der Buchhandlung SoSch aufgebaut war. »Kennst du die singende Moderatorin da?«

»Nein, leider nicht.«

»Das ist Millie Malorny«, verriet ihm Orlando.

»Nie gehört.«

»Kein Wunder bei den Sendern, die du nicht einschaltest, und den Zeitschriften, die du nicht liest.« Sein Enkel zählte sie ihm alle auf. »Du gehörst eben nicht zur Generation Doof. Die kennt Millie Malorny, die liebt Millie Malorny.«

Als die lebende Barbie-Puppe nun von der Bühne stieg, um Autogramme zu geben, strömten Hunderte von Teenies herbei. Doch ganz vorne in der Schlange stand Leon Völlenklee.

»Zufall oder erste Kontaktaufnahme mit seinem Opfer?«, fragte Mannhardt.

»Wir sollten die Dame auf alle Fälle im Auge behalten.«

7

Hagen Narsdorf fluchte leise vor sich hin, während er ins Bad taumelte. Wieder einmal war er nach dem Aufwachen müder als vor dem Einschlafen. Der Blick in den Spiegel schmerzte wie ein Messerstich in den Bauch, und sein Selbsthass war so groß, dass er murmelte: »Zieh dir 'ne Hose drüber, du Arschgesicht!« Er hätte zehn Jahre seines Lebens dafür gegeben, ein anderer zu sein. In der Duschkabine war es eklig kalt, und er ließ zunächst eine Weile heißes Wasser laufen, um alles etwas anzuwärmen. Nachdem er in die Kabine getreten war und die Tür hinter sich geschlossen hatte, benetzte er seinen Körper und verteilte das Duschgel von den Zehen bis zur Stirn. Dabei stellte er sich vor, Vanessa einzuseifen, seine neu eingestellte Sprechstundenhilfe, deren Hobby das Poppen war, wie sie einer Freundin per SMS verraten hatte. Er schloss die Augen, fuhr mit dem Penis in die hohle Hand und rieb und stieß, immer wütender werdend, weil es ihm nicht kommen wollte. Das Ganze war eher eine Qual als eine Lust, doch er bestand auf diese Triebabfuhr, um sich zu entschärfen und im Laufe des Tages weder für Vanessa noch seine Patientinnen eine Gefahr zu sein. Endlich ejakulierte er, allerdings kam so wenig Samenflüssigkeit, dass er erschrak. Das bisschen reichte niemals, um ein Kind zu zeugen, da brauchte er kein Mikroskop. Offensichtlich hatten das auch alle seine Partnerinnen bemerkt und sich lieber potenteren Männern zugewandt. Angeekelt spülte er sein Ejakulat hinunter.

»Du musst mal zum Psychiater!«, rief er sich hinterher, als er die Duschkabine verließ, stolz auf das Maß an Selbstironie, zu dem er fähig war.

Zum Frühstück briet er sich zwei Spiegeleier. Mit viel Speck und very british. Das erinnerte ihn an den letzten Urlaub. Er war kein großer Freund der NLP, der Neuro-Linguistischen Programmierung, doch das anchoring war keine schlechte Sache. Man ankerte mit seiner Seele an einer schönen Stelle und vermied damit negative Gefühle und unerwünschtes Verhalten.

Während er wartete, bis seine Kaffeemaschine ihre Pflicht erfüllt hatte, beschimpfte er sich selbst.

Alle Männer in deinem Alter haben eine Frau oder Lebensgefährtin, nur du nicht. Aber wer nimmt dich Arschloch schon?

Melde dich endlich beim Naturkundemuseum, die brauchen dich dringend für die Ausstellung ›Die Neandertaler sind zurück‹.

Geschieht dir recht, dass dich einer erpresst – machst du wenigstens deine Praxis zu und bewahrst deine Patienten vor dem Schlimmsten.

Als alles raus war, ging es ihm besser. Er schlug die Zeitung auf, für die er nur Zeit zum Lesen während des Frühstücks hatte. Auf der Berliner Seite ging es immer noch um den mysteriösen Tod von Bernhard Jöllenbeck. Unfall, Mord oder Selbstmord – alles schien möglich. Die große Frage war, ob der Erpresser bereits Kontakt mit Jöllenbeck aufgenommen hatte. Wenn ja, war ein Suizid wahrscheinlich, denn nichts regte die Öffentlichkeit – falls sie es erfuhr – mehr auf als das, was der Anwalt und Politiker zu verbergen hatte: die Liebe zu Knaben. »Warum heißen Päderasten Päderasten?«, hatte Jöllenbeck ihn gefragt. »Weil da alle ausrasten, wenn sie davon hören.« Die Therapie hatte gerade erst begonnen und Jöllenbeck an seine Zukunft geglaubt.

Narsdorf war sich von Stunde zu Stunde gewisser, dass es Völlenklee war, der ihn erpresste. Und wenn, dann war die Frage, ob Völlenklee von seinem Vorhaben abließ, wenn Jöllenbeck schon von ihm erpresst worden war und sich deswegen vor die U-Bahn geworfen hatte. So einfach mit Ja und Nein ließ sich das nicht beantworten. Alles war eine Sache der Wahrscheinlichkeit. Narsdorf glaubte nur zu maximal zehn Prozent daran, dass Völlenklee wirklich aufhörte, denn was er da machte, glich irgendwie einem Amoklauf und entsprang einem diffusen Hass auf alles und alle, besonders auf ihn.

Wie war Völlenklee zu stoppen? Reichte es, ihm die Summen zu zahlen, die er forderte, fordern würde? Oder …? Dieses Oder erschreckte Narsdorf zutiefst, denn es hieß letztendlich, dass man Völlenklee ermorden und sein Beweismaterial vernichten musste. Aber wer sollte das tun? Er selbst? Ein berufsmäßiger Killer aus den Ländern östlich von Polen? Eine Interessengemeinschaft der von Völlenklee geschädigten Personen? Da hatten sie nur eine Chance, wenn es bald geschah. Doch Orlando und Mannhardt wussten ja schon davon, dass er erpresst wurde, und bei einem Mord geriet er sofort ins Raster der Fahnder.

Vielleicht reichte es, Völlenklee nur zu drohen und ihm einen Schuss vor den Bug zu setzen: Hörst du nicht auf, eliminieren wir dich! Narsdorf hatte bereits eine Idee, wer das besorgen konnte: Maik Bulkowski, der Kugelstoßer.

Narsdorf machte sich auf den Weg in seine Praxis. Von der Blankenburg- zur Schloßstraße war es nur ein kurzes Stück. Lange hatte er vorgehabt, eine Villenetage in einer der noblen Ortsteile Dahlem, Grunewald oder Schlachtensee zu mieten, jedoch war er dahintergekommen, dass die meisten seiner Patienten alles daran setzten, nicht gesehen zu werden, wenn sie in seine Sprechstunde kamen. Es war so ähnlich wie bei einem Bordellbesuch. So war er in ein lebhaftes Geschäfts- und Kaufhaus gegangen, wo es unmöglich war, sonderlich aufzufallen. Und traf man als Patient wirklich auf einen verfeindeten Kollegen, kam man gerade vom Shoppen.

Es war nicht eben originell, was er dachte, aber schon sein Vater war jeden Tag mit diesem Spruch zur Arbeit gegangen: ›Dann mal auf in den Kampf!‹

*

Narsdorfs erster Patient an diesem Morgen war ein Schriftsteller, von dem er bis zu dessen Erscheinen noch nie etwas gehört, geschweige denn gelesen hatte. Der Mann begann zu reden … Betrat er eine der großen Buchhandlungen, dann war das für ihn eine derartige Belastung, dass sich sein Blutdruck der Marke von 200 zu 115 näherte und er das Gefühl hatte, im nächsten Augenblick zu platzen. Dieser Ausnahmezustand hatte mehrere Ursachen. Einmal musste er mit seinen Frustrationen fertig werden. Da standen Zehntausende von Büchern in den Regalen, die alle nicht von ihm geschrieben worden waren, und auf den Bestsellerlisten fehlte sein Name. Darunter litt er, das machte ihn traurig, raubte ihm die Kraft und ließ ihn mitunter auch an Selbstmord denken. Auf die Frustrationen folgten die Aggressionen, und der Mann hatte dagegen anzukämpfen, die Werke seiner Konkurrenten und Feinde nicht herunterzureißen, zu zerfetzen oder gar zu verbrennen. Das alles fraß ihn innerlich auf, und war diese Phase überwunden, kam die marternde Frage, ob irgendwo einer seiner Romane zu finden war. Sah er wirklich einmal ein Exemplar, konnte er sich nur bedingt darüber freuen, da das ja nichts anderes hieß, als dass es noch niemand gekauft hatte, und womöglich ging es als Remittendenexemplar an den Verlag zurück. War nirgends ein Roman von ihm zu entdecken, konnte ihn bereits jemand gekauft haben, es konnte jedoch auch bedeuten, dass der Buchhändler gar keinen geordert hatte.

›Posttraumatische Verbitterungsstörung‹ und ›narzisstische Unersättlichkeit‹ diagnostizierte Narsdorf und hätte dem Guten am liebsten gesagt: Ich besorge Ihnen schnell mal den Nobelpreis für Literatur, dann sind Sie mit einem Schlag geheilt. Ging leider nicht, er hatte sich einfühlsam zu zeigen und nach den tieferen Gründen zu suchen. Das war allerdings schwer, denn wie sagte er immer: »Die Tiefe der menschlichen Seele ist nur mit der des Universums zu vergleichen.«

»Wir wollten uns ja heute noch einmal mit Ihrem Verhältnis zu Ihrer Mutter beschäftigen«, begann Narsdorf nach einem Blick auf seine Notizen. »Sie war immer verbietend und fordernd und hat nie ein Lob für Sie übrig gehabt?«

»Ja … Hatte ich zum Beispiel in Mathematik mit Müh und Not eine Vier geschafft und war stolz auf mich, kam sofort die Frage, warum ich keine Zwei geschafft habe, wie mein Freund Carsten zum Beispiel. Und als ich dann meine ersten Kurzgeschichten geschrieben habe, da hat sie mich angeschnauzt, ich solle lieber meine Schularbeiten machen …«

Narsdorf musste an Henning Hanke denken. Auch den hatten alle verspottet, als er bekannt hatte, Schriftsteller werden zu wollen. Sein Vater hatte ausgerufen, nun fehle nur noch, dass er ihnen erklären würde, er sei schwul. Damals hatte sich Henning Hanke eng an Völlenklee angeschlossen …

»Kannten Sie eigentlich Henning Hanke?«, fragte Narsdorf.

»Nein, auch nicht vom Namen her. Jedenfalls bis zu dem Tag, an dem er … Warum soll ich das zur Kenntnis nehmen, was andere produzieren – die interessieren sich ja auch nicht für das, was ich schreibe.«

Narsdorf nickte. »Okay. Wir müssten in unseren nächsten Sitzungen dahin kommen, dass Sie sich als Teil des Ganzen fühlen, denn wie hieß es damals, als die Transaktionsanalyse en vogue war: Ich bin okay, du bist okay, wir sind okay. Nur das sei der Weg zum Glück. Fangen Sie einmal an, die Romane derer zu lesen, die im Augenblick hoch gehandelt werden, und versuchen Sie, dabei literarischen Genuss zu verspüren. Machen wir gleich Nägel mit Köpfen: Lesen Sie ›Berliner Blut‹ von Henning Hanke und bewundern Sie ihn posthum.«

Narsdorf, der sich das Buch nach der Beerdigung Hankes gekauft hatte, nahm es vom Regal und drückte es dem Schriftsteller in die Hand. Der musste zwar schlucken, schwor jedoch, seine Hausaufgaben zu machen.

»Ich mag zwar keine Kriminalromane, aber …«

»Da geht es auch um eine Erpressung …« Narsdorf wollte es auf einen Überrumpelungsversuch ankommen lassen. »Können Sie sich vorstellen, wegen irgendetwas erpresst zu werden?«

Der Schriftsteller lachte. »Nur, wenn mich einer beim Plagiat erwischt. Aber leider ist bis jetzt alles, was ich in den Computer getippt habe, auf meinem eigenen Mist gewachsen.«

»Und dass Sie Patient bei mir sind?« Narsdorf erschrak, weil er glaubte, sich zu weit aus der Deckung gewagt zu haben.

Doch der Schriftsteller lachte nur. »Wen interessiert das schon?«

Damit war er aus der Tür, und Narsdorf trat ans Fenster, um sich kurz zu erholen. Vielleicht sollte er sich hinsetzen und eine Liste von Leuten und Berufsgruppen anlegen, die viel zu verlieren hatten, wenn herauskam, dass sie Störungen aufwiesen, die im DSM, dem Diagnostic and Statistical Manual of Mental Disorders, verzeichnet waren. Oder ehrbare Mitglieder aller möglichen Eliten waren und es dann so trieben wie Max Mosley, der Formel-1-Boss, der im März 2008 mit Prostituierten in Nazi-Uniformen Sexorgien gefeiert hatte.

Vanessa kam herein und meldete, dass der nächste Patient gerade unten geklingelt habe und gleich im Flur stehen würde.

»Wer ist es denn?«

»Herr Fröttstädt.«

»Ah, ja.« Sören Fröttstädt, das war der Pilot, der mit seinem Alkoholproblem nicht klarkommen konnte. Seit Narsdorf ihn behandelte, fuhr er, Narsdorf, lieber mit der Bundesbahn. »Schicken Sie ihn bitte in einer Minute herein.«

Diese eine Minute brauchte Narsdorf, um seine Notizen zu überfliegen. Fröttstädt hatte angefangen zu trinken, weil er, saß er im Cockpit, immer öfter den zwanghaften Wunsch verspürte, seine Maschine gegen einen Berg zu lenken und alle Passagiere mit in den Tod zu nehmen. Den Kopiloten wollte er vorher niederschlagen.

»Das wäre so einer, den Völlenklee mit einer Erpressung treffen könnte«, murmelte Narsdorf. Vielleicht erzählte ihm Fröttstädt von sich aus, dass er erpresst wurde, er selbst konnte sich ja schwerlich aus der Deckung wagen. Oder? Noch erwog er das Für und Wider eines offenen Wortes, da klingelte sein Telefon. Auf dem Display erschien das Wort ›Unbekannt‹, und ehe Vanessa draußen abnehmen konnte, hatte er selbst reagiert.

»Narsdorf, ja bitte?«

»Es ist soweit. Wir treffen uns um 19 Uhr an der Gedächtniskirche. 5.000 Euro hätte ich gern. Keine Polizei, sonst …«

»Schön, dich zu sprechen, Leon!«, rief Narsdorf, aber da hatte der andere längst aufgelegt.

*

Hagen Narsdorf ließ seinen BMW in der Garage und fuhr mit der U-Bahn zum Zoo. Dies nicht nur aus praktischen Gründen, weil um die Gedächtniskirche herum kein Parkplatz zu bekommen war und er Parkhäuser hasste, sondern auch, um sich selbst zu bestrafen. Zu bestrafen für seine Dummheit, das Geld für bessere Firewalls gespart zu haben, für seine Dummheit, die Notizen über prominente Patienten nicht auf Papier gemacht und in den Panzerschrank gesteckt zu haben. Mit der U- und S-Bahn zu fahren, war wirklich eine Strafe für ihn. Nicht dass er unter irgendwelchen Phobien gelitten hätte, aber er hasste es, mit dem stinkenden und blöde quasselnden Plebs auf engem Raum zusammengepfercht zu sein, in rollenden Sozialstationen.

Während er auf die vorbeirasenden Tunnelwände starrte, fragte er sich, warum er Leon Völlenklee von dem Augenblick an gehasst hatte, als sie sich als 15-Jährige in ihrer neuen Klasse zum ersten Mal begegnet waren. Da musste in seinem Hirn ein Muster, ein Raster angelegt gewesen sein, das beim Anblick des anderen automatisch Gefühle von Angst und Hass ausgelöst hatte. ›Ich bin hier das Genie‹, hatte Völlenklee allen signalisiert, ›ihr seid nur mediokre Kleingeister, Streber, Schwätzer‹. Mit breitem Grinsen und ätzender Ironie hatte er alles kommentiert, was sie zu sagen wagten, er dagegen war allwissend. Immer schläfrig, immer gelangweilt, weil er sich maßlos unterfordert fühlte. Auch noch, als ihn die Lehrer, von ihm ebenso genervt und gedemütigt wie seine Klassenkameraden, in die Ehrenrunde geschickt hatten. Narsdorf realisierte jedoch auch, dass Völlenklee ihn in seiner Identität bedroht hatte. Schwerfällig war er sich in seiner Nähe vorgekommen, als Streber und Spießer, und wurde er aufgerufen, so hatte er manchmal richtiggehend zu stottern angefangen, weil es ihm nicht gelingen wollte, so elegant daherzureden wie Völlenklee es konnte.

In Völlenklees Nähe wurde er krank, und so definierte es Narsdorf als Notwehr, dass er mit allen Mitteln, auch mit schmutzigen Tricks, versucht hatte, Völlenklee aus seiner Klasse zu entfernen. Das mit Völlenklees Mutter stand allerdings mit seinem Feldzug gegen Leon in keinem Zusammenhang, das war eher so wie bei Dustin Hoffman und der ›Reifeprüfung‹ gewesen. Susanne war eines Tages in seinem Tennisklub erschienen und hatte Stunden nehmen wollen, und da er sich sein Taschengeld als Tennislehrer verdiente, war sie ihm zugewiesen worden. Er hatte gar nicht mitbekommen, dass sie Völlenklee hieß. Kühl und sachlich wie Mrs. Robinson beziehungsweise Anne Bancroft hatte sie ihn ins Bett geholt, und wehrlos wie Benjamin Braddock war er ihr gefolgt, bis zu diesem Abend noch Jungfrau. Da hatte der Gedanke, Leon eins auszuwischen, nicht die geringste Rolle gespielt, und dass die Ehe der Völlenklees in die Brüche gegangen war, hatte mit der Affäre wenig zu tun, die hatte alles höchstens ein wenig beschleunigt.

Sein Hass auf Leon Völlenklee und sein Krieg mit ihm erschien Narsdorf ebenso irrational wie der zwischen den Israelis und den Palästinensern. Man konnte sich das Leben nicht vorstellen, ohne sich zu bekämpfen und zu zerfleischen, der Friedensschluss galt als Selbstaufgabe. ›Ich hasse dich, also bin ich.‹ Nur das Streben, dich zu vernichten, gab meinem Leben Sinn.

»Zoologischer Garten!« Narsdorf brauchte einen Augenblick, um zu begreifen, dass damit Zoo gemeint war und er aussteigen musste. Er nahm den vorderen Ausgang, weil dort längst nicht so ein Gedränge war wie hinten, wo es zur U2 und zur S- und Regionalbahn ging, und kam an der Rückseite des Elefantenhauses ans Tageslicht. Viele Menschen huschten an ihm vorbei, und schmerzhaft wurde ihm bewusst, dass er keinen von ihnen persönlich kannte. Das verstärkte sein Gefühl, verloren zu sein. Niemand half ihm, gegen seinen Erpresser vorzugehen. Im Gegenteil, stand morgen in der Zeitung, dass er wegen dieser Erpressung seine Praxis schließen musste, freuten sich alle über diese schöne Story.

Obwohl er unzählige Male am Hardenbergplatz gewesen war, kam ihm die Gegend fremd vor, und für einen Augenblick zweifelte er daran, überhaupt in Berlin zu sein. Dann wieder glaubte er, im Traum nach der Gedächtniskirche zu suchen. Bei vielen seiner Patienten hatte es so begonnen, bevor sie zu ihm gekommen waren. Ein leichter Schwindel packte ihn, als er links abbog und den Breitscheidplatz vor sich hatte. Er überquerte die Budapester Straße an der nächsten Ampel und suchte auf den Bänken vor der

Kirche nach Völlenklee. Seine Aufregung erinnerte ihn an ein Rendezvous. Sowie er an den Kinos im Zoo-Palast vorbeigekommen war und die Filmplakate gesehen hatte, dachte er: Rendezvous mit einem Parasiten. Völlenklee hatte nur 5.000 Euro gefordert, deshalb war anzunehmen, dass er sich eine Art Rente versprach, jeden Monat etwas.

Erst in diesem Moment fiel Narsdorf ein, dass er Mannhardt angerufen und ihn gebeten hatte, auch zur Gedächtniskirche zu kommen. Er brauchte einen Zeugen, aber auch jemanden, der ihm zu Hilfe eilen konnte, wenn es, bei wem auch immer, zu einem Gewaltausbruch kommen würde. Und richtig, der Kriminalbeamte a. D. stand an einem Aushang vor dem Kirchenneubau und studierte die kommenden Veranstaltungen der Kirchengemeinde. Narsdorf wurde um einiges ruhiger.

Völlenklee kam ihm vom Brunnen her entgegen. Wie in einem Western schritten sie aufeinander zu, und Narsdorf stellte sich vor, wie er schneller zog und den anderen erledigte. Die Mindestdistanz einhaltend, auf Armlänge also, blieben sie voreinander stehen. Narsdorf glaubte, dumpfe Trommelschläge zu hören.

»Hallo«, sagte Völlenklee.

»Hallo«, wiederholte Narsdorf und war erschrocken, wie Völlenklee aussah. Aufgedunsen und von mehliger Farbe war sein Gesicht. »Du bist es also wirklich.«

»Ich habe alle Trümpfe in der Hand«, sagte Völlenklee. »Jede Karte ein Ass. Wobei meine Karten das sind, was ich mir bei dir runtergeladen und ausgedruckt habe. Hier das, was Jöllenbeck zu Protokoll gegeben hat.«

»Danke.« Narsdorf nahm den Bogen, den Völlenklee ihm hinhielt.

»Und wo ist das Geld?«

»Hier.« Narsdorf griff in die Innentasche seines Jacketts und holte den Umschlag heraus, der angefüllt war mit Einhundert- und Zweihunderteuronoten.

»Danke.« Völlenklee ließ den Umschlag in seiner dunkelblauen Sommerjacke verschwinden, ohne nachgezählt zu haben.

»Und, wie soll es weitergehen?«, fragte Narsdorf.

»Lange. Ich werde deine Kreise nicht stören, lieber Hagen, denn niemand schlachtet das Huhn, das ihm goldene Eier legt. Keine Angst also.« Damit zog er ab in Richtung Wittenbergplatz.

Narsdorf stand da und fühlte sich wie nach einem Überfall. Nicht einmal anzeigen konnte er den Täter. Langsam folgte er Leon Völlenklee. Vielleicht ergab sich ja eine Chance, alles aufzuhalten. Vor dem KaDeWe blieb Völlenklee stehen, um ganz offensichtlich auf jemanden zu warten. Er musste nicht lange rätseln, auf wen, da aus dem Grenander'schen U-Bahntempel auf der Mitte des Platzes eine junge und durchaus attraktive Frau kam. Völlenklee begrüßte sie nicht nur winkend, sondern rief ihr auch, als die Ampel, die sie noch trennte, lange Zeit auf Rot stand, etwas zu, das Narsdorf deutlich verstand: »Hallo, Corinna, hat alles geklappt!« Dabei zeigte Völlenklee mit einer so schnellen Bewegung zu ihm hinüber, dass er sich nicht schnell genug wegdrehen konnte und Corinna nun wusste, wer sich hinter dem Namen Narsdorf verbarg.

*

Maik Bulkowski war Kugelstoßer und naturgemäß ein Hüne. Vor fast drei Jahrzehnten hatte er es bei den Welt- und Europameisterschaften bis in den Endkampf gebracht und eine Silber- und zwei Bronzemedaillen für die DDR gewonnen. Nach der Wende war er als Trainer untergekommen. Zu Narsdorf war er gegangen, weil er hemmungslos gedopt hatte und die Angst nun seine Seele krank machte, die Angst, zu erkranken, wie die Angst, dass alles publik wurde und er seine Medaillen abzugeben hatte und seinen Job verlor.

Als Narsdorf ihn auf einem Nebenplatz des Friedrich-Ludwig-Sportparks erblickte, musste er an die schrecklichen Szenen auf dem Schulhof und in seiner Straße zurückdenken, wenn ein Junge, der viel größer und viel stärker als er war, auf ihn zukam, um ihn zu verprügeln. Wenn Bulkowski wirklich zuschlug, landete er garantiert im Krankenhaus, möglicherweise auch auf dem Friedhof. Doch er musste es wagen, denn Bulkowski war die einzige Waffe, die er hatte, um das Duell mit Völlenklee am Ende zu gewinnen.

Bulkowski war gerade dabei, seine Zöglinge mit Schnellkraftübungen zu traktieren.

»Kraft gleich Masse mal Beschleunigung!«, rief er. »Physik, zehnte Klasse. Die Masse habt ihr alle, das mit der Beschleunigung üben wir jetzt. Wer sich nicht quälen kann, kommt nie über 20 Meter. Hopp!«

Narsdorf staunte, dass es immer noch Menschen gab, deren große Leidenschaft das Kugelstoßen war. Die Leichtathletik war doch derzeit out, obwohl die nächste Weltmeisterschaft in Berlin stattfinden sollte, und selbst wenn einer Olympiasieger im Kugelstoßen wurde, bekam er nur den Bruchteil des Geldes, den ein mittelmäßiger Bankdrücker bei Hertha BSC verdiente, außerdem würden die Medien sich nicht um ihn reißen. Jedoch was kümmerte das den, für den das Kugelstoßen passion and obsession war.

Als Bulkowski ihn erkannte, gönnte er seinen Jungs eine kleine Pause und kam auf Narsdorf zu.

»Was denn, Herr Doktor, ein Hausbesuch?«

Narsdorf versuchte zu scherzen. »Nein, bei einem Hausbesuch müsste ich ja eine Couch auf dem Rücken haben.«

»Wieso?«

»Ach, nur so. Weil der alte Freud seine Patienten immer …« Narsdorf brach ab. Was sollte er das alles ausführen. »Nein, ich …« Nun schaffte er es doch nicht, ohne Vorbereitungen zur Sache zu kommen. »Sie hatten bei mir angerufen, Herr Bulkowski, und um einen Termin außer der Reihe gebeten, und da ich gerade hier in der Gegend zu tun hatte …«

»Ja, danke, dass Sie …« Bulkowski ging mit ihm in eine Ecke des Platzes, wo ihnen garantiert niemand zuhören konnte. »Da ist nämlich etwas passiert, das mich …« Bulkowski zögerte. »Ich werde erpresst.«

Narsdorf tat erstaunt. »Warum das?«

»Wegen meinem Doping damals.«

»Verstehe«, murmelte Narsdorf und tat nichts,

um seine Spontaneität zu unterdrücken. »Sie werden lachen: ich auch.«

Nun war es an Bulkowski, verblüfft zu sein. »Was denn, Sie auch?«

»Ja, ich auch.«

»Und warum Sie?«

Narsdorf zögerte, Bulkowski die Wahrheit zu sagen. »Weil ... Weil ich mit einer Patientin eine Beziehung angefangen habe.« Das stimmte zwar nicht, klang aber logisch. Doch hatte es einen Sinn, Bulkowski anzulügen? Nein, da der spätestens wenn er auf Völlenklee traf, sowieso erfahren würde, was Sache war. Darum korrigierte er sich schnell. »Nein, da ist jemand, der mich erpresst, weil er Zugriff auf meine Festplatte hatte und ...«

Bulkowski starrte Narsdorf an. »Dann habe ich Ihnen das alles zu verdanken!«

Narsdorf wich einen Schritt zurück. »Machen Sie nicht alles noch schlimmer, als es ist. Ich kann nichts dafür! Wir sitzen im selben Boot! Wenn Sie mich jetzt niederschlagen, können wir beide einpacken.«

Bulkowski ließ die Fäuste wieder sinken. »Ist es wirklich derselbe?«

»Ja, hundertprozentig. Wer ist es bei Ihnen?«

»Keine Ahnung. Ich hab ja bisher nur einen Anruf bekommen, und da hat mir jemand gesagt, dass ich morgen zum Bahnhof Schönhauser Allee kommen und 1.000 Euro mitbringen soll. Sonst wird er die Presse und die Antidoping-Agentur informieren. Er hat auch mein Geständnis, sagt er.«

»Er hat das, was Sie mir erzählt haben«, sagte Narsdorf und war wieder auf der Hut.

Doch Bulkowski konnte sich beherrschen. »Und was nun?«

»Zur Polizei gehen können wir ja nicht, aber ich habe zwei Privatdetektive engagiert.« Damit meinte er Mannhardt und dessen Enkel. »Der Mann heißt Leon Völlenklee und ist ein … sagen wir: verkommenes Genie, einer der besten Hacker in Europa. Sonst hätte er nicht meine Firewalls überwinden können. Das Schlimme ist, dass er nichts zu verlieren hat. Fliegt er auf und wandert ins Gefängnis, dann wandert er eben ins Gefängnis. Im Gegenteil, er hat noch was davon, er kommt in die Presse und ist wer.«

Bulkowski hatte eine Kugel aufgehoben und ließ sie trotz ihres Gewichtes von sieben ein viertel Kilo wie einen Tennisball von der linken in die rechte Hand und zurück von der rechten in die linke Hand gleiten. »Er wird also nur Ruhe geben, wenn er …« Bulkowski warf die Kugel auf einen herumliegenden Ziegelstein und zertrümmerte ihn.

»Er wird sich abgesichert haben, und wenn ihm was passiert, läuft seine Freundin zur Polizei.«

»Aber Angst einjagen wird man ihm doch können«, sagte Bulkowski.

Narsdorf lächelte. »Genau deswegen bin ich ja hier. Sie spielen den Killer und dürfen ihm auch mal kräftig auf die Füße treten.«

Bulkowski grinste. »Liebend gern.«

»Wir müssen ihn einschüchtern und auf kleiner Flamme weichkochen, sodass er irgendwann von selbst aufhört. Anders geht es nicht.«

8

Es war eine Endlosschleife. Leon Völlenklee spielte die Szene mit Narsdorf in Gedanken immer wieder durch:

Er steht am Weltkugelbrunnen und sieht Hagen Narsdorf drüben auf der Budapester Straße. Die rote Ampel hält ihn für Sekunden auf. Dann entdeckt er ihn und kommt auf ihn zu. Es ist wie in einem Western. Wird Narsdorf die Contenance verlieren und auf ihn feuern? Oder einstechen? Oder ihn einfach nur würgen? Er bleibt etwa einen Meter vor Narsdorf stehen, damit er sich bei einer Attacke rechtzeitig zur Seite werfen kann. Todfeinde sind sie, waren es schon immer. Das Absurde daran ist, und das irritiert ihn gewaltig, dass ringsum keiner merkt, dass hier ein Showdown der ganz besonderen Art stattfindet. Liebespaare schlendern vorbei, Leute, die selig in Plastiktüten ihre Shopping-Beute nach Hause tragen. Sie agieren beide wie Marionetten. Die Strippen zieht einer oben im Himmel.

»Hallo«, sagt er und fühlt sich dabei so elend, dass er glaubt, jeden Augenblick zu kollabieren. Sein Aussehen scheint Narsdorf zu überraschen.

»Hallo«, kommt das Echo von Narsdorf. »Du bist es also wirklich.«

Das verunsichert ihn. Hatte Narsdorf geglaubt, er sei zu einer solchen Schurkerei wie dieser Erpressung nicht fähig? War sie ihm tatsächlich wesensfremd? Narsdorf war schließlich der Fachmann für solche

Sachen. Er riss sich zusammen, und seine nächsten Sätze kamen ganz mechanisch.

»Ich habe alle Trümpfe in der Hand«, hört er sich sagen. »Jede Karte ein Ass. Wobei meine Karten das sind, was ich mir bei dir runtergeladen und ausgedruckt habe. Hier das, was Jöllenbeck zu Protokoll gegeben hat.«

Er hält Narsdorf das Blatt hin. Der nimmt es und bedankt sich so formvollendet, als hätte er ihm eine Fahrkarte für einen gemeinsamen Ausflug in den Spreewald besorgt.

An dieser Stelle hielt Völlenklee den Film jedes Mal an und wiederholte die letzte Sequenz, weil er im Nachhinein nicht begreifen konnte, wie sie das beide durchgestanden hatten, ohne durchzuknallen und nicht so aufeinander einzuschlagen wie damals auf dem Schulhof. Das war eine ungeheure Zivilisationsleistung, wie ihm schien. Weiter!

»Und wo ist das Geld?«, fragt er.

»Hier.« Narsdorf greift in die Innentasche seines Jacketts.

Er fährt unwillkürlich zurück, denn es könnte ja eine kleine Pistole versteckt sein. Nein, der andere fördert wirklich einen prall gefüllten Umschlag zutage.

»Danke.« Er lässt den Umschlag in seiner dunkelblauen Sommerjacke verschwinden. Auf das Nachzählen glaubt er verzichten zu können.

»Und, wie soll es weitergehen?«, hört er Narsdorf fragen.

Er antwortet ganz cool und spricht Sätze wie aus einem Drehbuch. »Lange. Ich werde deine Kreise nicht stören, lieber Hagen, denn niemand schlachtet das Huhn, das ihm goldene Eier legt. Keine Angst also.«

Damit lässt er Narsdorf stehen und wendet sich mit schnellen Schritten zur U-Bahnhof Wittenbergplatz.

Neustart: Er steht am Weltkugelbrunnen und sieht Hagen Narsdorf drüben auf der Budapester Straße …

*

»Willst du nicht endlich aufstehen?« Corinna riss ihm die Bettdecke weg.

Völlenklee fuhr wütend hoch. »Ich gehe heute nicht arbeiten.«

»Natürlich gehst du in die Firma. Wir müssen zunächst so weiterleben wie immer, sonst fliegen wir auf.«

»Quatsch!«, rief Völlenklee.

Corinna überging seinen Ausbruch. »Außerdem müssen wir abwarten, wie viel Geld wir zusammenkriegen, und ob Narsdorf wirklich jeden Monat was zahlt.«

Völlenklee gähnte. »Meine Riester-Rente, ja.«

»Ich brauche das Geld für meine Galerie.« Um groß herauszukommen, wollte sie sich Räume anmieten, um ihre Bilder auszustellen. Für die Vernissage sollte groß getrommelt werden. Mit Flyern, Anzeigen und Journalisten, die sich für ein wenig Geld einen abjubelten. All das kostete.

»Das Geld kannst du haben«, sagte Völlenklee.

»Das Geld ist mir scheißegal. Ich will, dass die Schweine alle leiden, Narsdorf an der Spitze, ich will sie kriechen sehen. Krieg allen Arschlöchern!«

Damit verschwand er im Bad. Beim Frühstück erörterten sie ihre nächsten Schritte.

Völlenklee fluchte. »Scheiße, dass dieser Jöllenbeck schon tot war, bevor wir ihn ausnehmen konnten.«

Auch Corinna schimpfte. Über den Schimmel auf der Marmelade. Dann sagte sie, dass man noch genügend Kandidaten auf der Liste habe. »Wie wär's denn mit diesem Schönheitschirurgen?«

Völlenklee blätterte in seinen Ausdrucken. »Diesem Mägdesprung, ja … Leidet unter der zwanghaften Vorstellung, seinen Patientinnen bei der Operation mit dem Skalpell die Kehle durchschneiden zu müssen.«

Corinna stieß einen kindlichen Laut des Ekels und Entsetzens aus und verschluckte sich an ihrem Orangensaft. »Da gehst du hin!«

»Nein, du!«, rief Völlenklee. »Ich hab Narsdorf auf mich genommen.«

»Es war deine Idee.«

»Aber du willst das Geld haben, nicht ich.«

*

Bei Christie's war ›No. 15‹ von Mark Rothko für 45 Millionen Dollar weggegangen, und Lucian Freuds Gemälde ›Benefits Supervisor Sleeping‹ mit einem phänomenal fetten Arbeitsamtsangestellten auf dem Sofa war für mehr als 30 Millionen Dollar versteigert worden. Bei Sotheby's hatte Takashi Murakamis ›My Lonesome Cowboy‹ 13,5 Millionen Dollar gebracht und Tom Wesselmanns ›Smoker #9‹ immerhin noch 6,8 Millionen Dollar.

Das alles las Corinna Natschinski im Kunstmarkt der Süddeutschen Zeitung, die jemand in einem der Höfe an der Hasenheide vergessen hatte. Das waren Summen, die ungeheuerlich für sie waren, aber sie lebte ja in den Zeiten, in denen die Werbung den Menschen ununterbrochen signalisierte: Nichts ist unmöglich! Und warum sollte sie keine zweite Frida Kahlo werden? Nicht nur, dass sie ihr irgendwie ähnlich sah, sie benutzte auch dieselbe symbolhafte, oft surreale Bildsprache der Mexikanerin.

In der Zeitung war auch die Rede von den Strategien internationaler Topgalerien, die von Messe zu Messe zogen, um ihre Künstler anzupreisen, und dabei Standmieten zwischen 150 und 500 Euro pro Quadratmeter zahlten. Das musste Corinnas Strategie sein, so auf sich aufmerksam machen, dass eine dieser Galerien Interesse für sie zeigte, vielleicht ›neugerriemschneider‹ in Berlin. Und dazu brauchte sie einen Anfangserfolg, eine selbst inszenierte und selbst bezahlte Show mit ihren Bildern.

Ihr großes Thema war die schwarz-weiße Welt der Borderline-Persönlichkeiten. Ich hasse dich – verlass mich nicht! Wie konnte man das auf die Leinwand bringen? Es sollte ein ganzer Zyklus werden. Im Augenblick arbeitete sie an ›ganz und gar‹, wo es darum ging, dass eine Borderline-Persönlichkeit manchmal wie ein Parasit funktionierte, das heißt, den Menschen, an den sie sich klammerte, schließlich zerstörte. Es war das Thema ihres Lebens. Ihre Mutter, eine nicht ganz unbekannte Schauspielerin, hatte ihren Mann, Corinnas Vater, erst zum Alkoholiker gemacht und ihm anschließend die Schuld an ihrem Gefühl, wertlos zu sein, zugeschoben. Er hatte sich schließlich in den Freitod geflüchtet. Danach war die Tochter an der Reihe gewesen. Von Corinna hatte sie verlangt, Kindermädchen, Beichtvater, Managerin und beste Freundin in einem zu sein und völlig auf ein eigenes Leben zu verzichten. Corinna hatte das nicht mehr ausgehalten und war zu Völlenklee geflüchtet, ihre Mutter war in die Nervenklinik gebracht worden. Immer wieder warf sie sich vor, gleichsam die Mörderin ihrer Mutter zu sein. Sie malte auch, um mit diesen Schuldgefühlen fertig zu werden.

Wenn Corinna nun daran dachte, Martin Mägdesprung, den Schönheitschirurgen, zu erpressen, dann verfügte sie durchaus über so viel Empathie, mit ihm zu leiden, aber es überwog das Gefühl der Genugtuung darüber, dass es einen weiteren Menschen gab, der leiden musste. Derart leiden musste wie sie. Dass sie nicht die Einzige war, tröstete sie. Wenn sie ihm Schmerzen zufügte, dann hatte sie einen Bruder im Schmerz gefunden. Sie sah das Leben so, dass jeder der Parasit des anderen war, und wie ihre Mutter sie ausgesaugt hatte, man konnte auch sagen, für ihre Zwecke instrumentalisiert hatte, auf diese Weise wollte sie jetzt Mägdesprung aussaugen. Es war im Kosmos eben so, dass immer andere und anderes verbraucht wurde, wollte man in der Zeit existieren, vulgo: über die Runden kommen, und deshalb brauchte sie sich auch nicht schuldig zu fühlen.

Derart eingestimmt machte sie sich auf den Weg in die Villenkolonie am östlichen Rande des Grunewalds. In der Wernerstraße hatte Dr. Mägdesprung seine Privatklinik. Eine wahrhaft noble Adresse. Um nicht gleich abgewiesen zu werden, hatte sie sich von Narsdorfs Geld in einer angesagten Boutique ein neues Kleid und neue Schuhe gekauft, auch fuhr sie nur bis Halensee mit der S-Bahn und nahm sich bis zur Klinik eine Taxe. Über die Lassenstraße kam sie zu dem kleinen Platz, auf dem die Grunewaldkirche stand, dann bog sie in die dort abgehende Wernerstraße. Während sie nach Mägdesprungs Hausnummer suchte, kam ihr das Ganze so surrealistisch vor, dass sie es richtiggehend genoss. Einmal aus der Zeit fallen, etwas Wahnwitziges tun, sich in einem anderen Leben bewegen. Sie fragte sich, wie sie so etwas auf der Leinwand darstellen musste, damit es in den Betrachtern dieselben Gefühle auslöste.

Die Taxe hielt, sie bezahlte den Fahrer und stieg aus, jetzt ganz Dame von Welt. Wer eine Schauspielerin als Mutter hatte, der konnte das. Entsprechend ehrerbietig begegnete ihr die Sprechstundenhilfe hinter dem Empfangstresen. Erst in diesem Moment fiel Corinna ein, dass sie gar nicht wusste, weswegen sie offiziell hier war. Sie überflog einen der ausliegenden Flyer: Schönheitsoperationen – Modern Beauty. Brustoperationen … Das alles kam für sie nicht infrage, ihre Brüste waren eher zu klein. Fettabsaugung … Nein, sie war zwar von kräftiger Statur, aber das waren alles Muskeln. Lidplastik … Gott, bloß nicht etwas in der Nähe des Auges. Bauchdeckenstraffung … Sie hätte eine Bauchdeckenlockerung gebraucht. Nasenplasti … Das war es, ihre Nase ging schon in Richtung dessen, was bei den älteren Berlinern ein Zinken war. So bat sie denn auch, bei Dr. Mägdesprung wegen der Korrektur ihrer Nase angemeldet zu werden. Gründe, ihren richtigen Namen und ihre Adresse zu verschweigen, gab es nicht. Völlenklees Strategie war es ja, ihren Opfern gegenüber mit offenen Karten zu spielen.

»Nehmen Sie bitte Platz, Frau Natschinski, es kann höchstens zehn Minuten dauern.«

Zehn Minuten Lampenfieber, das war zu ertragen. Sie blätterte in den ausliegenden Magazinen und fand einen Artikel über Rengha Rodewill, überschrieben mit ›Dance-Painting – Entindividualisierende Grenzüberschreitung und gesteuerte Bewegung‹. Das klang interessant, sie hätte es gern gelesen, doch Dr. Mägdesprung stand schon in der Tür, um sie in die Ordination zu bitten. Sie fuhr hoch. Der Arzt war ein solches Prachtexemplar von Mann, dass er es mühelos mit allen Leinwandhelden von Willy Fritsch bis Richard Gere aufnehmen konnte. Klar, dass die Frauen dem die Bude einrannten, nicht ahnend, dass sie sich damit in Lebensgefahr begaben. Oder vielleicht war es gerade das, was Mägdesprung für Corinna so unwiderstehlich machte. Sie hatte noch nie so weiche Knie gehabt wie in diesem Augenblick und selten so einen Stuss geredet.

»Was führt Sie zu mir?«, fragte Dr. Mägdesprung, nachdem sie Platz genommen hatten, er hinter und sie vor seinem Schreibtisch.

»Meine Mutter war Schauspielerin und ist jetzt in der KBoN, weil … Na, das hat nichts mit ihrem

Gesicht zu tun, aber mein Vater war Alkoholiker … Also, ich will damit sagen … Ich hatte ein schweres Schicksal. Ich bin Malerin von Beruf und da … Aber auch Bildhauerin, wo man – auch als Frau, also: wo frau – manchmal schwer heben muss.«

Dr. Mägdesprung lächelte. »Da möchten Sie, dass Ihr Gesicht etwas weicher und femininer wird?«

Endlich hatte Corinna etwas Boden unter den Füßen. »Ja, meine Nase.«

Der Schönheitschirurg stand auf und kam um den Tisch herum. »Darf ich mal …«

Corinna tat nun das, was in ihrem Drehbuch vorgesehen war: Als Mägdesprung seine Arme nach ihr ausstreckte, schrie sie voller Entsetzen: »Nein, das sind ja die Hände eines Mörders!«

9

›M.s Hass auf Frauen hat seine Wurzeln in der Rolle des Don Juan, Casanova und Macho, in die er nach der Pubertät hineingewachsen ist. Bei aller Freude und allem Lustgewinn, die damit verbunden waren, ist ihm sehr bald bewusst geworden, dass die von Frauen ausgelöste sexuelle Erregung, die zeitweise Suchtcharakter angenommen hatte, mit einer höchst dysfunktionalen Nebenwirkung verbunden war: seiner Abhängigkeit von Frauen. Das entlarvte die in seinem männlichen Autonomiewunsch enthaltene Idee vollkommener Beherrschung und Kontrolle der Welt als wahnhafte Illusion. Angefangen von seiner Mutter über seine Schwester bis hin zu seinen Geliebten: Alle hatten Macht über ihn – und das widersprach seinem Selbstbild. Das begehrte Objekt Frau entscheidet über Befriedigung und Enttäuschung, es ist das eigene sexuelle Begehren, das ihm die Kontrolle nimmt – und er macht dafür die Frauen verantwortlich und hasst sie deswegen. Ein anderer Faktor verstärkt diesen Hass: der Selbstmord seiner Mutter. Da war er gerade einmal acht Jahre alt, und er sieht es als Verrat an. So kommt es, dass bei M., hat er eine Frau vor sich auf dem Operationstisch liegen, zwanghaft der Gedanke aufkommt, sie zu töten. Sein Beruf, das Skalpell in der Hand, leistet dem Vorschub. Es ist M.s Aufgabe, Frauen noch verführerischer zu machen. Verlassen sie seine Klinik, werden sie für einen Mann noch bedrohlicher – und deshalb verstärkt sich die Abwehr ihnen gegenüber.‹

Das stand auf dem Computerausdruck, den Corinna Natschinski ihm übergeben hatte, und Martin Mägdesprung verstand genug vom Fach, um dem Kollegen recht zu geben. Er erinnerte sich noch genau an die Anamnese, als er Narsdorf gegenüber gescherzt hatte, es gebe nur eine Therapie für ihn, die Erfolg verspreche: die, ihn zum Homosexuellen zu machen.

Im Augenblick war ihm jedoch gar nicht zum Scherzen zumute, denn für den Fall, dass seine Zwangsvorstellungen publik wurden, konnte er seine Klinik schließen und anschließend bestenfalls zu Schering in die Forschung gehen. Auch privat würden sich die Frauen vor ihm zurückziehen. Er hatte gestern demzufolge gar nicht anders gekonnt, als mit der Erpresserin zur Bank zu fahren, Geld abzuheben und zu zahlen. Vorerst hatte er keine andere Wahl, irgendwann fand sich vielleicht eine elegante Lösung. Abwarten, das Ganze aussitzen, hoffen.

Seit er sich von Uta getrennt hatte, lebte er allein in dem großen Haus in der Wernerstraße. Sabrina, seine Neue, weigerte sich, zu ihm zu ziehen. Sie hatte ihr eigenes Reich und wollte es nicht aufgeben.

Mägdesprung schlurfte in die Küche. Er fühlte sich wie ein Greis. Sein Leben war eine einzige Sackgasse. Wie lange war sein Doppelleben noch auszuhalten, ehe sich ein Krebs in seinem Körper ausbreitete? Mit Doppelleben meinte er seine elende Existenz, wenn er allein war, derzeit auch noch Opfer einer Erpressung, und dagegen sein glanzvolles Auftreten in seiner Praxis und der Klinik, in der er operierte, immer noch ein Gott in Weiß, der sagenhafte Honorare fordern konnte.

Seine Reinemachefrau, eher wohl das, was man früher Haushälterin genannt hatte, musste jeden Augenblick kommen, und deshalb beeilte er sich mit dem Frühstücken. Ein Ei musste sein, da hatte er einen Spruch seines Vaters verinnerlicht: ›Ei gibt wieder Ei.‹ Allerdings … Es schmeckte ihm nicht mehr und er ließ die Hälfte im Becher zurück.

Die Erpressung hatte ihm zusätzlich den Appetit verdorben. Jemand war auf Narsdorfs Festplatte vorgedrungen. Der einzige Trost war, dass Narsdorf ebenso in der Tinte saß wie er. Wurde alles publik, war auch dessen Existenz vernichtet. Das Schlimme war, dass sie sich nicht wehren konnten. Das Unglück war von einer Sekunde zur anderen über sie gekommen, und er verglich sich mit den Opfern des Orkans in Birma und des Erdbebens in China. Höhere Gewalt. Der Mensch denkt, Gott lenkt. Sein Vater hatte immer gesagt: ›Das Schicksal macht vor keinem Halt‹. Immer wieder dachte Mägdesprung: Warum lebe ich nur? Die Kraft zum Selbstmord hatte er nicht.

Als seine Haushälterin erschien, legte er den Schalter um und war im Nu der große Mägdesprung. Er hatte sich, um ja nicht in Versuchung zu geraten, die hässlichste Frau ausgesucht, die seine Agentur im Angebot hatte. Andrea war so ausgemergelt, wie es sich für eine Frau gehörte, die jahrelang an der Nadel gehangen hatte. Jetzt war sie clean und studierte mal dieses, mal jenes, vor allem aber Germanistik, Kunstgeschichte und Ethnologie. Sie lebte in einer Art WG in der Neuköllner Donaustraße und verdiente sich ihr Geld mit Jobs wie dem bei Mägdesprung.

»Bei Ihnen komme ich mir immer vor wie im Film«, sagte sie, als sie eingetreten war, voller Bewunderung und auch ein wenig Neid. »Wie sagt Theodor Fontane so schön: ›Wie viel kann das Leben geben, aber wie wenigen nur.‹ Und davon sind Sie einer.«

»Danke für die Blumen!« Mägdesprung verbeugte sich wie ein Schauspieler. »Was alles zu machen ist, habe ich auf einen Zettel geschrieben.«

Er musste zu einer Operation in die Belegklinik. Sowie er dort ankam, hatte sein Team bereits alles vorbereitet. Dieselbe Prozedur wie immer. Nein. Als er in den Kittel schlüpfte, merkte er, dass seine Hände zitterten. Das war das Schlimmste, was einem Chirurgen passieren konnte.

»Sekunde, ich muss noch einmal schnell auf die Toilette, irgendwer muss mir ein harntreibendes Mittel in den Tee geschüttet haben.«

Auf dem Gang hallte es in seinem Kopf: Heute wird es geschehen! Und du musst es zulassen, wenn du jemals frei sein willst.

10

Mannhardt saß auf einer der raren Bänke in den Arkaden am Bahnhof Gesundbrunnen und suchte verzweifelt, die Welt zu verstehen. Da hopste eine junge Frau, die man nicht gerade schön nennen konnte, ungelenk auf einer kleinen Bühne herum und sang mit piepsiger Stimme in schlechtem Englisch einen grottenschlechten Song – und an die hundert Kids tobten vor Begeisterung.

»Was findest du an Millie Malorny denn so toll?«, fragte Mannhardt eine vielleicht Elfjährige.

»Die ist geil!«

Für ihre Generation war alles geil. Hätte Mannhardt als Kind das Wort in den Mund genommen, hätte er eine gescheuert bekommen und wäre für den Rest des Tages in den Keller gesperrt worden, denn geil stand bei seinen Eltern für die höchste Stufe sexueller Erregung und war in hohem Maße tabuisiert. Was war denn nun so geil, also großartig, an Millie Malorny? Mannhardt versuchte, sich in die Kids hineinzuversetzen. Das höchste Ziel für sie war, ins Fernsehen zu kommen und berühmt zu werden. Früher wollten die Menschen alle in den Himmel, heute wollten sie ins Fernsehen, das wusste er. Und Millie Malorny war öfter im Fernsehen, in den Musikkanälen sogar täglich. Dabei war sie nur Mittelmaß, genau wie ihre Fans, und aufgrund dessen konnten sie sich alle so gut mit ihr identifizieren. Da es Millie Malorny bei den

Castings geschafft hatte, hatten auch sie eine reelle Chance.

Schön, doch was mochte Millie Malorny zu Dr. Narsdorf getrieben haben, was hatte sie an Enthüllungen zu befürchten? Dass sie strohdumm war und nicht singen konnte, war offensichtlich. Vielleicht aber war sie so krankhaft schüchtern wie Yves Saint Laurent es gewesen war, und von ihrem Manager nur auf die Bühne zu bringen, wenn er ihr einen Revolver an die Schläfe setzte. Allerdings reichte das nicht, jemanden zu erpressen, das machte ihn eher sympathischer. Das, was sie zum Psychiater getrieben hatte, musste demnach etwas sein, was die Leute schockieren und darin hindern würde, ihre CDs zu kaufen. Was konnte das sein? Dass sie Drogen konsumiert hatte und immer noch süchtig war? Das erschütterte heute auch keinen mehr. Er erinnerte sich, was Orlando gestern gesagt hatte: »Weil Millie Malorny aus Brandenburg kommt, ist anzunehmen, dass sie ihre sieben Babys nach der Geburt getötet und in die Kühltruhe gepackt hat.«

Mannhardt blickte auf die Uhr. Sein Enkel hatte schon vor zehn Minuten hier sein wollen. Nach über 40 Jahren bei der Kripo litt er so stark unter der déformation professionnelle, dass er sofort an alles Schreckliche dachte, was Orlando widerfahren sein könnte. Er hatte sich in Völlenklees Umfeld umhören wollen, und vielleicht … Mannhardt griff zu der Bravo, die jemand auf seiner Bank vergessen hatte. ›Die besten Style-Tipps für Dich!‹ verhieß eine Überschrift. Das brachte ihn dahin, die Zeitschrift in die Hand zu nehmen und aufzuschlagen. ›Amy

Whinehouse – Schon wieder dicht! Von wegen nur gute Freunde! Rihanna und Chris Brown belügen alle. Sie verbringen jede freie Minute miteinander. Jina, 14: »Er will, dass ich ihn mit dem Mund befriedige!« Florian: »Sie nannten mich Pickelmonster!« Jetzt kämpft Vanessa gegen Ashley: Wer ist der größere Star? Lampenfieber! Der erste Casting-Auftritt deiner Stars.‹ Mannhardt staunte, was Menschen alles anstellten, um ihrem Leben einen Sinn zu geben. Irgendetwas brauchte jeder, um sich daran festzuhalten.

Da tauchte Orlando auf, begrüßte ihn Wange an Wange, halb als Großvater, halb als Kumpel, und sagte, dass er etwas herausbekommen habe.

Mannhardt lachte. »Ja, 50 Cent als du dir für 1,50 eine Zeitung gekauft und ein Zweieurostück hingelegt hast.«

»Nein, dass Völlenklee mit einer Künstlerin namens Corinna Natschinski liiert ist. Ich hab mich mal bei den Nachbarn in der Dieffenbachstraße umgehört.«

»Geil!«, rief Mannhardt und fügte, als sein Enkel die Augenbrauen zusammenzog, noch hinzu, dass man auch im hohen Alter lernfähig bleiben müsse. »Corinna also ...«

»Ja, und der Dame bin ich unauffällig gefolgt. Und weißt du, wo sie war?«

»Im Herzzentrum. Cor, das Herz.«

»Quatsch, sie war bei einem Schönheitschirurgen.«

»Lippen spritzen oder Fett absaugen lassen?«

Orlando wurde langsam ungehalten. »Das weiß

ich doch nicht, ich war nicht mit ihr drin. Der Mann heißt Mägdesprung und hat seine Praxis in der Wernerstraße.«

»Was denn: der in Kaulsdorf?«

»Nein, der im Ortsteil Grunewald.«

»Logisch, ja. Aber was sollte es bei einem Schönheitschirurgen zu erpressen geben?« Mannhardt fehlte es auch da an der nötigen Fantasie.

»Vielleicht wegen der Namen seiner Patientinnen«, mutmaßte sein Enkel. »Nicht jede Prominente liest gern in der Zeitung, dass sie geliftet worden ist.«

»Gelüftet worden?«, fragte Mannhardt.

»Das kommt auf dasselbe raus.«

»Mägdesprung macht Frauen wieder jung«, reimte Mannhardt. »Wir sollten mit dem Guten mal sprechen, vielleicht schafft er es auch bei mir.«

»Ja, komm, mein Auto steht im Parkhaus.«

Beide waren zu faul, über die optimale Route nachzudenken, Orlandos Navigationsgerät sagte ihnen jedoch, dass sie über die Osloer und die Seestraße zur Stadtautobahn mussten und die Ausfahrt Halensee zu nehmen hatten.

Nachdem sie losgefahren waren, fragte sich Mannhardt, welche Strategie am besten einzuschlagen war. »Wenn man nur wüsste, ob diese Corinna als Patientin oder als Erpresserin bei ihm gewesen ist.«

»Als Erpresserin natürlich. Die ist Bildhauerin und Malerin und kein Filmstar oder eine aus der High Society.«

»Vielleicht wollte sie sich selbst als liegenden Akt malen und hat sich an ihrer Cellulitis und ihren

Speckrollen an den Hüften gestört«, gab Mannhardt zu bedenken.

Orlando schüttelte den Kopf. »Nein, die ist groß und schlank und hat kein Gramm Fett zu viel am Körper.«

Mannhardt akzeptierte das und wusste dennoch nicht weiter. »Sollen wir nun als Patienten kommen oder gleich sagen, dass wir so etwas wie Privatdetektive sind?«

»Er wird gar keine Männer als Patienten nehmen«, vermutete Orlando.

»Doch. Er kann mir meine Falten im Gesicht wegmachen oder meine Tränensäcke verkleinern. Und manche Männer sollen sich ja auch den Penis verlängern lassen!«

»Mensch, Opa!«, rief Orlando.

»Entschuldige, aber als Ergänzung zu Viagra.«

Vom GPS sicher geleitet, erreichten sie die Villa in der Wernerstraße, fanden einen Parkplatz und stiegen aus.

»Ein Slum ist das hier nicht gerade«, stellte Mannhardt fest. »Wen kann ich denn mal erpressen, damit ich mir hier 'ne Villa kaufen kann?«

Orlando überlegte einen Augenblick. »Vielleicht Claudius, weil der Hamlets Vater umgebracht hat.«

»Nee, du, dazu ist mein Englisch zu schlecht.«

Orlando kam ihm mit den Worten des Polonius: »Though this be madness, yet there is method in't.« Das galt wohl auch für das Unternehmen dieses Leon Völlenklee.

Sie standen vor Dr. Mägdesprungs Villa und

kamen sich vor wie Bettler. Alles hier war Macht und Reichtum und ließ Menschen wie sie zu Würmern werden. Dabei steckten nicht sie im Sumpf, sondern dieser Chirurg. Orlando fasste sich ein Herz und klingelte. In der Gegensprechanlage knackte es. Zu ihrer Überraschung war es Mägdesprung selbst, der sich meldete, wenn auch mit einem abweisenden »Was ist?«

»Mannhardt mein Name, Kriminalpolizei, wir ermitteln wegen einer Serie von Erpressungen und hätten Sie gern einmal gesprochen.« Das war Amtsanmaßung, und wenn Mägdesprung nach seiner Marke fragte, war er aufgeschmissen. Mannhardt hatte eigentlich gar nicht vorgehabt, so zu tricksen, es war ganz automatisch gekommen. Und Mägdesprung ließ sich wirklich überrumpeln, was ein Indiz dafür war, dass Corinna Natschinski tatsächlich als Erpresserin bei ihm gewesen war.

Als Mägdesprung ihnen entgegenkam, hatte Mannhardt Mühe, vom Gedanken loszukommen, dies sei eine Zeitreise, denn der Arzt sah nicht nur unverschämt gut aus, sondern schien geradewegs aus dem deutschen Nachkriegsfilm zu kommen und eine Mischung von Willy Birgel, Gerhard Riedmann und Rudolf Prack zu sein.

»Ich darf vorangehen ... Bitte die Treppe hoch, unten werden gleich die ersten Patientinnen kommen.«

Mannhardt fragte sich, in welchen Film er durch Dr. Narsdorf geraten war. Vielleicht gehörte das alles zu einem Psychotest und sollte den Nachweis erbringen, dass er nicht mehr richtig tickte.

Mägdesprung bot ihnen ein Glas Mineralwasser an, kurz darauf fragte er sie, wie sie auf die Idee kämen, er könnte etwas mit einer Erpressung zu tun haben.

Mannhardt musste sich auf die Zunge beißen, um nicht zu sagen, dass alles von Narsdorf ausgegangen sei und sie zudem Corinna Natschinski mit ihm zusammen gesehen hatten. Blieb als Einstieg nur der U-Bahnhof Bayerischer Platz.

»Sie haben vom Fall Jöllenbeck gehört. Es gibt da einen Verdacht, dass Jöllenbeck erpresst worden ist und in Berlin ein Ring existiert, der es auf Prominente abgesehen hat.«

»Und wie kommen Sie da gerade auf mich?«, fragte Mägdesprung.

»Werden Sie denn nicht erpresst?«, fragte Orlando schnell, weil er merkte, dass sein Großvater ins Schlingern geriet.

»Nein!«, rief Mägdesprung. »Wieso sollte ich?«

»Weil ...« Jetzt saß Mannhardt in der Falle und musste schwindeln. »Weil wir bei einer Hausdurchsuchung eines der Tatverdächtigen Ihren Namen gefunden haben.«

Mägdesprung lächelte. »Das kann nur Zufall gewesen sein. Mein Name wird in den Notizbüchern vieler Berlinerinnen stehen.«

Mannhardt nickte. Der Chirurg spielte seine Rolle gut, aber so schwer war das sicher nicht. Die große Frage lautete, weshalb war Corinna Natschinski hier gewesen: Irgendetwas musste er zu verbergen haben, sonst wäre seine Angst nicht so groß gewesen, sich der Polizei zu offenbaren. Und offenbar zahlte er lieber Schweigegeld als sich der Gefahr auszusetzen, dass seine Krankengeschichte in der Öffentlichkeit breitgetreten wurde. Mannhardt war ratlos und bedauerte, keine Liste zu haben, auf der vermerkt war, was Angehörige eines bestimmten Berufes auf keinen Fall haben durften, das heißt, auf was sie mit einer Phobie und mit Panikattacken reagierten: Ein Angehöriger der Mordkommission auf Leichen, ein U-Bahnfahrer auf einen Tunnel, ein Arzt auf Blut und Eiter. Wer bereits im Beruf stand und plötzlich solche Symptome zeigte, musste befürchten, alles zu verlieren, und eilte deshalb ganz selbstverständlich zu Dr. Narsdorf und seinen Kollegen.

»Ja, dann …«

Dr. Mägdesprung erhob sich gerade und wollte Mannhardt und Orlando wieder nach unten bringen, da stand plötzlich eine Frau in der Tür, die sehr vertraut mit ihm zu sein schien, jedoch von seinen Besuchern offensichtlich nichts gewusst hatte.

»Die Herren sind von der Kriminalpolizei«, sagte Mägdesprung schließlich. »Einige Prominente sollen einem Erpresserring in die Hände gefallen sein, und da wollten sie wissen, ob ich ihnen … wie sagt man: mit zweckdienlichen Angaben weiterhelfen könne. Kann ich aber nicht.«

Mannhardt registrierte mit einem Hauch von Schmerz, dass es so viele attraktive Frauen gab, er indes schon Pensionär war und nur ein Leben hatte.

»Meine Lebensgefährtin«, sagte Mägdesprung. »Sabrina Immelborn …«

»Die Buchhandlung in Zehlendorf?«, fragte Orlando.

»Ja. Sie sind ja gut informiert.«

Mannhardt lächelte. »Nun ja, aber leider wissen wir nicht alles.«

»Besser so, als wenn wir eine Stasi hätten«, sagte Mägdesprung.

Sabrina Immelborn musterte Mannhardt. »Mein Vertrauen in die Berliner Polizei ist nicht sehr groß ...«

»Wie das?«, fragte Mannhardt.

»Mein Sohn, Richard, ist seit einem halben Jahr verschwunden, und ich habe den Verdacht, dass er in der Drogenszene steckt, doch bis heute hat mir keiner helfen können.«

»Tut mir leid, wir sind von der Mordkommission«, sagte Mannhardt. Verdammt, die alten Mechanismen!

Sabrina Immelborn zuckte zusammen und fauchte ihn an. »Das ist aber wenig einfühlsam, was Sie mir da ...«

»Pardon, aber ... Nein, so war das nicht gemeint.« Mannhardt geriet mächtig ins Schwimmen. Fehlte nur noch, dass sie seinen Dienstausweis sehen wollte. »Ich wollte nur sagen, dass das nicht unser Ressort ist.«

»Und warum ist Erpressung Ihr Ressort?«

Orlando sprang für Mannhardt ein. »Weil Bernhard Jöllenbeck, der Politiker, der auf dem U-Bahnhof Bayerischer Platz ums Leben gekommen ist, möglicherweise erpresst wurde und wir Hinweise darauf haben, dass auch Herr Dr. Mägdesprung hier Opfer werden könnte.«

»Jöllenbeck, Jöllenbeck.« Sabrina Immelborn hatte die Augen geschlossen, um besser nachdenken zu können. »Wenn ich mich recht erinnere, hat ein Herr Jöllenbeck einmal bei uns angerufen, er wollte meinen Sohn sprechen.«

»Oh.« Mannhardt vermied es, ihr mit dem Allgemeinplatz zu kommen, dass alles mit allem zusammenhängen würde. »Aber vielleicht …«

»Warten Sie, ich muss noch ein Foto von ihm haben …« Sabrina Immelborn begann, in ihrer Handtasche zu suchen. »Ah, ja, hier.« Sie reichte es Mannhardt. »Das ist er: Richard. In der Szene haben sie ihn Ritchie genannt.«

»Ein hübscher Junge.« Nach dem, was er so erfahren hatte, musste Ritchie für Jöllenbeck interessant gewesen sein. Mannhardt steckte das Foto in die Brusttasche seines Oberhemdes. »Wir werden sehen, ob es da einen Zusammenhang geben könnte.«

»Somit wäre Ihr Besuch bei mir wenigstens nicht umsonst gewesen«, sagte Mägdesprung und wandte sich zur Tür.

11

Nach außen hin funktionierte Sören Fröttstädt wie immer. Auch das, was viele seiner Passagiere verwundert aus dem Kabinenfenster schauen ließ und bei denen, die unter Flugangst litten, fast eine Panikattacke auslöste, war reine Routine: der Start von Korfu aufs offene Meer hinaus, also in die falsche Richtung, wollte man nach Deutschland. Da jedoch die Albaner darauf bestanden, dass ihre öden Berge nur in großer Höhe überflogen werden durften, mussten sie erst eine große Schleife fliegen, um sich nach oben zu schrauben.

Als sie endlich Kurs auf Berlin-Tegel nehmen konnten, war es Zeit, die Passagiere zu informieren, Fröttstädt schaffte es heute nicht, sein Verslein herunterzubeten und überließ seinem Kopiloten das Mikrofon.

»Was ist denn los mit dir?«

»Hör auf, nichts ist los mit mir. Alles roger.«

Doch nichts war mit ihm in Ordnung, und der Seelenklempner, zu dem er gegangen war, hatte ihm auch nicht helfen können, so oft er in dessen Sessel gesessen und mit ihm geredet hatte, frei assoziiert, wie das bei denen hieß …

»Sie sprechen da von Demütigungen und Deprivationen, Herr Fröttstädt, ich hätte gern noch ein paar Details zu Ihrer Kindheit gewusst.«

Fröttstädt schloss die Augen. »Ich bin in Lichterfelde aufgewachsen.«

Der Therapeut sah ihn fragend an. »Das ist allerdings eine eher feudale Wohngegend …?«

»Ja, schon, aber mein Vater war Hausmeister und hatte in seiner Schule eine Dienstwohnung. Meine Mutter war Näherin. Sie haben fürchterlich berlinert. Ich habe mich immer geschämt, wenn Klassenkameraden bei uns zu Hause waren und die beiden den Mund aufgemacht haben. Mein Vater kam aus Prenzlauer Berg und ist noch kurz vor der Mauer in den Westen rüber, und meine Mutter ist im Wedding groß geworden, Kösliner Straße.«

Der Therapeut wollte es auf den Punkt bringen. »Sie haben unter Ihrer – wie sagte man früher – proletarischen Herkunft immer etwas gelitten?«

»Ja, so lieb und nett meine Eltern auch waren, die anderen in der Klasse hatten Ärzte, Bankdirektoren oder Professoren als Väter, und die Mütter waren zumindest Grundschullehrerin.«

»Und Sie wollten von Anfang an hoch hinauf?«

Fröttstädt lachte. »Klar, darum bin ich ja auch Pilot geworden. Hohes Einkommen, hohes Prestige. Nein, aber … Otto Lilienthals künstlicher Fliegerberg lag ja bei uns gleich um die Ecke, und da haben wir uns als Kinder oft aus Papier und Pappe Flügel gebastelt und die tollkühnen Männer in ihren fliegenden Kisten gespielt. Später waren es dann Modellflugzeuge mit und ohne Motor. Da ist dann eins zum anderen gekommen. Fliegen war eben ›passion and obsession‹. Nach dem Abitur bin ich erst zur Bundeswehr gegangen und habe da das Fliegen gelernt, danach zur Lufthansa. Zwei Jahre hat die Ausbildung gedauert, teils in den USA, teils in Deutschland. Die Ausbildungskosten waren immens, und ich habe viele Jahre lang meinen Kredit abzahlen müssen. Dann war ich über zehn Jahre Kopilot, und als ich es zum Kapitän gebracht hatte, bin ich zu einer anderen Gesellschaft gegangen.«

Der Therapeut hatte eifrig mitgeschrieben. Jetzt sah er wieder auf. »Inzwischen sitzen Sie nicht mehr ganz so gern im Cockpit …?«

Fröttstädt wich ihm aus. »Es ist wie mit dem Sex, wenn man jahrelang verheiratet ist.«

Der Therapeut nickte. »Ja, natürlich. Wo wir gerade bei Ihrer Ehe sind: Ihre Frau hat sich von Ihnen getrennt?«

Fröttstädt lachte bitter. »Ja, weil ich so selten zu Hause war. Klar, wenn man einen Piloten heiratet.« Er starrte gegen die Decke. »Schön, da war auch ab und an mal die eine oder andere Kollegin, aber … Nichts Ernsthaftes. Nun ist Gabriele mit den beiden Kindern nach Templin gezogen, und ich kann sie praktisch nur zu Weihnachten sehen: meinen Sohn und meine Tochter.«

»Sind Sie Single oder …?«

Fröttstädt war den Tränen nahe. »Es ist wie ein Fluch. Kelly, eine New Yorkerin, und ich wollten irgendwann heiraten, doch sie hat Selbstmord begangen. Warum, weiß ich nicht, mit dem 11. September hängt das nicht zusammen. Oder doch? Weil ich Pilot war? Ich weiß es nicht. Jedenfalls habe ich danach zu trinken angefangen. Immer so, dass ich am nächsten Morgen im Cockpit wieder nüchtern war, nur im Urlaub war ich tagelang betrunken … Sie wissen ja, dass das irgendwann … Und darum bin ich ja auch hier. Dazu kommt, dass ich neuerdings an Höhenangst und an Flugangst leide. Stellen Sie sich das vor: ein Pilot mit Höhenangst und der Angst hat, dass die Triebwerke jeden Moment ausfallen können oder dass Feuer in der Kabine ausbricht.«

»Die Angst vor dem Absturz«, murmelte der Therapeut. »Das kenne ich und nenne es für mich selbst immer das Ikarus-Syndrom. Zu hoch hinaus.«

Diese Szene ging Fröttstädt immer wieder durch den Kopf, während sie den Autopiloten eingeschaltet hatten und über den Balkan Richtung Deutschland flogen. Wenn es mit ihm so weiterging wie in den letzten Jahren, landete er in der Psychiatrie, bevor er seinen 40. Geburtstag feiern konnte. Oder auf dem Friedhof. Was allerdings das bessere Los war, verglich er es mit dem Leben seiner Mutter, die mit schwerer Demenz ins Seniorenheim gekommen war.

›Glücklich kann nur der sein, der nie gezeugt worden ist.‹

Dieser Satz ging ihm nicht mehr aus dem Kopf, während er in seinem Sessel lag und seinen Kopiloten das Wesentliche machen ließ.

›Lieber ein Ende mit Schrecken …‹

Plötzlich verspürte er den Impuls, die Nase seiner Maschine nach unten zu ziehen und im Sturzflug auf die Erde zuzurasen, bis sie an irgendeinem Berg zerschellten. Noch konnte er sich beherrschen. Es wäre auch sinnlos gewesen, denn Patrick, sein Kopilot, war viel kräftiger als er, und im Zweikampf mit ihm hatte er keine Chance, ihren Bordcomputer auszutricksen.

Patrick sah ihn von der Seite mit glasigen Augen an. »Ist dir auch so schlecht?«

»Nein, wieso?«

»Weil du so verkrampft aussiehst.«

Fröttstädt schüttelte den Kopf. »Nee, mir geht es blendend.«

»Mir nicht.« Patrick drückte sich aus dem Sitz und hielt sich den Magen. »Ich muss mal dringend auf die Toilette.«

Fröttstädt saß allein im Cockpit und hatte vielleicht drei Minuten Zeit.

12

Mannhardt und sein Enkel waren auch am Sonntag zur Dieffenbachstraße gefahren und saßen nun im Wagen und warteten, dass drüben die Haustür aufging und Völlenklee oder seine Freundin erschienen. Sie hatten keine andere Möglichkeit, als sich ihnen an die Fersen zu heften, wollten sie die Namen ihrer Opfer erfahren. Und bei Dr. Mägdesprung hatte das ja geklappt, wenn auch nicht so ganz, denn zugegeben hatte der Chirurg nichts.

»Und wenn er hätte?«, fragte Orlando. »Was dann?«

Mannhardt wusste es auch nicht. »Wir arbeiten für Dr. Narsdorf und unser Ziel muss es sein, die Sache so lautlos über die Bühne zu bringen, dass ihm kein Nachteil entsteht, ihm, aber auch seinen Patienten, die wie er erpresst werden.«

»Du redest wie ein Politiker«, warf sein Enkel ihm vor. »Hört sich gut an, aber wie soll das funktionieren? Völlenklee sitzt doch auf alle Fälle am längeren Hebel, denn wir können ihn nicht auffliegen lassen, weil die Presse davon Wind kriegen würde und seine Opfer ihre Existenz verlieren würden.«

Mannhardt überlegte. »Uns bleibt nur eine Art Realpolitik, das heißt, wir müssen Völlenklee so lange gewähren lassen, bis er so fett geworden ist, dass er auch etwas zu verlieren hat. Dann können wir einen Deal mit ihm machen, und zwar dass er a) mit den Erpressungen aufhört und b) über alles, was geschehen ist, Stillschweigen bewahrt. Nur so können wir Narsdorf und Mägdesprung retten und alle die, die noch betroffen sein sollten.«

Orlando hatte schon zu sehr die künftige Rolle des Staatsanwalts verinnerlicht, als dass er sich darüber nicht aufgeregt hätte. »Somit soll er völlig straffrei ausgehen? Das gibt's doch nicht!«

Mannhardt gab sich altersweise. »Junge, weißt du, in welcher Rubrik bei Robert K. Merton die Kriminalität zu finden ist?«

»Nein. Ich weiß nicht einmal, wer Robert K. Merton ist.«

»Einer der Klassiker der Soziologie. Bei ihm gilt Kriminalität als Innovation. Da lässt sich jemand etwas Neues einfallen, um – wenn auch mit illegalen Mitteln – anerkannte gesellschaftliche Ziele zu erreichen, nämlich zu Geld zu kommen.«

Orlando wollte das so nicht hinnehmen. »Völlenklee verstößt gegen die Gesetze, Völlenklee ist ein Verbrecher, Völlenklee muss bestraft werden!«

Mannhardt konterte mit Theodor Fontane. »Je älter ich werde, je mehr sehe ich ein: laufen lassen, wo nicht Amtspflicht das Gegenteil fordert, ist das allein Richtige.«

»Einen Verbrecher vor Gericht zu bringen, ist aber Amtspflicht!«, rief Orlando.

Mannhardt lächelte. »Ich bin nicht mehr im Amt, ich bin jetzt Privatdetektiv.«

Weiter kamen sie in ihrem Diskurs nicht mehr, da in diesem Moment Völlenklee und Corinna aus dem Haus traten. Mannhardt und Orlando erwarteten, dass sie Kurs auf den U-Bahnhof Südstern nehmen würden, doch beide wandten sich in die andere Richtung und bogen nach einigen Metern nach links in die Graefestraße ab.

Orlando staunte. »Nanu, warum denn das?«

»Vielleicht streikt die U-Bahn mal wieder«, vermutete Mannhardt.

»Nicht dass ich wüsste.« Orlando sah ihn fragend an. »Sollen wir im Wagen hinterher oder lieber zu Fuß?«

»Lieber zu Fuß«, entschied Mannhardt

Sie machten sich an die Verfolgung der beiden. Im Zickzack ging es weiter, das heißt, die Böckhstraße hinunter Richtung Kottbusser Damm. Dort befand sich ein Eingang zum U-Bahnhof Schönleinstraße, in dem Völlenklee und Corinna gerade verschwanden. Die Frage war, warum sie ausgerechnet die Linie 8 nahmen und nicht wie gewohnt die Linie 7 am Südstern.

»Wir teilen uns«, sagte Mannhardt. »Da fallen wir weniger auf. Du steigst in den Wagen vor ihnen ein, ich in den hinter ihnen, und dann warten wir mal ab.«

Der erste Zug, der einlief, fuhr in Richtung Wittenau, und alle vier stiegen sie ein. Es herrschte um diese Zeit wenig Betrieb, und deshalb hatte Mannhardt keine Mühe, die beiden Erpresser durch die Fenster an den Stirnseiten der Wagen ständig im Auge zu haben. Schon am Alexanderplatz stiegen Völlenklee und Corinna wieder aus und eilten zum Bahnsteig der Linie 2. Orlando wartete auf Mannhardt, dann folgten sie den beiden in sicherer Entfernung. Mannhardt kannte sich in der Netzspinne von U- und S-Bahn so gut aus, dass er jede Wette darauf eingegangen wäre, dass Völlenklee und Corinna in den Zug nach Pankow stiegen, denn wenn sie in die andere Richtung gewollt hätten, wären sie besser zum Südstern gelaufen und über die Stadtmitte gefahren.

Er sah seinen Enkel an. »Was mag sie nach Pankow führen?«

»Vielleicht sind sie Fans von Udo Lindenberg und warten auf den Sonderzug.«

Mannhardt stöhnte auf und setzte noch einen drauf. »Nein, sie wollen Erich Honecker erpressen und haben gar nicht mitgekriegt, dass es Bonn und Pankow gar nicht mehr gibt.«

Jedoch wollten Völlenklee und Corinna gar nicht nach Pankow, sie stiegen bereits an der Eberswalder Straße wieder aus und reihten sich unten in die Schar derer ein, die zur Max-Schmeling-Halle strebten. Da viele von ihnen Schals und Fahnen von Alba mit sich führten, realisierte Mannhardt augenblicklich, dass heute Basketball gespielt wurde.

»Ja, klar, das dritte Halbfinalspiel um die deutsche Meisterschaft, gegen Oldenburg.«

»Gehen die beiden da nun als Fans hin oder um einen der Spieler zu erpressen?«, rätselte Orlando.

»Warum sollte ein Basketballstar zu Dr. Narsdorf gehen?«, fragte Mannhardt, um sich die Antwort gleich selbst zu geben. »Weil ihm beim Freiwurf und beim Dreier immer die Hände zittern.«

»Als ich das Jahr drüben in den USA war, bin ich öfter zum Basketball gegangen«, sagte Orlando. »Aber wenn man als Deutscher vom Fußball her immer das 1:0 gewohnt ist, stört es einen schon, dass dauernd einer in den Korb trifft, viele Spiele drüben enden ja mit 104:97 oder so ähnlich. Ich wollte immer mal einen Deutschen spielen sehen, aber von Dirk Nowitzki mal abgesehen gibt es ja in den Teams kaum Deutsche.«

Mannhardt lachte. »Das ist so wie bei uns hier. Da kommen sie alle aus Serbien, den USA oder Litauen. Bei Alba heißen die Stars Jenkins, McElroy und Brown, der Trainer Pavicevic.«

»Na, wenigstens nicht Milošević.«

Sowie sie vor der Halle angekommen waren, mussten sie feststellen, dass das Spiel ausverkauft war.

»Darauf hätten wir auch eher kommen können«, sagte Orlando.

Mannhardt nahm es leicht. »Egal, wichtig ist nur, dass wir wissen, was die beiden vorhaben. Möglicherweise jedenfalls. Die Frage ist nur, ob wir uns nun Karten auf dem Schwarzmarkt besorgen, Dr. Narsdorf wird's schon bezahlen, oder einfach wieder abziehen?«

»Viel spannender ist doch, was die beiden machen«, sagte Orlando. »Haben sie sich Karten besorgt, dann ist anzunehmen, dass das zu ihrem Plan gehört: Sich das nächste Opfer mal aus nächster Nähe ansehen.«

Mannhardt spielte Staatsprüfung mit seinem Enkel. »Herr Kandidat, so ganz befriedigt mich Ihre Antwort noch nicht. Die beiden können durchaus auch Dauerkarten haben, das heißt, sie wären auch zu diesem Spiel gegangen, wenn es keine Erpressungen geben würde.«

Gerade passierten Völlenklee und Corinna die Kontrollen und verschwanden in der Halle.

»Ich möchte zu gerne wissen, ob sie jemanden von

den Alba-Spielern auf dem Gang zur Kabine ansprechen«, sagte Mannhardt.

Orlando konnte einen spöttischen Unterton nicht unterdrücken. »Ja, und dem zittern nachher beim Freiwurf die Hände und der Ball geht nur an den Ring.«

»So ist es.«

Mannhardt beschloss, eine horrende Summe zu investieren, und suchte sich einen der Schwarzhändler aus, um zwei Karten zu kaufen.

Es war keine schlechte Entscheidung, denn am Montag lautete im Sportteil der Berliner Zeitung die Überschrift ganz lapidar ›Zitternde Hände‹. Nachdem die Albatrosse die Oldenburger anfangs klar beherrscht hatten, verloren sie nach der Halbzeit völlig den Faden und unterlagen mit 73:79.

Sie rätselten auf dem Nachhauseweg noch lange, ob das wohl an Völlenklee gelegen haben mochte, als jemand Mannhardt an einer Ampel kurz vor dem Bahnhof Schönhauser Allee kräftig in die Hacken trat. Als er herumfuhr und aufbrausen wollte, erkannte er seinen Ex-Kollegen Gunnar Schneeganß.

»Sag mal!«

»Entschuldige, aber du hast plötzlich gebremst.«

Mannhardt streckte Schneeganß die Hand hin. »Ich weiß, du wolltest mir in den Hintern treten, hast nur nicht richtig gezielt.«

»Meine Schießleistungen waren immer besser als deine!«

Mannhardt lachte. »Ja, mit der Pistole, aber nicht mit dem Fuß.«

»Dein Sohn?«, fragte Schneeganß mit Blick auf Orlando.

»Nein, mein Enkel, mein Sohn ist nur halb so alt.«

Schneeganß brauchte einen Augenblick, um das auf die Reihe zu bringen. »Ja, ich erinnere mich, dass du noch mal ...«

Mannhardt dachte nicht so gern an die Zeit zurück, in der sie gezwungen gewesen waren, miteinander zu kooperieren. Heike gegenüber hatte er von Schneeganß immer nur als ›arrogantem jungen Schnösel‹ gesprochen und eine alte Berliner Wendung hinzugefügt: ›Wat der sich einbildet, det möchte ick sein.‹ Nun konnte er sich versöhnlich geben und den anderen gleichzeitig etwas aushorchen. »Was macht der Dienst? Wie weit seid ihr im Fall Jöllenbeck gekommen?«

Schneeganß zuckte mit den Schultern. »Der Dienst? Immer weniger Leute für immer mehr Aufgaben, aber in anderen Bereichen des öffentlichen Dienstes ist es ja noch viel schlimmer als bei uns. Und Jöllenbeck? Tja ... Wir sind bisher keinen Schritt weitergekommen, trotz Video-Aufzeichnung und Zeugenaussagen.«

»Und Selbstmord?«, fragte Mannhardt. »Hat er denn einen Abschiedsbrief hinterlassen?«

»Nein, wir haben nichts gefunden.«

Mannhardt nickte. Damit konnte er zufrieden sein. Wenn Jöllenbeck in einem Abschiedsbrief geschrieben hätte, er würde sich vor den Zug werfen, weil er erpresst werde, wäre das für Narsdorf nicht gut gewesen.

*

›Oma, ich langweile mich …‹ – ›Dann geh auf die Straße runter, zieh deine Sachen aus, leg sie hin und pass auf, dass sie dir keiner klaut.‹

An diesen Scherz seiner Großmutter musste Mannhardt denken, als sie auch heute wieder in der Dieffenbachstraße standen und auf Völlenklee und/oder seine Freundin warteten.

»Zu vermuten ist ja, dass er sich heute an einen der Basketballer heranmachen wird«, sagte Orlando.

»Zu blöd, dass Narsdorf nicht so viel Vertrauen zu uns hat, uns alle seine Patienten und ihre Berufe aufzulisten!«, schimpfte Mannhardt. »Wenn er uns schon beauftragt, ihn zu retten, dann auch richtig und nicht nur halb.«

Orlando nahm seinen Doppelpartner in Schutz. »Er hat Angst, dass es bei uns eine undichte Stelle gibt und er eventuell …«

»Das ist Unsinn! Seine Sprechstundenhilfen kennen doch auch seine Patienten. Konsequent gedacht dürfte ja nicht mal er selbst wissen, wer zu ihm kommt und Hilfe sucht.« Mannhardt redete sich richtiggehend in Rage. »Und in der Tat: Zumindest Mägdesprung ginge es heute besser, wenn er nicht zu ihm gegangen wäre, und vielen anderen womöglich auch.«

»Das ist wie mit der Beichte«, sagte Orlando. »Man liefert sich einem anderen aus.«

Mannhardt lachte. »Was habe ich mal in der Fortbildung gelernt, Niklas Luhmann: ›Vertrauen ist ein Mittel zur Reduktion von Komplexität‹, und ohne die kann ein soziales System nicht existieren.«

»Gut, ich werde noch einmal mit Narsdorf reden,

dass er uns wenigstens die Namen derer gibt, die sich für eine Erpressung eignen.«

Mannhardt nickte. »Ja, gute Idee. An Oma Krause, die immer zu Narsdorf kommt, weil sie sich ihren Hausschlüssel ans Holzbein hängen will und deshalb einen Nagel einschlägt, aber gar kein Holzbein hat, wird ja Völlenklee kaum ein Interesse haben.« Er stockte. »Da kommt er ja! Wenn man vom Teufel spricht.«

Sie waren überrascht, dass Völlenklee nicht zur U-Bahn ging, sondern die Kette seines Fahrrades aufschloss und davonradelte. Auf dem Bürgersteig natürlich.

»Normen sind dazu da, um gegen sie zu verstoßen«, murmelte Mannhardt.

»Freu dich doch, dass er überhaupt aus seinem Bau gekommen ist«, sagte Orlando.

Sie folgten dem Erpresser in gehörigem Abstand, diesmal im Auto. Völlenklee bog rechts in die breite Grimmstraße ein und fuhr nordwärts in Richtung Admiralsbrücke. Dort angekommen, bog er abermals rechts ab. Hier am Planufer waren die Gründerzeithäuser so gut gepflegt, dass auch Menschen der höheren Stände gern hier wohnten. Vor dem Haus mit der Nummer 92 hielt Völlenklee, stieg vom Rad und musterte das Klingelklavier. Als er den richtigen Knopf gefunden hatte, drückte er und lauschte.

Mannhardt und Orlando rollten so langsam vorbei, wie es irgend ging, ohne aufzufallen und von nachfolgenden Fahrzeugen angehupt zu werden.

Sie bekamen noch mit, dass Völlenklee ein zweites Mal auf den Klingelknopf drückte und sich dann, als erneut nichts passierte, mit einem lautlosen Fluch wieder auf sein Fahrrad schwang. Jetzt fuhren sie vor ihm her Richtung Kottbusser Brücke. Links von ihnen schlängelte sich in sanften Bögen der Landwehrkanal durch Kreuzberg, gegenüber am Fraenkelufer lag die Synagoge, von einem Polizisten bewacht.

»Sollen wir Völlenklee hinterher oder herausfinden, bei wem er geklingelt hat?«, fragte Orlando, der am Steuer saß.

»Sehen, wo er geklingelt hat.«

So drehten sie eine Ehrenrunde um den Landwehrkanal, während Völlenklee rechts in den Kottbusser Damm einbog und sich Richtung Hermannplatz entfernte.

Sie brauchten gute zehn Minuten, bis sie einen Parkplatz gefunden und zu Fuß an dem vierstöckigen Mietshaus angekommen waren, an dem Völlenklee geklingelt hatte.

»Schade«, sagte Mannhardt. »Wenn er schweißige Finger gehabt hat, wird nun alles getrocknet sein.«

»Meiner Ansicht nach hat er am linken Klingelbrett irgendwo in der Mitte auf den Knopf gedrückt.« Orlando war sich da ziemlich sicher. »Guck mal, ist da ein Basketballer dabei?«

Mannhardt überflog die Namen. »Alba hat eine tiefe Bank, aber …«

»Eine was?«, wollte sein Enkel wissen.

»Eine Auswechselbank, die auch am hinteren Ende noch mit guten Leuten besetzt ist«, erklärte ihm Mannhardt. »Die Starting five kann nicht die ganze Spielzeit über auf dem Parkett sein, auch die müssen mal verschnaufen können. Und da werden die Spiele dann oft von den Vereinen gewonnen, die die besten Einwechselspieler haben.«

»Danke«, sagte Orlando. »Aber kein Basketballer dabei …?«

»Nein, alles Namen, die ich noch nie gehört habe.«

Orlando überlegte einen Augenblick. »Na, dann hilft alles nichts. Ich drücke mal auf die Klingelknöpfe in dem Bereich, in dem auch Völlenklee gedrückt hat, und sage, dass wir vom InfoRadio kommen und ein Interview mit dem Basketballer machen wollen, der hier wohnt.«

Das tat er auch. Bei den ersten beiden Versuchen blieb alles still, beim dritten Klingeln hörten sie ein böses »Keine Werbung!« Danach drückte Orlando auf den Knopf neben dem Schildchen mit dem Namen Fröttstädt.

»Ja, bitte, wer ist dort?«, kam es quakend aus der Gegensprechanlage.

»InfoRadio wegen eines Interviews mit Herrn Fröttstädt.«

»Weswegen denn?«

»Weil er gestern beim Spiel Alba gegen Oldenburg so viele Freiwürfe nicht verwandelt hat.«

»Das muss ein Irrtum sein: Herr Fröttstädt ist Pilot und kein Basketballspieler.«

»Treffer!«, murmelte Mannhardt.

13

Die Firma, in der Leon Völlenklee arbeitete, nannte sich zwar hochtrabend CompWorld und versprach auf ihrer Homepage Softwareentwicklungen und Systemlösungen für große Firmen, war aber in Wahrheit nur eine Klitsche, in der überwiegend Heimcomputer repariert wurden. Der Chef, ein ebenso verschlamptes Genie wie Völlenklee, hatte dazu extra eine Software entwickelt, sodass auch weniger begabte Techniker schnell ans Ziel kamen. Völlenklees Aufgabe war es, schrottreife Rechner, die sein Chef überall einsammeln ließ, wieder so herzurichten, dass man sie vorn im Laden als quasi neu verkaufen konnte und gegen die großen Märkte eine Chance hatte. Er fühlte sich bei dieser Tätigkeit in etwa wie ein Nobelpreisträger für Literatur, der einen Werbetext für die Blutwurst seines Fleischers schreiben sollte, und litt Tag für Tag darunter, hatte jedoch nie die Kraft gefunden, zu neuen Ufern aufzubrechen. Henning Hanke hatte einmal gesagt, dass es, wenn er mit ihm, Leon Völlenklee, als Vorbild einmal einen Roman schreiben würde, nur einen Titel dafür gäbe: Genie und Trägheit. Für Völlenklee war klar, dass er bei SAP im Nu zum Chefentwickler aufgestiegen wäre, wenn er nur gewollt hätte. Allerdings schreckte er vor dem Trubel und den Intrigen in einer Weltfirma zurück wie vor dem Sprung in eine Schlangengrube.

Was er da mit Dr. Narsdorf und den anderen trieb,

war ihm eigentlich wesensfremd, weil er seinen Bau verlassen und agieren musste, zugleich genoss er aber den Ausnahmezustand, in den er sich versetzt hatte, denn seit er Narsdorfs Computer geknackt hatte, war er eigentlich ununterbrochen high. Er hätte nie geahnt, dass es mit solch einem immensen Lustgewinn verbunden war, ein Verbrechen zu begehen. Der Verbrecher konnte sich rächen, er konnte sich am Anblick derer weiden, die ihm Schaden zugefügt hatten und sich nun krümmten, er konnte sich an den Geldscheinen erfreuen, die er im Portemonnaie hatte, er konnte die Spannung genießen, ob er nun gefasst wurde oder nicht, er wuchs zum Titanen, er hatte das höchste Ziel erreicht, das Menschen in diesen Zeiten haben konnten: außergewöhnlich zu sein.

In dieser Stimmung fuhr Völlenklee nach Feierabend mit der U-Bahn bis zum Fehrbelliner Platz und lief die Barstraße entlang. Hinter dem Friedhof am Krematorium Wilmersdorf überquerte die U3 den Fennsee, eine eiszeitliche Rinne, die unter einer Brücke lag. Auf dieser Brücke wollte er um 18 Uhr mit Dr. Mägdesprung zur zweiten Geldübergabe zusammentreffen. Er lehnte sich an die steinerne Brüstung und wartete.

Auf die Minute pünktlich hielt Mägdesprung mit seinem BMW am Kantstein und kurbelte das Fenster herunter. Völlenklee machte ein paar Schritte zu ihm hin und ließ dabei seinen Rucksack über die Schulter gleiten. Einmal, um das Geld, das der Chirurg ihm überreichen würde, schnell verschwinden zu lassen, zum anderen, um eine Art Schutzschild zu haben, wenn der andere wider Erwarten die Nerven verlieren und auf ihn feuern würde.

»Dr. Mägdesprung?«, fragte er.

»Wollen Sie nicht endlich mit 'ner Therapie anfangen, anstatt mein ganzes Geld für neuen Stoff …«

Völlenklee hielt ihm den offenen Rucksack hin. »Irrtum, wir sind keine Junkies, sondern nur welche, die wissen, wo's langgeht. Wie andere auch in diesem Lande.«

Mägdesprung konnte sich kaum beherrschen und machte die berühmte Bewegung mit der flachen Hand an der Kehle vorbei. »Ich könnte Sie …«

»Bei Ihnen auf dem OP-Tisch?« Völlenklee konnte nicht anders, als darauf mit beißendem Spott zu reagieren. »Aber bei mir hätten Sie nicht so viel Freude wie bei Ihren Patientinnen. Kehle ist nicht gleich Kehle.«

»Was weißt du kleines Arschloch denn schon vom Leben? Sieh dich bloß vor … Du … du …« Damit spuckte er Völlenklee mitten ins Gesicht.

»Danke.« Völlenklee behielt die Nerven und wischte sich den Speichel mit dem Hemdsärmel ab. Einiges blieb an den Fingern kleben. »Prima, kann ich das Geld besser zählen. Jetzt ist Schluss mit dem Vorspiel, sonst …«

Mägdesprung konnte sich noch immer nicht überwinden, den Umschlag, in dem die Geldscheine steckten, aus dem Handschuhfach zu nehmen. »Lieber zeige ich dich an, als dass ich …«

»Bitte, tun Sie das.« Völlenklee genoss die Szene. »BILD zahlt für meine Exklusivgeschichte das Vielfache von dem, was Sie mir gleich in die Hand drücken werden. Da wird zwar nur stehen, der Schönheitschirurg Dr. Martin M. mit seiner Schönheitsfarm in der Villenkolonie Grunewald, aber alle werden wissen, wer damit gemeint ist.«

Mägdesprung hatte keine andere Wahl, als Völlenklee den prall gefüllten Umschlag in die Hand zu drücken, alles andere wäre Selbstmord gewesen.

»Danke.« Völlenklee ließ das Geld in seinem Rucksack verschwinden.

»Glauben Sie nicht, dass das ewig so weitergeht«, sagte Mägdesprung.

Völlenklee grinste. »Das Leben ist ein Pokerspiel, und mal sehen, wer es besser beherrscht.«

*

Corinna Natschinski stand vor ihrer Staffelei und war verzweifelt, weil sie mit ihrem Borderline-Zyklus nicht vorankam. Was sie bis gerade eben zu ›ganz und gar‹ auf die Leinwand gebracht hatte, sah ihr viel zu harmonisch aus. Vielleicht sollte sie mal eine Pause einlegen und sich ein anderes Thema vornehmen. Was sie in letzter Zeit am meisten fasziniert hatte, war ein Artikel im Berliner Tagesspiegel über ›Aliens aus Säure und Silizium‹. Astrobiologen spekulierten darüber, dass auf anderen Planeten beim Entstehen von Leben andere Flüssigkeiten die Rolle des Wassers übernehmen könnten, von Schwefelsäure über Wasserstoffperoxid und Methan bis hin zu flüssigem Kohlenstoff. Besonders Silizium sei in der Lage, lange Molekülketten zu bilden. Im Inneren von Sternen seien Plasboide denkbar, Lebewesen aus komplexen

Magnetfeldern und Strömungen elektrisch geladener Teilchen. Es könne Lebewesen geben, die zu klein oder zu groß sind, um von uns wahrgenommen zu werden. Wenn es ihr gelang, dies alles in Farben und Formen umzusetzen, und sie anschließend noch mit dem Geld, das sie aus den Erpressungen einnahmen, eine eigene Galerie aufmachen konnte, dann war sie endlich da, wo sie schon lange sein wollte.

In diesem Augenblick fiel ihr wieder ein, dass sie ja losziehen sollte, um bei Maik Bulkowski abzukassieren, dem Kugelstoßer. Sie hatten ihn auf dem Trainingsplatz aufsuchen wollen, doch da hieß es, er würde ein paar Tage Urlaub machen und auf seinem Motorboot zu finden sein, das in Kladow an der Imchenallee an einem Steg liegen würde. Infolgedessen machte sie sich auf den Weg in eine der entlegensten Ecken Berlins. Ein Blick in den Stadtatlas zeigte ihr, dass man mit dem Schnellbus vom S-Bahnhof Messe Nord/ICC, also Witzleben, nach Kladow kam, aber auch mit dem normalen Bus vom Bahnhof Spandau. Das war alles sehr umständlich, da Kladow weder an das U-Bahn- noch das S-Bahnnetz angeschlossen war. Zum Glück fiel ihr noch ein, dass man auch mit der Fähre von Wannsee nach Kladow kam, und das war ja immerhin eine Dampferfahrt, wenn auch mit nur 20 Minuten eine recht kurze. Vom Südstern kam man mit der U7 bis zur Yorckstraße und anschließend ging es weiter mit der S1 ganz gut nach Wannsee raus. Also machte sie sich auf den Weg. Sie fühlte sich wie im Urlaub in einer fremden Stadt, mehr noch, wie in einem neuen Leben. Ein Verbrechen zu begehen, war wie eine Befreiung.

Das, was sie jahrelang unterdrückt hatte, brach sich nun endlich Bahn. Sie kam aus ihrem Käfig heraus, streifte ihre Ketten ab. Selbst der Gedanke, gefasst und verurteilt zu werden, erfüllte sie mit Freude: Welch Abenteuer, welche Chance, neue Erfahrungen zu sammeln. Bei den Verhören, vor Gericht, im Knast. Für sie als Künstlerin war das der Quantensprung, auf den sie seit Langem gewartet hatte.

Sie hatte nichts schnupfen oder spritzen müssen, sie war auch ohne Drogen high, während sie langsam über den Wannsee schipperte. In Kladow angekommen, schwebte sie geradezu über den Steg. Danach ging sie die Imchenallee hinunter, um nach Bulkowskis Motorboot Ausschau zu halten. Der Name Allee war ein Witz, da es sich hierbei um einen unbefestigten Uferweg handelte, allerdings einen von solch einer Breite, dass zwei Autos aneinander vorbeikamen. Es staubte wie in der Sahara, da es in Berlin wochenlang nicht richtig geregnet hatte. Links konnte sie über Havel und Wannsee hinweg bis zum Strandbad blicken, dessen Sand und Bauten weit drüben als gelber Strich Wasser und Wald voneinander trennten. Das auf die Leinwand zu bringen, reizte sie, obwohl sie Landschaftsmaler wie Leistikow immer verachtete und mit der Bemerkung ›Wozu haben wir wohl Fotoapparate?‹ abgetan hatte.

Bulkowskis Motorboot sollte Parry heißen, war ihr auf dem Trainingsplatz gesagt worden, benannt nach einer amerikanischen Kugelstoßerlegende. Nach ein paar Minuten hatte Corinna es entdeckt.

*

Leon Völlenklee war abkommandiert worden, bei einem CompWorld-Kunden in der Müllerstraße vor Ort einen Rechner zu reparieren. Auf dem Weg zur U-Bahn verspürte er den Impuls, das Grab Henning Hankes zu besuchen, dabei wusste er nicht einmal, was ihn plötzlich auf einen Friedhof trieb. Vielleicht war es der Gedanke, dass sein Duell mit Hagen Narsdorf durchaus auch tödlich enden konnte. Es war jedoch auch möglich, dass er beim Stichwort Müllerstraße automatisch an den Döner-Imbiss denken musste, in dem Henning erschossen worden war. Den Täter hatte man noch immer nicht ermittelt. Auf dem Weg zu Hennings Grabstelle ging ihm immer wieder durch den Kopf, was der über ihn gedacht hatte, ausgehend von Hermann Brochs Roman ›Die Schlafwandler‹:

›... du bist wie einer aus Brochs Romanen: Du leugnest irgendwie die Realität, du taumelst orientierungslos von einem Wertsystem ins andere, du wirst immer zynischer und irgendwann nur noch auf kommerziellen Gewinn aus sein ...‹

Nein, das stimmte nicht, ebenso wichtig wie das Geld war bei seinen Erpressungen die Rache an Hagen Narsdorf. Am Grab angekommen, sprach er mit dem Klassenkameraden.

»Na, Henning, kannst du aus meinem Stoff einen schönen Krimi machen?«

»Nein, ohne zumindest einen Mord lohnt es sich nicht, so viel Aufhebens zu machen.«

»Wir haben doch diesen Jöllenbeck.«

»Der geht nicht auf euer Konto.«

»Ich habe aber nicht die Absicht, einen Mord zu begehen und den Rest meines Lebens im Knast zu verbringen.«

»Dann lass dich selbst umbringen.«

»Hör auf!«

»Wer mit dem Feuer spielt …«

»Vielleicht trifft es auch Corinna.«

Völlenklee wandte sich um und strebte zum Ausgang. Dialoge mit Henning Hanke hatten ihm auch früher nichts gebracht. Alles leeres Stroh. Was war denn volles Stroh? Das gab es nicht. Der Homo sapiens war ein Irrtum des Kosmos. Wozu das Gehirn, wenn es Sätze produzierte wie die, die er in einer Zeitung las, die jemand auf dem U-Bahnhof Seestraße vergessen hatte: ›In der Bearbeitung der transkribierten Gespräche verzichtet Schmit auf den üblichen Wandel von Wort- in Schriftsprache. Verdichtung und Verschiebung, die sonst selbstverständlich im Redigat von Interviews sind, fehlen ebenso wie vertraute Worthülsen.‹

Ein Zug der U6 rauschte in den Bahnhof. Er stieg ein, um bis zum Mehringdamm zu fahren und dort in die U7 umzusteigen. In der Mitte des Wagens gab es noch einen freien Platz, und er setzte sich, um die Augen zu schließen und zu dösen. Zwar war er dort arg eingeklemmt zwischen einer stämmigen deutschen Domina, deren Schweiß von keinem Deo zu bändigen war, und einem arabischen Jüngling, der so breitbeinig dasaß, als würde er sich die Prostata auf einem gynäkologischen Stuhl untersuchen lassen. Aber es galt weiterhin die alte Berliner Devise: Besser schlecht gesessen als gut gestanden. Gute Stehplätze gab es im Berufsverkehr nur wenige. Hatte man sich neben der Tür postiert, wurde man bei jedem Halt des Zuges weggeschwemmt, entweder ins Wageninnere oder auf den Bahnsteig, hing man dort an einer Haltestange, bekam man ständig die Ellenbogen oder Rucksäcke der anderen ins Kreuz.

Völlenklee war so müde, dass er kurz einnickte. Als er wieder hochschreckte, hatten sie schon den Bahnhof Friedrichstraße erreicht, und weil viele Fahrgäste ausstiegen, hatte er für einen Augenblick freie Sicht durch den ganzen Wagen. Er stutzte, da er den älteren, grauhaarigen Herrn, der wie gebannt auf den Bildschirm starrte, der unterm Wagendach hing, doch neulich schon einmal gesehen hatte – und das auch in der U-Bahn –, als er Fröttstädt in Schönefeld gesucht hatte und anschließend zu Millie Malornys Autogrammstunde in die Gropius-Passagen gefahren war. Damals hatte er ebenfalls einen jungen Mann an seiner Seite gehabt, genau wie jetzt. War alles nur Zufall oder waren die beiden auf ihn angesetzt worden, von wem auch immer?

Völlenklee beschloss, bereits am Halleschen Tor auszusteigen, um zu sehen, ob die beiden ihm folgten. Während der Zug in den Bahnhof einfuhr, stand er ganz langsam auf und schlängelte sich zur Tür. Es war gar nicht leicht, sich nicht umzudrehen und nach den beiden Ausschau zu halten. Erst auf dem Bahnsteig wandte er sich um und tat so, als würde er nach dem richtigen Ausgang suchen. Nein, die beiden blieben im Zug und fuhren weiter Richtung Alt-Mariendorf. Hatte er sich demzufolge geirrt.

»Ich glaube, ich leide langsam unter Verfolgungswahn«, sagte er zu Corinna, während sie zusammen Abendbrot aßen und er von seinem Erlebnis berichtete.

»Kann doch sein, dass uns jemand beobachten lässt.«

»Nur wer?«

Corinna musste nicht lange überlegen. »Na, Narsdorf, um zu sehen, wen von seinen Patienten wir auf der Liste haben.«

Völlenklee blieb gleichmütig. »Na und, soll er doch.«

Corinna berichtete von ihrem Misserfolg, Bulkowski draußen in Kladow auf seinem Motorboot aufzuspüren. »Da war er nicht und ich wollte auch keinen fragen, ob sie ihn gesehen haben.«

»Der wird uns nicht davonlaufen.« Völlenklee ging dazu über, die Salami auch ohne Brot zu essen. »Narsdorf und Mägdesprung sei's gedankt!«

Corinna dämpfte seine Euphorie. »Na, der große Lottogewinn war's bis jetzt noch nicht. Und außer Bulkowski und dieser Millie Dingsda haben wir keinen, der Angst haben muss, dass seine Macken ans Tageslicht kommen. Bei dem Rummel, den sie um Narsdorf machen, hätte ich ja gedacht, dass da mehr Prominenz bei ihm versammelt ist. So 'n richtiger Topmanager fehlt uns.«

»Wo soll der herkommen, wir leben in Berlin.«

»Was nun?« Corinna konnte ihre Enttäuschung nicht verbergen.

»Weitermachen«, sagte Völlenklee. »Es ist eben die Zeit der kleinen Brötchen.«

14

Maik Bulkowski schlief in der Koje seines Motorbootes bis weit in den Morgen hinein. In seiner Wohnung in Marzahn wäre er bereits kurz nach vier wach gewesen. Da hätten ihn die Dämonen gejagt. Dass er keinen mehr hochbekam, wenn er mit einer Frau zusammen sein wollte, dass sich der Krebs durch seinen Körper fraß, dass die Presse über ihn herfiel, dass er seinen Trainerjob verlor. Weil er es nicht mehr aushalten konnte, war er zu Narsdorf gegangen. »Alles wegen dem Doping damals, Herr Doktor. Wegen der vielen Pillen, die ich geschluckt habe, wegen dieser verdammten Hormone.« Dann hatte er geschrien, dass er bald verrückt werden würde. Und nun hatte er die Scheiße erst richtig am Hals, das mit den Erpressungen, weil dieses Arschloch von Arzt nicht aufgepasst hatte. Immerhin hatte Narsdorf ihm den Tipp gegeben, sich ein Boot zu kaufen und an Bord zu schlafen. »Da fühlen Sie sich wie im Uterus.« – »Wie wo?« – »Wie bei Ihrer Mutter im Bauch, im Fruchtwasser. Ganz geborgen. Das leichte Schaukeln hat eine heilsame Wirkung.«

Er hatte in Shirt und Turnhose geschlafen und brauchte sich zum Joggen nur seine Laufschuhe anzuziehen. Trotz seiner zwei Zentner sah es elegant aus, wie er sich mit einer Flanke auf den Steg schwang und schließlich lostrabte. Es ging die Imchenallee hinunter Richtung Sacrow. Links hatte er die Havel und den Wannsee. Es war ein herrlicher Blick hinüber zum Tiefehorn, jedoch interessierte der ihn nicht. Die Natur in und um Berlin hatte ihn noch nie interessiert. Alles langweiliger Mist. Keine Spannung, no action, no satisfaction. Ein bisschen Englisch konnte er. Vor dem Wettkampf musste man ja immer ein paar Worte mit den Konkurrenten wechseln. Schon, um die zu nerven und ihnen zu sagen, dass sie an diesem Tag keine Chancen hatten. »It's too hot for you.«

Auf dem Rückweg zu seinem Boot machte er an einer kleinen Badestelle halt, um einen abgesägten Baumstamm als Hantel zu benutzen und einige Male in die Höhe zu stemmen. Die linke Leiste schmerzte mehr als gestern. Er hatte das Gefühl, dass sich Tausende von winzigen Würmern durch seinen Körper fraßen. Überall hatten sie ihre Gänge und Kavernen. Da konnten die Ärzte hundertmal behaupten, er sei organisch völlig gesund.

Wieder am Steg angekommen, zog er sich Shirt und Schuhe aus und sprang ins Wasser. Das war seine Morgentoilette. Auf das Zähneputzen konnte er verzichten. Danach kam sein Frühstück. Eine halbe Salami aus den Abruzzen, die brauchte er als Kraftspender, es folgte eine Riesenschale mit Milch und Müsli. Im Moment ging es ihm besser, doch gut noch lange nicht. Wer den Tod in sich trug, dem konnte es nicht gut gehen. »Alles Scheiße!« Dr. Narsdorf hatte ihm was gegen seine Depressionen verschrieben, aber das Zeug schluckte er nicht. Keine Pillen mehr!

Um 9 Uhr war er so weit, dass er sich ins Auto setzen und zum Training fahren konnte. Zum Friedrich-Ludwig-Jahn-Sportpark musste er durch die ganze

Innenstadt hindurch, und das war zum Kotzen. An jeder Ecke eine Ampel und überall Staus. Er fluchte unaufhörlich. »Können diese Ärsche nicht alle zu Hause bleiben? Immer mit dem MG reinhalten!«

Auf dem Trainingsplatz war er ein ganz anderer, da war er der Bulli, wie ihn alle mochten, einfühlsam und immer bemüht, seinen Schützlingen nicht nur ein kompetenter Ratgeber, sondern auch ein zweiter Vater zu sein.

»Johannes, dein Winkel ist zu steil – und bis zur Sonne hoch kommst du sowieso nicht. Bei deiner Größe dürfen es nicht mehr als 40 Grad zur Horizontalen sein, sonst verschenkst du an Weite.«

»Rico, deine Angleittechnik ... Gott! Der Bewegungsablauf muss flüssiger werden, das ist mir alles zu abgehackt. Nächste Woche gehst du eine Stunde in den Ballettsaal.«

»Kevin, du bist hier nicht beim Diskuswerfen! Wenn du es unbedingt mit der Drehstoßtechnik versuchen willst, warte lieber, bis du ein bisschen schwerer geworden bist.«

Er hoffte nichts sehnsüchtiger, als dass in seiner Trainingsgruppe einer dabei war, der einmal die 20-Meter-Marke knackte. Der Weltrekord von Randy Barnes aus den USA, aufgestellt im Mai 1990, lag zwar bei 23,12 Meter, jedoch heutzutage, wo die Dopingkontrollen schärfer waren, hatte man bereits Chancen auf den Weltmeistertitel, wenn man über 22 Meter kam.

»So, Jungs, wir entspannen uns jetzt ein bisschen und werfen uns die Kugel zu wie einen Ball. Erst wenn ihr das Gefühl habt, dass eure Kugel nicht schwerer ist als ein Tennisball, habt ihr die richtige Einstellung zu ihr. Und ihr müsst sie lieben, wenn sie weit fliegen soll. Los, küsst sie, aber mit Leidenschaft bitte!«

Zur Erholung schickte er sie in den Film- und Videoraum, wo er ihnen wieder und wieder ihre Vorbilder zeigte: Parry O'Brien aus den USA, der zehnmal Weltrekord gestoßen und die moderne Technik erfunden hatte, in der man in gebeugter Haltung mit dem Rücken zur Stoßrichtung begann. Anschließend die Heroen der DDR: Udo Beyer und Ulf Timmermann, sowie den Schweizer Werner Günthör und Alexander Baryschnikow aus der Sowjetunion, der die Drehstoßtechnik erfunden hatte.

Während dieser Übungseinheiten war er so sehr abgelenkt, dass er nicht ein einziges Mal an sein Elend dachte, jetzt aber, als er seine Jungens in den Ruheraum schickte, kamen die bösen Gedanken mit Macht zurück: Glück und Glas, wie leicht bricht das. Wahrscheinlich kam alles auf einmal: Seine Dopingsünden wurden bekannt, er verlor seinen Trainerjob und die Krebszellen vermehrten sich so explosionsartig in seinem Körper, dass weder Operationen noch eine Chemo halfen.

Möglicherweise ließe sich alles noch aufhalten, wenn er diesem Völlenklee einen Schuss vor den Bug setzte. Narsdorf hatte ihm gesagt, wo dieses Arschloch arbeitete, und aus diesem Grund setzte er sich in seinen Wagen, um nach Reinickendorf in die Flottenstraße zu fahren, sein Ziel: Firma CompWorld. Die ganze Fahrt über schimpfte er vor sich hin. »Diese linke Zecke, dieses blöde Schwein! Dieses ganze intellektuelle Pack sollte man ausrotten!« Er hatte sich immer gehütet zu sagen, was er dachte. Außerdem ging er auch zu keiner NPD-Versammlung, denn das hätte ihm den Job gekostet. Die Gutmenschen, die ihn angestellt hatten, hörten das nicht so gern. Aber immerhin war das Kugelstoßen eine Sache der Deutschen geblieben, während es beim Fußball und beim Basketball fast ausschließlich Türken, Neger und andere Ausländer gab. Da konnte man gar nicht mehr hingehen, ohne das Kotzen zu kriegen. »Du hältst schön dein Maul!«, ermahnte er sich. Es war so wie früher in der DDR: Man hatte das zu sagen, was die Oberen hören wollten. Deshalb sagte er sich: »Doping ist ein Verbrechen, das wir mit allen Mitteln bekämpfen müssen!« oder »Die deutsche Leichtathletik kann erst wieder auf einen grünen Zweig kommen, wenn wir junge Menschen mit Migrationshintergrund für unsere Sportart gewinnen und begeistern können.« Das hörte sich gut an und wurde immer wieder zitiert. Dabei hätte er das ganze Pack mit seiner Heuchelei auf den Mond schießen können. Alle dopten, nur die doofen Deutschen nicht, und die durften nachher Letzte werden. Nur damit diese Arschlöcher von Grünen ihren Orgasmus hatten.

Bulkowski sah auf die Uhr. Er musste sich beeilen, wenn er Völlenklee beim Verlassen des Werktores abpassen wollte. Die Zeit, sich in der Residenzstraße eine Wassermelone zu kaufen, die nahm er sich noch. Wenig später hatte er die Flottenstraße erreicht. Kurz hinter der Kopenhagener Straße fand er einen Parkplatz. Er stieg aus, nahm seine Wassermelone, schloss seinen Wagen ab und postierte sich gegenüber der CompWorld. Jetzt galt es zu warten. Das hatte er in langen Wettkampfjahren gelernt.

Er hatte einige Kumpel, die zu vielem in der Lage waren. Ob er sie einmal ansprechen sollte, ob sie vielleicht diesen Völlenklee und seine Freundin irgendwie entsorgen konnten? Das durfte keinerlei Spuren hinterlassen. Aber ging das heute noch? Von den Dopingfahndern, die andauernd in seiner Trainingsgruppe auftauchten, wusste er, dass die Chemiker heute alles nachweisen konnten, da musste man dementsprechend aufpassen. Und wenn der Coup gelang, konnten er und der Doktor von denen erpresst werden, die für sie die beiden Morde begangen hatten. Da kamen sie nur vom Regen in die Traufe. Bulkowski hatte genügend Krimis gesehen, um zu wissen, wie das ging.

Endlich kam Völlenklee aus dem Trakt der CompWorld. Bulkowski erkannte ihn anhand des Fotos, das der Doktor ihm verschafft hatte. War das eine fiese Sau, dieser Völlenklee, wie der schon aussah. Lange Haare, Jeans und Rucksack. Adolf hätte Typen wie den sofort ins KZ gesteckt. Als Volksschädling.

Bulkowski schnellte nach vorn, baute sich vor Völlenklee auf und fixierte ihn mit einem Blick, der ihm Todesangst einjagen musste.

»Du bist dieses Schwein von Leon Völlenklee?«

»Was soll der Quatsch?«, kam die Gegenfrage.

»Ich bin Maik Bulkowski, du willst mich doch erpressen? Mich und den Doktor – oder?«

Völlenklee wich unwillkürlich einen Schritt

zurück und schien zu überlegen, ob er sich in das Pförtnerhäuschen flüchten sollte.

»Ich will dir mal was sagen«, begann Bulkowski und katapultierte dann seine Wassermelone mit solcher Kraft gegen die Mauer der CompWorld, dass sie förmlich explodierte und der Saft sowie die roten Fruchtstückchen weit flogen und Völlenklee sogar einige Spritzer abbekam. »So ergeht es deinem Kopf, wenn du Schwein nicht aufhörst, uns zu erpressen! Gut, ich verliere dann meine Medaillen und meinen Job, aber du verlierst dein Leben. Überleg es dir!«

15

Völlenklee saß am Computer und las Corinna vor, was sich im Internet über Erpressung finden ließ.

»Strafgesetzbuch, Paragraph 253: ›Wer einen Menschen rechtswidrig mit Gewalt oder durch Drohung mit einem empfindlichen Übel zu einer Handlung, Duldung oder Unterlassung nötigt und dadurch dem Vermögen des Genötigten oder eines anderen Nachteil zufügt, um sich oder einen Dritten zu Unrecht zu bereichern, wird mit Freiheitsstrafe bis zu fünf Jahren oder mit Geldstrafe bestraft.‹«

»Bis zu fünf Jahren …«, wiederholte Corinna und sah nachdenklich aus dem Fenster.

»Ja, aber das gilt nur für die besonders schweren Fälle, und da darf sie auch nicht unter einem Jahr liegen«, sagte Völlenklee ergänzend. »Und ein besonders schwerer Fall liegt in der Regel nur vor, wenn der Täter gewerbsmäßig oder als Mitglied einer Bande handelt, die sich zur fortgesetzten Begehung einer Erpressung verbunden hat.«

»Sind wir beide schon eine Bande?«, fragte Corinna.

»Ach Quatsch!«, rief Völlenklee. »Und außerdem ist unsere Tat gar nicht rechtswidrig.«

»Wieso denn das?«

»Weil hier steht, Paragraph 253, Absatz 2: ›Rechtswidrig ist die Tat, wenn die Anwendung der Gewalt oder die Androhung des Übels zum angestrebten Zweck als verwerflich anzusehen ist.‹« Völlenklee hörte auf zu googeln. »Was ist denn daran verwerflich, wenn wir einem Kurpfuscher wie Narsdorf das Handwerk legen? Und bei den anderen? Bei Fröttstädt und Mägdesprung retten wir wahrscheinlich vielen Menschen das Leben, wenn die sich einen anderen Beruf suchen müssen, und wenn wir dieses Arschloch von Bulkowski aus dem Verkehr ziehen, müssten wir das Bundesverdienstkreuz dafür kriegen: Seine Medaillen hat er durch Betrug gewonnen, und Stasi-Schwein war er sicherlich auch.«

»Gehen wir noch was trinken?«, fragte Corinna.

»Wohin denn?«, kam die Gegenfrage. »Auch in der kleinsten Pinte sitzen jetzt mit Sicherheit die ganzen Schwachköpfe, die Fußball sehen. Deutschland, Deutschland, über alles! Die großen Polen gestern 2:0 geschlagen. Fußball ist ja sehr schön, aber nur ohne all diese Debilen, die sich derzeit an ihm hochziehen.«

»Deutschland spielt erst am Donnerstag wieder, heute kriegen wir bestimmt irgendwo 'n Platz.«

»Na schön …« Völlenklee schaltete seinen Computer aus und folgte Corinna, die bereits im Treppenhaus war. »Und aufpassen! Wenn Bulkowski …«

Doch der Kugelstoßer war nirgends auszumachen. Sie beschlossen, eine kleine Runde zu drehen. Über die Dieffenbach-, Grimm-, Urban- und Geibelstraße zum Urbanhafen und anschließend am Landwehrkanal entlang zum Planufer, wo es genügend Biergärten gab.

»Meinst du, Bulkowski startet eine neue Attacke?«, fragte Corinna.

»Sicher. Aber das ist doch alles nur Bluff.« Völlenklee bemühte sich, die Sache leichthin abzutun. »Das ganze Leben ist ein Pokerspiel, was meinst du denn, warum die Leute das im Fernsehen so gerne sehen?«

»Das Leben als Zufallsgenerator ... Das Schicksal teilt die Karten aus.« Corinna überlegte, wie sie diesen Satz am besten in Bilder umsetzen konnte. Als was man auf die Welt kam, entschied ja auch schon der große Zufallsgenerator. Man hatte ein bestimmtes Blatt zugeteilt bekommen, und wer schlechte Karten hatte, dem blieb nur die Chance zu bluffen, wollte er nicht zu den Verlierern gehören.

Als sie die Urbanstraße entlanggingen, sahen sie auf Höhe des Nachbarhauses aus einem Bauwagen einen jungen Mann klettern, in dem Völlenklee bei genauerem Betrachten Ritchie erkannte. Er erinnerte sich an ihre Begegnung vor nicht allzu langer Zeit.

»Mensch, das ist Ritchie!«, rief Völlenklee.

»Der aus unserer WG?«

»Ja, wer denn sonst.«

Corinna war über diese Begegnung keineswegs begeistert und hatte Völlenklee am Arm gepackt und »Komm weiter!« gerufen, allerdings war das bereits zu spät erfogt, da Ritchie über die Straße gelaufen kam.

»Mensch, Leon, Alter! Hey, Corinna! Sagt bloß, ihr wolltet mich besuchen?«

Völlenklee schaltete auf Abwehr, weil er wusste, dass Corinna etwas gegen Ritchie hatte. »Wieso denn das?«

»Hattest du mir doch versprochen.« Ritchie grinste und zeigte auf seinen Arm, auf dem unzählige Nadeln ihre Spuren hinterlassen hatten. »Man kann ja nie wissen.«

»Nein, deswegen bestimmt nicht. Und auch sonst …«

Bei Corinna hatte sich inzwischen genügend Mitleid eingestellt, um milder zu reagieren. »Du, heute Abend haben wir einen wichtigen Termin, aber die nächsten Tage kommen wir mal bei dir vorbei.«

»Schwört ihr's?«

»Ja.«

Ritchie kehrte in seinen Bauwagen zurück, sie setzten ihren abendlichen Rundgang fort, ganz bürgerliches Paar. Unten auf der Wiese am Urbanhafen war Berlin an diesem Sommerabend Anfang Juni besonders idyllisch. Überall lagerten Gruppen und Pärchen unterschiedlichster ethnischer Herkunft, tranken Bier und anderes, erfreuten sich an dem, was ihre tragbaren DVD-Player und I-Pods an Hits hergaben und schmusten bis in die Nähe des Pettings. Nur Single-Frauen lasen, Zeitschriften oder dicke Romane. Hunde und Kinder wuselten umher. Sightseeing-Schiffe zogen zur Admiralsbrücke.

Es war kaum ein freies Plätzchen zu finden, und als Völlenklee und Corinna endlich eines entdeckt hatten, sprang Völlenklee sofort wieder auf, denn auf der Decke neben ihnen war eine türkische Kopftuchmutter gerade dabei, eine Wassermelone zu spalten und an ihre Familie zu verteilen.

»Was hast du?«, fragte Corinna.

»Mensch: Bulkowski! Wenn ich eine Melone sehe, denke ich … Das bleibt ein Trauma, mein Leben lang.«

Aus diesem Grund gingen sie in einen Biergarten. Kaum hatten sie sich niedergelassen, wollte Völlenklee wieder aufspringen. »Mensch, hier nebenan wohnt Fröttstädt. Da kann ich gleich mal …« Er lief zum Hauseingang und klingelte. Doch wiederum ohne Erfolg. »Wenn wir wenigstens seine Handynummer hätten«, stöhnte er, nachdem er wieder am Tisch Platz genommen hatte.

»Wir haben ihm doch schon einen Brief geschrieben«, sagte Corinna. »Ihm und dieser Millie Malorny.«

16

Mannhardt und sein Enkel waren auf dem Weg zum Flugplatz Tegel. Heike, Mannhardts Lebensgefährtin, war Journalistin und hatte nicht nur herausbekommen, bei welcher Fluggesellschaft Sören Fröttstädt angestellt war, sondern auch, wann er an diesem Tag in Berlin landen würde.

»Den Seinen gibt's der Herr im Beischlafe«, sagte Mannhardt, denn während eines solchen war Heike eingefallen, wen sie wegen des Piloten einmal ansprechen konnte.

Orlando war es peinlich, seinen Großvater über Sex reden zu hören, und so ging er schnell zu einem anderen Thema über. »Eigentlich sind wir doch alle erpressbar, irgendetwas haben wir alle zu verbergen und denken mit Schrecken daran, dass es in die Öffentlichkeit gelangen könnte.«

Mannhardt lachte. »Klar, sonst gäbe es nicht so ein großes Wehgeschrei im Hinblick auf den Datenschutz, den alle immer verletzt sehen, selbst wenn irgendwo jemand eine Bombe bastelt. Stell dir vor, einer unserer Spitzenpolitiker leidet unter Inkontinenz und muss ständig Windeln tragen.« Er nannte einige Namen, und beide kriegten sich gar nicht mehr ein vor Heiterkeit. »Früher war das anders: Friedrich der Große hat mit seinem Kammerdiener Fredersdorf ganz ungeniert über seine Hämorrhoiden geplaudert.«

»Da gab's aber auch noch keine Boulevardpresse

und keine Freude an öffentlichen Schlachtfesten, dafür harte Strafen im Hinblick auf Majestätsbeleidigung.«

Dieses Gespräch führten sie im TXL-Bus, den sie der Fahrt im eigenen Pkw vorgezogen hatten, um sich die Irrwege in den Parkhäusern zu ersparen.

Mannhardt gähnte. »Warum so viele Kinder davon träumen, Detektiv zu werden, das ist eigentlich Langeweile hoch zwei. Gemessen jedenfalls an dem, was wir in der Mordkommission alles erlebt haben.«

»Wer weiß, wo ich mal lande«, sagte Orlando. »Richter, Staatsanwalt, Rechtsanwalt? Vielleicht in einer Einmann-Kanzlei für Arbeitsrecht.«

»Deine Generation hat es mit Sicherheit schwerer als meine«, sagte Mannhardt. »Auf was sollt ihr euch eigentlich freuen? Alles wird ja doch immer schlechter. Wir nach dem Krieg dagegen wussten, dass alles immer nur besser werden konnte. Ist es ja auch.«

»Und heute ist für viele das Leben so leer, dass sie andere erpressen, weil sie sonst ins absolute Nichts abstürzen würden.« Anschließend summte Orlando das Sesamstraßen-Lied. »Wozu habt ihr Kopf und Hände, denkt euch selbst mal was aus.«

»Was ja Völlenklee und seine Partnerin auch getan haben«, sagte Mannhardt.

»Wie immer: Das Fernsehen ist schuld an allem.«

»Ich ärgere mich in meinen Lehrveranstaltungen immer, wenn mir die Studenten mit dieser These kommen, und frage sie dann, warum es die größten Verbrechen der Menschheitsgeschichte vor der Erfindung beziehungsweise der Einführung des

Fernsehens gegeben hat, zum Beispiel das massenhafte Abschlachten und Töten von Menschen bei den Kreuzzügen, während des Dreißigjährigen Krieges, bei der Eroberung Amerikas und in den beiden Weltkriegen. Man vergesse nicht die Hexenverbrennungen und die KZs. Dazu siehe Dresden, Hiroshima, Nagasaki und Sibirien.«

Nach dieser Exkursion in die Weltgeschichte erreichten sie den Flughafen und stiegen aus dem Bus. Die Tage von Tegel waren gezählt, und Mannhardt bedauerte das nicht nur wegen seiner nostalgischen Gefühle, sondern auch, weil er Tegel mit seinem Rundbau für ein geniales Bauwerk hielt, allen anderen Airports überlegen.

Alles, was mit dem Luftverkehr zusammenhing, unterlag ja der Geheimhaltung, jedoch hatte Heike herausgefunden, aus welchem Ausgang Fröttstädt kommen musste. In dessen Nähe ließen sich Mannhardt und sein Enkel nieder, um zu warten. Ein Foto des Piloten hatten sie nicht, aber eine ungefähre Personenbeschreibung aus Heikes Quelle: Er habe eine gewisse Ähnlichkeit mit dem Regierenden Bürgermeister.

Die Piloten, die aus der Schiebetür kamen, machten in ihren durchweg dunkelblauen Uniformen alle unglaublich was her. Ein Kapitän, gleich ob auf den Meeren oder in den Lüften, hatte in dieser Kultur noch immer einen hohen Stellenwert.

»Zudem verdienen sie ja auch eine ganze Menge«, sagte Orlando, als er mit Mannhardt über die Gründe dieser Wertschätzung sprach.

»Dazu kommt, dass sie sozusagen Herren über

Leben und Tod sind«, fügte Mannhardt hinzu. »Wie die Ärzte. Eine falsche Entscheidung – und es kann mit uns aus sein. Werden in anderen Berufen Fehler gemacht, passiert gar nichts beziehungsweise die Leute lachen noch darüber.«

»Warum habe ich nie Pilot werden wollen?«, fragte Orlando.

Mannhardt grinste. »Weil du als Kind immer schlechte Erfahrungen mit dem Fliegen gemacht hast.«

»Wie das?«

»Na, wenn du geflogen bist, dann immer nur auf die Schnauze.«

»Zum Glück nie von der Schule!«, glaubte Orlando festhalten zu müssen.

»Achtung!«, flüsterte Mannhardt. »Das müsste er sein.«

Fröttstädt kam aus der Tür, allerdings mit dem Kopiloten an seiner Seite. Mannhardt und Orlando fluchten leise vor sich hin, da sie ihn in dessen Gegenwart nicht ansprechen konnten. Zum Glück für Großvater und Enkel verabschiedeten sich die beiden, woraufhin sie auf Fröttstädt zugingen.

»Entschuldigung, Herr Fröttstädt?« Mannhardt lächelte so gewinnend wie möglich.

»Ja«, kam es schroff.

»Wir sind hier, um Ihnen zu helfen.«

»Zeugen Jehovas oder was?«

»Nein, Mannhardt mein Name, ich war einmal bei der Kriminalpolizei, jetzt bin ich pensioniert und eine Art Privatdetektiv … Das ist mein Enkel, ein Jurastudent.«

Fröttstädt sah über sie hinweg. »Und was hat das mit mir zu tun?«

»Wir wissen, dass Sie erpresst werden.«

»Unsinn! Lassen Sie mich in Ruhe!« Damit stieß er Orlando beiseite und enteilte in die Bereiche des Flughafens, die Betriebsfremde nicht betreten durften.

*

Der Student warf mit seinem Beamer ein Bild an die Wand, das einen DIN-A4-Bogen im Querformat zeigte. Darauf war mit bunten Buchstaben, mal einzeln, mal als ganzes Wort, ein kurzer Text aufgeklebt: ›Die Teletubbies befinden sich in Meiner gewalt! Wenn Ihr sie lebend wiedersehen wollt folgt genau Meinen Anweisungen. Keine POLiZei oder PRESSE Sonst … † Ich melde mich wieder.‹

»Der extrem gewalttätige und international gesuchte Top-Terrorist Osama Bin Morsix hat die Teletubbies entführt und eine hohe Lösegeldforderung gestellt. Um zu verhindern, dass die Polizei ihn fasst, hat er eine Bedingung für die Lösegeldübergabe gestellt: Das Lösegeld darf nur von jemandem überbracht werden, der die Teletubbies wirklich furchtbar lieb hat.«

Sein Student hatte das im Internet entdeckt, und Mannhardt fand auch, dass es gut zum Thema des Referates passte, das da lautete: ›Die Verniedlichung des Verbrechens in den heutigen Medien.‹

Der Student bekam die Note 1,5, und Mannhardt nutzte den Rest der Stunde, um kurz auf wirkliche

Erpressungen und die Schwierigkeiten der Lösegeldübergabe zu sprechen zu kommen. Dazu hatte er sich aus dem Internet den Beitrag ›Dagobert und seine Brüder‹ aus dem SPIEGEL special 05/1996 ausgedruckt.

»›Wer immer in der Vergangenheit als Erpresser oder Entführer über Nacht reich werden wollte, sah sich vor dasselbe Problem gestellt: Wie kann der Täter verhindern, daß sich just beim Griff nach den gebündelten Scheinen die Handschellen – klick – um seine Handgelenke schließen?‹«, zitierte er und sah sich fragend in der Runde um. »Na?«

»Man muss sich das Geld elektronisch überweisen lassen«, kam die erste Antwort. »Alles muss bargeldlos ablaufen.«

»Ja, okay, doch unsere Spezialisten können ganz genau herausfinden, auf welches Konto das Geld geflossen ist, und dementsprechend zuschlagen. Gibt es folglich die perfekte Erpressung?«

Die angehenden Kriminalbeamtinnen und -beamten dachten nach. Schließlich hatte eine junge Dame eine Idee. »Man erpresst jemanden, das heißt, man zwingt ihn, etwas Bestimmtes zu tun oder zu lassen, ohne dass man dafür Geld haben will.«

»Zum Beispiel?«

»Na, dieser Jöllenbeck vom Bahnhof Bayerischer Platz. Eine Freundin von mir hat mal in seiner Kanzlei gearbeitet, und die hat mir erzählt, dass er pädophile Neigungen gehabt haben soll. Kommt das raus, wählt ihn niemand.«

»Niemand nicht!«, kam es aus den hinteren Reihen. »Die Päderasten wählen ihn alle.«

Mannhardt wartete, bis das Lachen verstummt war. »Und weiter, was kann man sonst von ihm wollen, wenn es kein Geld sein soll?«

»Dass er sich aus dem politischen Leben zurückzieht.«

»Gut. Aber bleiben wir beim Lösegeld. In welchem Fall könnte es der Erpresser gefahrlos in Empfang nehmen?« Da gab es gleich drei Wortmeldungen. »Ja, da hinten links.«

»Der Erpresste muss wahnsinnige Angst davor haben, dass herauskommt, warum er erpresst wird. Wenn also einer bei seiner Bank 100.000 Euro unterschlagen hat und in den Knast wandern würde.«

»Richtig, der Erpresste muss etwas zu verbergen haben, was auch immer, beziehungsweise zu einer Berufsgruppe gehören, bei der es sozusagen tödlich ist, wenn herauskommt, dass man eine – ich will es einmal salopp sagen – ganz bestimmte Macke hat.«

»Ja«, rief einer. »Wenn der Chef der Stadtreinigung heimlich Koprophage ist.«

*

Der Bundesplatz in Wilmersdorf, bis 1950 bekannt als Kaiserplatz, konnte nicht gerade als Oase in der Großstadt bezeichnet werden, dazu war der Verkehr an der Kreuzung der Bundesallee mit der Wexstraße beziehungsweise der Detmolder Straße trotz des Tunnels in der Nord-Süd-Richtung doch zu stark. Jedoch konnte man immerhin in den Restaurants, die auch draußen servierten, vergleichsweise gemütlich im Grünen sitzen und essen. Beim Treffen der Herren

Dr. Narsdorf, Hansjürgen Mannhardt und Orlando Drewisch ging es allerdings nicht ganz so gemütlich zu, wie ein Außenstehender anhand der vermeintlichen Idylle hätte denken können.

»Ich bin bald selbst reif für eine Therapie, wenn das so weitergehen sollte«, sagte der Arzt und Psychiater.

Mannhardt verkniff sich eine passende Bemerkung und schlug erst einmal die Speisekarte auf. »Spargel ist zu dieser Jahreszeit ein absolutes Muss. Wie heißt es doch immer: Königliches Gemüse, Frühlingsluft in Stangen, essbares Elfenbein.«

Orlando sah Dr. Narsdorf an. »Ist Spargel wirklich so gesund?«

»Der Asparagus – ja. Außer für Triebtäter und für Leute mit einer gewissen Neigung zur Gicht, wegen des hohen Gehaltes an Purin.«

»Ah ja. Und warum nicht für Triebtäter?«

»Früher stand in Apothekenbüchern der Satz: ›Spargel in der Speise genossen, bringt lustige Begier den Männlein.‹ Und schon in der Antike sagte man dem Spargel in dieser Hinsicht wundersame Kräfte nach, junge Römer haben sich den Spargel als Liebesamulett um den Hals gehängt.«

Mannhardt schielte zu den dünnen Spargelstangen hinüber, die das junge Paar am Nebentisch auf den Tellern liegen hatte. »Ich weiß nicht: der Spargel als Phallussymbol? Männer mit dieser mäßigen Ausstattung sollten sich schleunigst zu Ihnen in die Therapie begeben.«

Orlando konnte nur mit Mühe ein Grinsen unterdrücken. »Aber nicht, wenn sie im Internet nach einer Partnerin suchen.«

»Wieso?«, fragte Narsdorf – und schlug sich daraufhin mit der flachen Hand gegen die Stirn. »Klar! Wer den Schaden hat, Stichwort: Völlenklee.«

Bevor sie zum Thema Erpressung kommen konnten, waren die Bestellungen aufzugeben. Anschließend fasste Mannhardt zusammen, was sie bisher herausgebracht hatten: »Dr. Mägdesprung, der Chirurg, und Sören Fröttstädt, der Pilot, werden mit Sicherheit von Völlenklee erpresst, obwohl sie es mit Nachdruck abstreiten. Wir hoffen nur, dass die beiden wirklich Ihre Patienten sind?«

»Ja, sind sie. Und weiter?«

»Bei Jöllenbeck wissen wir es nicht und bei der Sängerin Millie Malorny vermuten wir es.«

»Gut«, murmelte Narsdorf.

»Vermisst du da noch einige Namen?«, fragte Orlando.

»Die eigentliche Prominenz?«, hakte Mannhardt nach. »Ob Sie uns nicht doch den einen oder anderen Namen nennen wollen?«

Narsdorf winkte ab. »Nein. Sagen Sie mir lieber, was ich am besten tun kann?«

»Sich in Geduld üben«, antwortete Mannhardt. »Wir müssen abwarten, bis sich Völlenklee und seine Partnerin sozusagen ausgetobt haben, siehe die Rachegelüste Ihnen gegenüber, und einsehen, dass sie nur noch verlieren können, wenn sie weitermachen, dass der Grenznutzen für sie gegen null geht.«

»Wir – Mägdesprung, Fröttstädt und ich – haben doch immer noch wesentlich mehr zu verlieren als sie, wenn alles publik werden sollte«, wandte Narsdorf ein.

»Es muss uns irgendwie gelingen, dass für alle Beteiligten eine Win-win-Situation herauskommt«, sagte Orlando. »Meine – wenn man so will – nichteheliche Großmutter hat herausbekommen, dass diese Corinna eine Galerie aufmachen will. Lassen wir ihr so viel Geld zukommen, dass sie das realisieren kann, wird sie für immer schweigen – und Völlenklee mit ihr.«

Mannhardt nickte. »Ja, und meine und Orlandos Aufgabe dabei ist, dass wir in etwa so wirken wie die Regelstäbe im Atomreaktor: Wir müssen uns zwischen die Brennstäbe schieben und die nukleare Explosion verhindern.«

17

In den Tagen und Wochen der Fußball-EM 2008 hatte Gunnar Schneeganß Besseres zu tun, als darüber nachzudenken, wer Bernhard Jöllenbeck auf dem U-Bahnhof Bayerischer Platz vor den einfahrenden Zug gestoßen hatte, falls er nicht selbst gesprungen sein sollte. Eugen Grätz, sein Gegenüber im Büro, hatte auch kein übertrieben großes Interesse, den möglichen Mörder hinter Schloss und Riegel zu bringen.

»Wer dieses Kinderschänderschwein von Jöllenbeck umgebracht hat, der sollte 'n Orden bekommen und nicht eingesperrt werden«, sagte Grätz hinter vorgehaltener Hand. Natürlich tat er alles, was in seiner Kraft stand, den Fall aufzuklären, aber viel stand nicht in seiner Kraft.

»Was melden die Gazetten?«, fragte Schneeganß.

»Mehrere Schlägereien mit Verletzten«, berichtete Grätz. »Polizei im Dauereinsatz.« Dann fasste er zusammen: »In Neukölln in der Sonnenallee haben sich gegen 20 Uhr auf Gehweg und Fahrbahn an die 100 Araber mit gezückten Messern gegenübergestanden. In der Kreuzberger Markgrafenstraße ist es gegen 22.50 Uhr zu einer Prügelei zwischen zwei türkischen Hochzeitsgesellschaften gekommen. Dabei schlug ein 15-Jähriger mit einer Gerüststange auf einen 17-Jährigen ein und fügte diesem einen Kieferbruch zu.« Grätz war empört. »Auf der Stelle ausweisen alle!«

Schneeganß grinste. »Solange sie das alles unter sich austragen ...«

Grätz ärgerte sich inzwischen mehr über Herbert Grönemeyer als über die temperamentvollen Berliner mit Migrationshintergrund, denn er konnte den Mann mit ›seiner Kastratenstimme‹, wie er das ausdrückte, nicht ausstehen.

›Ich kann nicht mehr sehen‹, sang Grönemeyer zum wiederholten Male an diesem Tage.

»Dann geh doch mal endlich zum Augenarzt, du Idiot!«, schrie Grätz und schaltete das Radio aus.

Das Telefon klingelte; als Schneeganß abnahm, war einer seiner Vorgesetzten am Apparat und fragte nach, ob es im Fall Jöllenbeck Neuigkeiten gäbe.

»Nein, auch in der Zeitung stand nichts weiter.« Schneeganß gehörte zu der Generation, die keineswegs automatisch Haltung annahm, wenn sie es mit einem Oberen zu tun hatte.

»Dann sorge bitte dafür, dass bald etwas reinkommt.«

»Zu Befehl!«, rief Schneeganß. »Wenn du uns eine Dienstreise nach China genehmigen würdest.«

»Warum denn das? Wollt ihr an den Olympischen Spielen teilnehmen – beim Beamten-Mikado?«

»Ha, ha, ha! Dreimal pflichtschuldig gelacht. Nein, in seiner Kanzlei haben uns die Damen erzählt, dass der Mann, der Jöllenbeck am besten gekannt hat, sein ehemaliger Lebensgefährte sein dürfte – und der weilt gerade in Peking und Umgebung.«

»Und wer ist das?«

»Ein Ingenieur für Solartechnik.« Schneeganß wühlte in den Papieren, die auf seinem Schreibtisch lagen. »Der Name fällt mir im Augenblick nicht ein.«

»Schwanz«, sagte Grätz.

»Nein, das war der Bordellbesitzer, der …« Aber nun zündete es bei Schneeganß. »Schwenz, Werner Schwenz. Wir werden ihn sofort befragen, wenn er wieder in Berlin ist. Ich rufe gleich noch mal in seiner Firma an.«

Das tat Schneeganß dann auch, und es stellte sich heraus, dass Schwenz vor drei Tagen nach Berlin zurückgekehrt war. Sie machten sich auf den Weg in die Oberlandstraße, wo die Firma angesiedelt war, in der Schwenz arbeitete. Als sie aus dem Dienstgebäude traten, mussten sie zur Seite springen, weil ein Radfahrer direkt auf sie zuhielt. In Berlin hatte es sich bei den Radfahrern eingebürgert, alle Bürgersteige zu Radfahrwegen zu machen und die Fußgänger als Slalomstangen zu betrachten.

»Arschloch!«, rief Grätz dem jungen Mann hinterher, der ihm um ein Haar die Wade abgefahren hätte. »Und komm gut unter den nächsten Lastwagen!«

Schneeganß hatte keine Lust, sich Gedanken über die optimale Route zur Oberlandstraße zu machen und tippte ihr Ziel in sein Navigationsgerät ein. »Bis zur Martin-Luther-Straße und dann am Innsbrucker Platz auf die Autobahn rauf.«

»Was für 'ne Überraschung!«, rief Grätz. »Ohne dieses Dings wären wir doch glatt über den Berliner Ring gefahren, oben in Frohnau rauf und dann unten bei Schönefeld wieder runter.«

»Besser Hightech als Kirchheim-Teck«, sagte

Schneeganß, denn dort war seine Tante Helga an Berlin-Entzug gestorben.

Sie fanden den Ingenieur Werner Schwenz in einer jener mittelständischen Zuliefererfirmen, die eigentlich nur aus einem grauen Kasten mit unterschiedlich angeordneten Fenstern und einer Eingangstür bestanden.

»Das ist ein so schöner Mann, dass ich …«

»Halt's Maul, Mensch!«, zischte Schneeganß.

Wie immer, wenn sie auf einen Schwulen trafen, hatte er Angst, dass Grätz mit einer seiner gefürchteten Bemerkungen ins Fettnäpfchen trat und ein Disziplinarverfahren heraufbeschwor.

Sie stellten sich vor, und Schwenz ging mit ihnen in den Konferenzraum, wo sie ungestört miteinander reden konnten.

»Wir sind wegen Bernhard Jöllenbeck hier«, sagte Schneeganß. »In seiner Kanzlei hieß es, Sie sollten am besten über ihn Bescheid wissen. Ansonsten habe er sehr zurückgezogen gelebt.«

Schwenz lachte. »Zurückgezogen ist gut – bei seinen dauernden Auftritten als Politiker.«

»Sie meinen in der NeoLPD?«, fragte Schneeganß.

»Ja.« Schwenz verzog angewidert das Gesicht.

Schneeganß hakte nach. »Die Partei war dann auch der Grund, dass Sie sich getrennt haben?«

»Nein, das waren die kleinen Jungs, von denen er nicht lassen konnte.«

»Kennen Sie vielleicht zufällig den hier?« Schneeganß zog ein Foto heraus, das ihnen ihre Techniker anhand der Videoaufzeichnung der BVG angefertigt hatten.

Schwenz nahm das Bild und betrachtete es mit zusammengekniffenen Augen. »Nein, auf den ersten Blick nicht ... Das ist auch alles zu klein und grobkörnig. Vielleicht ist es auch gar kein Junge, sondern der Vietnamese, der Rache geschworen hatte.«

»Auch ein Stricher?«, fragte Grätz.

»Nein, ein Zigarettenhändler, bei dem Jöllenbeck den Prozess in den Sand gesetzt hat.«

»Es hat auf dem U-Bahnhof Bayerischer Platz eine Rangelei zwischen diesem jungen Menschen und Jöllenbeck gegeben«, sagte Schneeganß. »Ob Jöllenbeck vor den Zug gestoßen wurde oder selbst gesprungen ist, lässt sich leider nicht einwandfrei klären. Darum sind wir ja auch hier. Hat es von Seiten Jöllenbecks manchmal Andeutungen im Hinblick auf einen Suizid gegeben?«

Schwenz zögerte einen Augenblick. »Ja, das schon ...«

»Und warum?«

»Ach, wissen Sie ...« Schwenz zog so sehr am Knoten seiner Krawatte, dass er sich ein wenig würgte. »Ich halte es nicht für ausgeschlossen, dass man ihn erpresst hat.«

»Wegen der Beziehungen zu Jungen aus der Szene?«

Schwenz nickte. »Ja, sicher.«

»Und was diesen Zigarettenhändler da betrifft?«, wollte Grätz wissen.

»Den Vietnamesen? Ach, vergessen Sie das.« Schwenz tat es leid, das überhaupt erwähnt zu haben. »Klar, fast hätte ich es vergessen: seit einiger Zeit war

Bernhard auch bei einem Psychiater in Behandlung, wegen all seiner Nöte ...«

»Den Namen wissen Sie nicht zufällig?«, fragte Schneeganß.

»Doch.« Schwenz musste unwillkürlich schmunzeln. »Weil ich da immer gespottet habe: Die Narren zu Narsdorf. Dr. Narsdorf mit einer Praxis irgendwo in der Schloßstraße.«

»Danke, ja.« Grätz notierte sich den Namen.

Schneeganß fiel nichts mehr ein, was er den Ingenieur noch hätte fragen können. »Dann werden wir mal wieder ...«

»Moment mal!« Beim erneuten Betrachten des Fotos war Schwenz noch etwas eingefallen. »Der Junge hier am Bahnhof, das könnte Ritchie sein.«

»Welcher Ritchie?«, fragte Schneeganß.

»Der Richard, Richard Immelborn. Ein Junge aus gutem Hause, der ... Das war für Bernhard eine ernste Sache, und für Ritchie auch. Aber auf einmal hat Bernhard ihn fallenlassen, warum auch immer, und für Ritchie ist eine Welt zusammengebrochen.«

»Und wo finden wir diesen Ritchie?«, fragte Grätz.

»Irgendwo im Heuhaufen Berlin«, antwortete Schwenz.

Schneeganß stand auf und wandte sich Richtung Tür. »Wir danken Ihnen, Herr Schwenz. Und wenn Ihnen noch etwas einfallen sollte: Hier ist mein Kärtchen.«

*

Da die Stadtautobahn erst zwischen Innsbrucker Platz und Funkturm so richtig verstopft war, hatten sie eine halbe Stunde später ihr nächstes Ziel erreicht. Als sie bei Dr. Narsdorf in der Anmeldung vor dem Tresen standen, wurden sie von der Sprechstundenhilfe für zwei Pharmavertreter gehalten.

»Welche Firma?«, fragte sie so unfreundlich wie eben möglich, weil ihr Chef von Menschen dieser Art möglichst verschont bleiben wollte.

»Die UnAb AG«, antwortete Schneeganß.

»Bitte? Nie gehört. Hat das was mit der Uno zu tun?«

»Nein, UnAb steht für Unnatürliches Ableben«, erklärte ihr Schneeganß. »Wir haben das immer aufzuklären, wenn es geschieht. Früher waren wir die Mordkommission, aber jetzt, wo alles privatisiert ist …«

»Möchten Sie Herrn Dr. Narsdorf sprechen?«

»Ja, gerne.«

Sowie Schneeganß Dr. Narsdorf sah, konnte er sich nur mühsam das Grinsen verkneifen. Der Mann erinnerte ihn an einen Regenwurm, und später sollte er von ihm auch nur als Mr. Earthworm sprechen.

»Nehmen Sie doch bitte Platz«, sagte Narsdorf, nachdem sie sich vorgestellt hatten. »Habe ich richtig gehört: Die Mordkommission?«

Narsdorf erfasste den Kommissar mit seinen blassblauen Augen, was Schneeganß unwillkürlich an eine Szene im Supermarkt erinnerte: Wie die Verkäuferin neulich seinen nagelneuen Hunderteuroschein unter die Lampe mit dem ultravioletten Licht gelegt hatte, um zu sehen, ob er echt war. »Ja, es geht um den Fall Jöllenbeck. Der soll einer Ihrer Patienten gewesen sein.«

»Jöllenbeck?« Narsdorf tat so, als hätte er den Namen noch nie gehört.

»Fällt das schon unter die ärztliche Schweigepflicht?«, fragte Grätz.

»Was?«

»Ob Sie uns sagen können, wer Patient bei Ihnen ist?«

Narsdorf wich ihm aus. »Bei uns ist das anders als beim Zahnarzt. Hat jemand Karies und braucht er eine Brücke oder eine Krone, so ist das kein Problem, er prahlt wahrscheinlich damit, wie tapfer er beim Zahnziehen gewesen ist, aber wer zum Psychologen oder zum Psychiater muss, der kann mit übler Nachrede rechnen.«

Grätz führte das noch weiter aus. »Ja, der hat 'ne Macke, der jehört inne Klapsmühle, der kommt wohl gerade von Bonnies Ranch.«

Dr. Narsdorf nickte. »Richtig! Und darum zögere ich ganz automatisch.«

»Da zögern Sie falsch«, sagte Schneeganß. »Denn a) ist Jöllenbeck tot, und b) sind wir nicht von der Boulevardpresse, sondern von der Staatsanwaltschaft geschickt worden, um zu klären, ob Bernhard Jöllenbeck vor die U-Bahn gestoßen worden oder ob er von sich aus gesprungen ist. Es heißt, er sei erpresst worden …«

»Davon ist mir nichts bekannt«, sagte Narsdorf.

»Ist Ihnen aber bekannt, ob er suizidgefährdet war?«, fragte Schneeganß.

»Es ist schwer, in solchen Fällen eine Prognose abzugeben. Er hat in einem ganz bestimmten Dilemma gesteckt …«

»Ja, dass er auf kleine Jungs scharf war!«, platzte Grätz heraus.

Dr. Narsdorf überhörte es. »… und wer in einem solchen Dilemma steckt, ist immer tendenziell suizidgefährdet.«

»Danke, das hilft uns schon weiter«, sagte Schneeganß und wusste in diesem Augenblick selbst nicht, ob es ironisch gemeint war oder nicht. »Nicht auszuschließen ist, dass er von einem jungen Mann vor den Zug gestoßen worden ist. Hat er Ihnen gegenüber da mal eine Bemerkung gemacht?«

»Nein«, antwortete Narsdorf mit Entschiedenheit.

»Ist der Name Richard oder Ritchie irgendwann einmal gefallen?«, fragte Grätz.

»Nein.«

Schneeganß erhob sich. »Wir danken Ihnen, Herr Dr. Narsdorf, dass Sie all unsere Fragen so ausführlich beantwortet haben. Und wenn Sie selbst einmal einen Mord begehen sollten, dann revanchiere ich mich gerne.«

*

Nachdem Schwenz und Dr. Narsdorf abgehakt waren, konnten sie sich auf die Suche nach Richard Immelborn, genannt Ritchie, machen. Da war viel zu telefonieren, angefangen von der Mutter über Kolleginnen und Kollegen in anderen Referaten bis zu Jugendrichtern, Jugendgerichtshelfern und Selbsthilfegruppen. Als das nichts brachte, machten sie sich auf, um alle Punks und Junkies zu fragen, die sie so trafen. Das ging am besten, wenn sie die öffentlichen Verkehrsmittel benutzten. Ein Dienstwagen war beim Berliner Sparhaushalt ohnehin nicht zu bekommen.

Ihre Zielgruppe zum Sprechen zu bringen, war ein mühsames Unterfangen und Erfolg hatten sie erst, als sie in der Schalterhalle des S-Bahnhofs Frankfurter Allee einen Trebegänger entdeckten, der sich dort mit seinem Hund niedergelassen hatte und wartete, dass man ihm Münzen in die ausgelegte Mütze warf.

Schneeganß kramte einen Euro heraus. »Ich suche den Ritchie.«

»Welchen Ritchie?«

»Richard Immelborn.«

»Ick hab heute noch nischt jejessen.«

Schneeganß probierte es mit einem Fünfeuroschein. »Wo also?«

»In eem Bauwagen drinne …« Der Trebegänger nahm den Schein und steckte ihn in die Hosentasche. »Trinken muss ick aba ooch noch wat.«

Schneeganß machte die nächsten fünf Euro locker. »In welcher Straße also?«

»Urban.«

»Die Urbanstraße ist lang«, sagte Grätz.

»Jegenüber von det Krankenhaus da.«

Sie bedankten sich und fuhren mit der Ringbahn bis Sonnenallee, um dort in den Bus M41 umzusteigen.

»Metro-Bus – so ein Schwachsinn!«, schimpfte Grätz. »Eine Metro ist eine U-Bahn und kein Bus.«

»Sei doch zufrieden, dass überhaupt etwas in unsere Richtung fährt«, sagte Schneeganß.

An der Haltestelle Körtestraße stiegen sie aus und machten sich auf die Suche nach einem Bauwagen.

»In der Nähe des Urban-Krankenhauses muss man besonders vorsichtig sein«, sagte Schneeganß.

»Wieso denn das?«, fragte Grätz, um gleich darauf selbst die Antwort zu haben. »Klar, wegen: Isch mach dich urban!«

Schneeganß grinste. »Wir haben früher gesagt: Ein Schlag – und der nächste ist Leichenschändung!«

»Du Opfer du!«, ergänzte Grätz.

»Da steht ja unser Bauwagen!«, rief Schneeganß und zeigte zum Nachbarschaftshaus hinüber, einer Art Schlösschen aus früheren Zeiten.

»Den hat offensichtlich einer am ersten Mai vergessen«, sagte Grätz und spielte auf eine Sage aus den alten West-Berliner Zeiten an, als nämlich besonders clevere kleine Unternehmer ihre längst abgeschriebenen und schrottreifen Bauwagen in die Kreuzberger Kampfgebiete gerollt hatten, um sie von den Autonomen anstecken zu lassen und dann saftige Versicherungsprämien zu kassieren.

Schneeganß gab ihm recht. »Kann schon sein. Oder die Firma ist in die Insolvenz gegangen.«

Sie überquerten die Urbanstraße und umkreisten den Bauwagen. Das Firmenschild war abgeschraubt worden, aber die Graffiti-Schmierereien hielten sich in Grenzen. Nachdem sie nichts Auffälliges bemerkt hatten, stieg Grätz die Stufen hinauf und klopfte. Von drinnen kam keine Antwort.

Er drückte die Klinke nach unten und rüttelte an der Tür. »Abgeschlossen.«

»Wie sollen wir herausfinden, ob einer drin steckt oder nicht?« Schneeganß fiel nichts Sinnvolles ein. »Was tun?«

»Eine Rauchbombe reinwerfen«, sagte Grätz. »Dann wird er schon rauskommen.«

»Willst du deine opfern?«, fragte Schneeganß.

»Nee, die brauch ich für das nächste Hertha-Spiel. Damit keiner sieht, was die wieder für 'n Mist spielen.«

Es blieb ihnen demnach nichts weiter übrig, als zu warten. Sie setzten sich auf die Treppe, die zum Nachbarhaus hinaufführte, und sonnten sich. Viel los war hier nicht. Die einzige Abwechslung brachte ein Österreicher, jedenfalls ließ seine Salzburger Autonummer darauf schließen, dass er einer war. Der Mann stieg aus und sah sich nach allen Seiten um.

»Wenn Sie Cordoba suchen und beten wollen, dann ist das diese Richtung hier.« Schneeganß zeigte nach Süden. Es war der Tag, an dem abends das Spiel Deutschland gegen Österreich stattfinden sollte, und alle Österreicher hofften, das Wunder von Cordoba würde sich wiederholen und man würde die Piefkes nach 30 Jahren wieder einmal besiegen.

Der Österreicher murmelte etwas Unfreundliches und stieg wieder in seinen Wagen, um Gas zu geben. Schneeganß und Grätz verkürzten sich die Wartezeit, indem sie sich stritten, wer die größten Chancen hatte, Europameister zu werden. Schneeganß sah die Niederländer als Favoriten, Grätz die Deutschen.

Kurz vor 15 Uhr kam ein junger Mann auf einem verrosteten Fahrrad die Urbanstraße entlang, hielt vor dem Bauwagen, stieg ab und machte Anstalten, das Gefährt zu entern. Sofort waren die beiden Beamten neben ihm.

»Sie sind der Richard Immelborn?«, fragte Schneegанß. »Der Ritchie?«

Voller Misstrauen und ganz auf Abwehr eingestellt musterte dieser den Fragenden. »Wieso?«

»Weil …« Schneeganß wollte einen längeren Vortrag darüber halten, weswegen er zu dieser Frage berechtigt sei, zückte jedoch der Einfachheit halber seine Marke. »Deswegen.«

»Also wegen Jöllenbeck.« Ritchie setzte sich auf die Treppe des Bauwagens.

»Du hast den gekannt?«, fragte Grätz.

»Du sagst es.«

»Seit wann duzen wir uns?«, fragte Grätz.

»Na, seit eben. Wie du mir, so ich dir.«

Schneeganß nahm die Sache wieder in die Hand. »Herr Immelborn, gut. Sie waren mit Bernhard Jöllenbeck eng befreundet?«

»Ist das verboten?«

Schneeganß ließ sich nicht provozieren. »Wenn Sie aus freiem Willen bei ihm waren, dann: nein. Und wenn er nicht auf dem U-Bahnhof Bayerischer Platz ums Leben gekommen wäre, würde sich kein Mensch für Ihre Beziehung zu Bernhard Jöllenbeck interessieren. Die Frage ist nun, wer Jöllenbeck vor den Zug gestoßen hat.«

»Der ist doch von allein gesprungen!«, rief Ritchie.

»Und woher wissen Sie das?«

»Das weiß ich eben.«

»Sie wissen es, weil Sie dabei waren«, sagte Schneeganß.

»Wir haben das Video der BVG«, fügte Grätz hinzu.

Ritchie grinste. »Andere sehen auch so aus wie ich.«

»Und wo waren Sie zu der Zeit, in der Jöllenbeck …?« Schneeganß nannte ihm die Daten.

Ritchie überlegte. »Wahrscheinlich hier im Wagen – oder unterwegs, den ›Straßenfeger‹ verkaufen.«

»Zeugen?«, fragte Grätz.

»Keine Ahnung.«

Schneeganß wollte nach Hause, Fußball sehen. »Nun gut, Herr Immelborn. Warten wir ab.«

»Sie nehmen mich jetzt mit?«

»Nein.«

»Dann ist ja gut.« Damit schloss Ritchie seinen Bauwagen auf und verschwand im Inneren.

18

Sören Fröttstädt hatte ein paar Tage Urlaub, und da war es das Schönste für ihn, zu Hause in Berlin zu sein und nicht fliegen zu müssen. Mitunter entwickelte er geradezu einen Hass gegenüber Menschen, die vom Reisen und von fernen Ländern schwärmten. Das dauernde Leben im Hotel hatte seine Fähigkeiten, sich selbst das Frühstück zu bereiten, ziemlich verkümmern lassen, und so blieb ihm nur der Gang ins Café, wenn er nicht Hunger leiden wollte. Es war kurz vor 12 Uhr mittags, als er sich auf den Weg zur Kottbusser Brücke machte, da er als Folge des Jetlags nach jedem Aufwachen sofort wieder eingeschlafen war. Er fand einen freien Platz an einem der Tische, die man nach mediterraner Sitte auf den Bürgersteig gestellt hatte, und gab seine Bestellung auf.

»Du siehst heute so traurig aus«, stellte die Studentin fest, die mit dem Notizblock vor ihm stand. Mara. Dass sie ihn duzte, bedeutete gar nichts, leider, hier duzten sich alle.

»Ich komme gerade von meiner eigenen Beerdigung«, antwortete Fröttstädt. »So fühle ich mich jedenfalls.«

»Bist du nicht Pilot?«

»Ja, bei Crash Airways. Woher weißt du das, bist du mal mit mir geflogen?«

»Nein. Mein Freund kennt dich, der ist bei der Flugsicherung.«

Fröttstädt war enttäuscht. Fing eine an, von ihrem Freund zu reden, hieß das für ihn: Stopp, bemüh dich nicht weiter! Er erinnerte sich an einen Spruch, mit dem ein Freund früher in der Schule geprahlt hatte: ›Die ist nicht ohne zwingenden Grund von der Bettkante zu weisen.‹ Irgendwie erinnerte Mara ihn an Kelly, seine New Yorker Freundin. Sie hatte zu viele Tabletten geschluckt. Aus Angst, Krebs zu haben. Er kam von dem Gedanken nicht los, dass sich Kelly das Leben einzig deshalb genommen hatte, um ihn nicht heiraten zu müssen. Durch ihren Tod hatte sie sich nur verbessern können.

Beim Schmieren seiner Schrippen dachte er an die Zeiten, in denen er mit seiner Familie gefrühstückt hatte, draußen in Lichtenrade auf der Terrasse ihres Kampa-Hauses. Vorbei. Warum hatte es Gabriele mit ihm nicht mehr aushalten können? Er wusste keinen Grund. Andere Männer waren von einer Aura umgeben, konnten Frauen glücklich machen und dauerhaft an sich binden, er hatte das Gefühl, wie ein schwarzes Loch auf sie zu wirken, weshalb sie so schnell wie möglich die Flucht ergriffen. Wahrscheinlich ahnten sie etwas von seinen psychischen Problemen. Seine Ängste erschienen ihm wie winzige Quasare, sie mussten Wellen aussenden, die sensible Frauen empfangen konnten.

Fröttstädt spuckte seinen Kaffee in die Tasse zurück. Das Zeug schmeckte so bitter, jemand musste Gift hineingeschüttet haben. Es wurde immer schlimmer mit ihm. Während er seinen Orangensaft trank, etwas Flüssigkeit musste schließlich sein, formulierte er bereits, was er Dr. Narsdorf bei der nächsten Sitzung sagen wollte: »Meine Höhenangst nimmt immer mehr zu. Sitze ich im Cockpit, habe ich Angst, dass sich plötzlich unter mir eine Falltür öffnet und ich in die Tiefe stürze. Ohne Fallschirm. Und bei jedem Flug spüre ich die Versuchung, zum Sturzflug anzusetzen. Über den Alpen an einem Felsen zerschellen … Aber das kommt nicht aus mir, irgendjemand muss mir heimlich etwas ins Essen tun, der Kaffee schmeckt immer bitterer.«

Er fühlte sich krank, er fühlte sich verloren. Das Einzige, was ihm in diesem Zustand helfen konnte, war eine Flasche Whisky. Er ging in einen Supermarkt am Kottbusser Damm, um sich eine zu kaufen. Heute und morgen hatte er dienstfrei, da ging er kein Risiko ein. Dr. Narsdorf würde ihm wieder Vorhaltungen machen, aber dann konterte er mit seinem Lieblingsspruch: »Glück hat auf Dauer nur der Süchtige.«

Die Plastiktüte mit der Whiskyflasche wäre ihm fast aus der Hand gefallen, als er seinen Briefkasten aufschloss und ihm eine Lawine von Briefen, Gratiszeitungen und Flyern entgegenkam. Er sammelte alles auf und trug es nach oben. Das meiste kam gleich in den Müll, nur wenige Absender interessierten ihn. Eine Ex-Freundin aus Montreal, ein Cousin aus Wismar. Ein Leon Völlenklee aus der Dieffenbachstraße. Er kannte keinen Leon Völlenklee. Vielleicht ein Passagier, der ihm danken wollte. Mit einem kleinen blauen Schälmesser schlitzte er den Umschlag auf.

Sehr geehrter Herr Fröttstädt,

erschrecken Sie nicht, wir meinen es gut mit Ihnen. Wir haben mehrfach versucht, Sie persönlich anzusprechen, aber Sie sind leider sehr selten zu Hause. Es geht um eine Partnerschaft, die wir mit Ihnen eingehen wollen. Sie helfen uns, unseren Lebensunterhalt zu bestreiten, und wir helfen Ihnen, sodass Sie weiterhin als Pilot arbeiten können. Die Summe, die wir von Ihnen erwarten, ist Verhandlungssache, da uns klar ist, dass man die Kuh nicht schlachten darf, die einem die Milch geben soll. Sie wissen nicht, worum es geht? Nun, kurz und gut: Wir haben ein Dokument in der Hand, dem zu entnehmen ist, dass Sie Alkoholiker sind und andere schwerwiegende psychische Probleme haben (siehe Anlage). Erfährt Ihre Fluggesellschaft davon, feuert man Sie auf der Stelle. Also: Reden Sie mit uns! Wir werden uns in den nächsten Tagen bei Ihnen melden und Zeit und Ort ausmachen.

Mit den besten Grüßen
Ihr Leon Völlenklee.

Fröttstädt war darauf trainiert, in kritischen Situationen nicht durchzudrehen, und deshalb saß er auch in diesem Moment ruhig an seinem Küchentisch und analysierte die Lage. Den Erpressern war es offenbar gelungen, auf die Festplatte von Dr. Narsdorf vorzudringen. Dies und ihr Stil verwies darauf, dass es intelligente Menschen waren. Verblüffend war, dass der Schreiber des Briefes Namen und Adresse angegeben hatte. Das zeigte, dass er sich seiner Sache sehr sicher war und ausschloss, dass er, Fröttstädt, sofort zur Polizei lief. Offenbar glaubte er an einen stark entwickelten Selbsterhaltungstrieb bei seinem Opfer und war auf eine Art parasitäre Symbiose aus.

»Da habt ihr euch bei mir aber gewaltig getäuscht!«, rief Fröttstädt, nun doch in einer Kurzschlussreaktion, und sprang auf. »Ich gehe zur Polizei und mache allem ein Ende!« Ihrem kriminellen Treiben und seiner Laufbahn als Pilot.

Erst auf dem Weg zur Tür fiel ihm ein, dass er gar nicht wusste, wo sich das nächste Polizeirevier befand. Er setzte sich an den Computer, um im Internet nachzusehen. Die Gelben Seiten meldeten ihm: ›Innerhalb einer Entfernung von 50 km zu Berlin Kreuzberg wurden für Polizeireviere keine Brancheneinträge gefunden. Möchten Sie den Suchraum erweitern?‹ Er fühlte sich verhöhnt und hätte fast mit der Faust auf die Tastatur geschlagen, konnte sich aber gerade noch beherrschen. Stattdessen öffnete er seine Whiskyflasche und nahm den ersten langen Schluck. Eventuell war es besser, gleich bei der Kripo anzurufen. Nur wo saßen die Fachleute für Erpressung? Am Platz der Luftbrücke, in der Keithstraße, in der Gothaer Straße?

Fröttstädt zögerte, zum Telefon zu greifen und die Auskunft anzurufen. Anzeige zu erstatten und damit seine psychischen Defizite bloßzulegen, war sozialer Selbstmord. Warum nicht gleich richtigen Selbstmord begehen? Als Pilot war er ein penibel bürokratischer Mensch und setzte sich an den Tisch, um auf einem Blatt Papier die Möglichkeiten festzuhalten, die es dafür gab, und sich dann in aller Ruhe zu entscheiden. Bis fünf kam er: 1. Sich vor den Zug werfen (U- oder S-Bahn, ICE?); 2. Von einem Hochhaus springen; 3. Sich erhängen; 4. Tabletten schlucken; 5. Sich die Pulsadern aufschneiden.

Als er fertig war, konnte er sich nicht entscheiden. »Ich bin es eben gewohnt, Anweisungen vom Tower zu bekommen«, spottete er über sich selbst. Dass er das in dieser Situation konnte, zeigte ihm an, dass nach wie vor genug Lebenskraft in ihm steckte. Nach einem weiteren Schluck aus der Flasche nahm er endgültig Abstand vom Selbstmord.

Das Telefon klingelte, und er wusste, dass es dieser Völlenklee war. Er nahm den Anruf entgegen und wartete ab, was kommen würde.

»Wir treffen uns in einer Viertelstunde vor der Buchhandlung in der Körtestraße«, sagte der Erpresser. »Gegenüber dem Eingang zu den Höfen am Südstern. Ich frage Sie: Glauben Sie, dass die hier auch was über die Pilotenausbildung haben? Und Sie antworten: Ja, etwas von einem Leon Völlenklee. Damit nichts schiefgeht werde ich meine Partnerin mitbringen, Corinna, nur dass Sie keinen Schreck bekommen. Bis gleich!«

Fröttstädt stellte sein Mobilteil zurück in die Basisstation und glaubte einige Sekunden lang, die Welt würde sich in kosmische Nebel auflösen, und er mit ihr. Alles zerfloss zu einem Nichts. Wo war er? Wer war er? Er schloss die Augen, hielt sich am Türpfosten fest und dachte, dass er nun endgültig reif war für die Psychiatrie. Es erschütterte ihn nicht sonderlich. Eine Auszeit vom Leben war vielleicht die beste Lösung.

Kurz darauf schrie es jedoch in ihm »Kämpfen! Kämpfen!«, und er machte sich klar, dass er bereits durch viele Gewitterfronten geflogen war und seine Maschine bei den schrecklichsten Scherwinden sicher zu Boden gebracht hatte. Der Alkohol tat sein Übriges, sodass er fast euphorisch in die Körtestraße eilte.

Er war kein besonderer Freund von Krimis, wusste aber, dass man sich in solchen Situationen besser erst einmal bedeckt hielt. Deshalb lief er auf dem östlichen Bürgersteig der Körtestraße entlang und tat so, als wollte er zum Südstern. Wie zufällig ging sein Blick zur Buchhandlung hinüber. Da stand und wartete niemand. Somit lief er in normalem Fußgängertempo zur Hasenheide, machte dort kehrt und hielt auf dem Rückweg vor einem Spielwarengeschäft, dessen große Schaufensterscheiben ihm die Gelegenheit boten, unauffällig zu beobachten, was auf der anderen Straßenseite vor sich ging. Nach etwa zwei Minuten tauchte drüben ein Pärchen auf, das offensichtlich Ausschau nach jemandem hielt und vor der Buchhandlung Halt machte. Sie sah mit ihren kupferroten Haaren wie eine Künstlerin aus und wirkte eigentlich recht lebensfroh, er dagegen schien der Körperhaltung zufolge eher depressiv gestimmt zu sein und erinnerte mit seiner Brille und seinen langen, etwas wirren Haaren an einen Physiker, der immer wieder aufs Neue scheiterte, Einsteins $E = mc^2$ zu widerlegen. Nun, das schienen an sich keine Gegner zu sein, die er groß zu fürchten hatte, allerdings hatten sie im Augenblick alle Trümpfe in der Hand. Erst, wenn er seinen Beruf aufgab, waren sie die Verlierer. Er schlenderte hinüber und ließ sich ansprechen.

»Glauben Sie, dass die hier auch was über die Pilotenausbildung haben?«

Er legte ein Höchstmaß an Coolness an den Tag. »Ja, etwas von einem Leon Völlenklee. Das sind Sie also?«

»Ja, und das ist Corinna.«

Fröttstädt lächelte. »Schön, dass Sie mit offenen Karten spielen.«

»Wir setzen uns drüben auf eine Bank, da können wir ungestört miteinander reden«, sagte Völlenklee.

»Okay.«

Sie überquerten die Körtestraße, wo es zu Füßen des Fichtebunkers eine Grünanlage mit Sport- und Spielplätzen gab. Ein paar Jungen kickten, andere lungerten herum, einige Mütter buddelten mit ihren Kleinen, keiner beachtete sie. Eine Gruppe jüngerer Männer hatte eine Menge zu bereden. Dass die Türken die Tschechen in einem Wahnsinnsspiel besiegt und in der letzten Viertelstunde aus einem 0:2 ein 3:2 gemacht hatten, dass die Deutschen mit einem dürftigen 1:0 gegen die Österreicher eine Runde weitergekommen waren und es kein zweites Cordoba gegeben hatte.

Sie setzten sich. Fröttstädt an den linken Rand der Bank, Völlenklee neben ihn, dann Corinna. Die Sonne schien, es wurde langsam wieder wärmer.

Corinna brach als Erste das Schweigen. »Schön, dass Sie so kooperativ sind«, sagte sie zu Fröttstädt, indem sie sich etwas vorbeugte, sodass sie an Völlenklee vorbeisehen konnte.

»Das wird sich noch herausstellen.« Fröttstädt wusste nicht, zu welcher Strategie er sich entschließen sollte. Zu verhandeln und zu pokern war nicht sein Metier. Folglich blaffte er Corinna zunächst einmal an. »Was soll das alles, was wollen Sie eigentlich von mir?«

»Geld«, antwortete Völlenklee. »Nicht viel, nur so viel, wie Sie ohne Weiteres entbehren können.«

»Geld – wofür?«

»Dafür, dass wir Ihrer Fluggesellschaft nicht mitteilen, was wir über Ihre Probleme wissen.«

»Woher wissen?«, fragte Fröttstädt.

»Von Dr. Narsdorf. Aus Ihrer Krankenakte.«

Fröttstädt lachte. »Ich war bei keinem Dr. Narsdorf. Das, was Sie mir geschrieben haben, haben Sie sich ausgedacht.«

»Nein, das hat Narsdorf auf seiner Festplatte gespeichert.«

»Und wenn: Damit hat meine Gesellschaft keine Chance, mich rauszuwerfen, siehe Datenschutz und ärztliche Schweigepflicht, da gewinne ich vor dem Arbeitsgericht jeden Prozess.« Fröttstädt wusste nicht, ob das der Realität entsprach, allerdings hörte es sich sehr überzeugend an, in der Art, wie er es vortrug.

Völlenklee schwieg daraufhin eine Weile, ehe er sagte, dass immer etwas hängenbleiben würde und er seine Karriere mit Sicherheit vergessen könne.

»Na und?«, erwiderte Fröttstädt. »Ich will sowieso Ende dieses Sommers aufhören und bei meinem Bruder im Reisebüro mithelfen.«

»Dann lassen wir es drauf ankommen«, sagte Völlenklee und erhob sich.

»Ich warne Sie!«, rief Fröttstädt, um etwas leiser hinzuzufügen, dass er genügend Geld habe, sich einen Killer zu leisten.

»Das ist doch billig«, sagte Corinna. »Und es würde Ihnen nur lebenslänglich einbringen.«

Fröttstädt sah ein, dass er etwas von der Ideallinie abgekommen war, und spielte ein weiteres Mal seine höchste Trumpfkarte aus. »Zeigen Sie mich an, ich höre eh auf mit dem Fliegen. Aber wenn Sie mich anzeigen, können Sie sich gleich selbst anzeigen, dann haben Sie Ihr Spiel verloren.«

»Wenn es dazu kommt, haben nicht nur wir drei hier verloren«, sagte Corinna, »sondern auch Dr. Narsdorf und alle anderen, deren Krankengeschichte wir zu Hause haben. Wollen Sie das, Herr Fröttstädt?«

»Ja, warum nicht.« Da war sein altes Motiv wieder: Wenn er abstürzte, sollten andere mit ihm abstürzen.

»Das ist skrupellos von Ihnen!«, rief Corinna.

Fröttstädt lachte. »Sie haben es nötig, mit mir über Moral zu reden.« Er stand auf, um den Platz als Sieger zu verlassen. »Und mehr Glück bei Ihren anderen Opfern.«

19

Völlenklee und Corinna hatten den ganzen Abend über das Gespräch mit Fröttstädt analysiert und mussten sich eine Niederlage eingestehen. Zwar lief gleichzeitig im Fernsehen das Spiel Italien gegen Frankreich, doch das war schnell langweilig geworden, da nach der Verletzung ihres besten Spielers und einer Roten Karte für einen Franzosen die Partie rasch für die Italiener entschieden war.

»Wenn einer so pokert wie Fröttstädt, haben wir keine Chance mehr«, sagte Corinna.

Völlenklee probierte den teuersten Rotwein seines Lebens. »Daran könnte man sich direkt gewöhnen.« Er nahm den zweiten Schluck. »Ich glaube trotzdem nicht, dass er zur Polizei laufen wird.«

»Und warum glaubst du nicht daran?«, fragte Corinna.

»Weil ich das so im Gefühl habe.«

»Und warum hast du das so im Gefühl?«

Völlenklee dachte einen Augenblick nach. »Er ist damit aufgewachsen, dass er Verantwortung für andere hat, für seine Passagiere. Und er weiß auch, dass er die Verantwortung für das Schicksal von Narsdorf, Mägdesprung und andere hat: Zeigt er uns an, werden sie alle abstürzen. Das kann er nicht wollen.«

»Oder gerade«, wandte Corinna ein. »Psychisch angeknackst wie der ist.«

»Warten wir's ab.«

»Jedenfalls zahlt er nicht«, hielt Corinna fest. »Und mit seinem Geld hatte ich fest gerechnet. Wenn er ausfällt, wer steht als Nächster auf unserer Liste?«

»Diese Popsängerin: Millie Malorny.«

»Ach Gott!«, rief Corinna.

Völlenklee ging ins Schlafzimmer hinüber, das gleichzeitig sein Arbeitszimmer war, und suchte den Ausdruck mit der Krankengeschichte heraus.

›Anamnese Nicole Leckscheidt (Künstlername Millie Malorny): Kommt mit den Widersprüchen in ihrem Leben nicht klar. Hat ihr Abitur mit 1,7 gemacht, wird jedoch von ihrem Manager als das kleine Dummchen verkauft. Ihren Künstlernamen hasst sie, weil sie ihn als unsagbar albern empfindet. Statt Jura zu studieren und Richterin zu werden, wie sie es vorgehabt hat, singt sie nun geistloses Zeug, aber das Geld, das damit zu verdienen ist, und ihre narzisstische Unersättlichkeit treiben sie immer weiter in diese Richtung. Dazu kommt ein anderes Motiv, sie sagt: »Ich habe das Gefühl, dass in mir eine Leere herrscht, die ich nur ausfüllen kann, wenn ich auf der Bühne stehe.« Doch steht sie dort, leidet sie unter ihrer Rolle. So entwickelt sie langsam Symptome einer Borderline-Persönlichkeitsstörung: Sie schwankt zwischen dem Wunsch nach Nähe und der Angst vor Intimität, unterliegt radikalen Stimmungsschwankungen wie Schüben von Angst und Depression, leidet unter wiederkehrenden Selbstmordgedanken und fügt sich Schnittverletzungen zu, erlebt auffällige Identitätsstörungen, berichtet von psychotischen Erfahrungen (Gefühle von Unwirklichkeit und paranoide Wahnvorstellungen). Ihre Impulsivität setzt ihr am meisten zu, sie empfindet sie zunehmend als selbstzerstörerisch. Sie hasst das Publikum, möchte herausschreien, dass sie alle für Idioten hält, die ihr zuhören, und fürchtet, dass ihr Zorn einmal so groß werden könnte, dass sie mit einem Messer auf die einsticht, die ihr zujubeln. Eine erste Attacke hat es bereits in einem Kaufhaus in M. gegeben, aber da ist es ihrem Manager gelungen, alles zu vertuschen. Es belastet sie ungemein, dass im Feuilleton ernstzunehmender Zeitungen fürchterlich über sie hergezogen wird. Mit den durchweg vernichtenden Kritiken der Redakteure kann sie nicht leben und zeigt zunehmend Symptome des Verfolgungswahns. Dinge und Menschen werden ihr unheimlich (»Die Wände in meiner eigenen Wohnung wollen mich fressen!«). Alle tun ihr Unrecht an, sie sieht sich als Opfer.‹

»Nicht schlecht«, fand Corinna, als sie alles noch einmal überflogen hatte. »Irgendwie tut sie mir auch leid. Ihr Künstlername ist ja wirklich scheußlich.«

»Na, Nicole ging nicht wegen der Nicole mit ›ein bisschen Frieden‹. Und Leckscheidt ging sowieso nicht, da denkt jeder gleich an …« Er kam nicht auf das Wort.

Corinna sah im Lexikon nach. »Cunnilingus … Wollen wir wirklich …?«

»Wie?« Völlenklee war etwas verwirrt. »Zu Millie Malorny oder …?«

»Zu ihr natürlich.«

*

›Egal, wo Millie Malorny auftaucht, überall verursachen die MM-Fans das reinste Chaos. Ihr Poster, auf dem sie nur mit der deutschen Fahne bekleidet zu sehen ist, hängt in jedem Teenie-Zimmer. Schwarz wie ihre Blues-Stimme. Rot wie die Leidenschaft, mit der sie ihre Songs vorträgt. Gold wie ihre wunderschönen langen Haare. Über 1.000 E-Mails bekommt sie täglich, aber beantworten muss sie ihr Manager. Wegen ihrer schlechten Noten in Deutsch musste Millie Malorny bereits früh von der Schule gehen und ihre Brötchen als Verkäuferin in einer Bäckerei verdienen. Das ist nun vorbei, und mit dem, was sie von ihrer Plattenfirma überwiesen bekommt, hat sie sich in der letzten Woche ihre alte Bäckerei gekauft. Derzeit ist sie dabei, mit ihrem neuen Song ›Gib nicht auf‹ die Charts zu stürmen.‹

Corinna steckte die Zeitung, die sie vom Boden aufgehoben hatte, in den Abfallkorb. Was war Wahrheit und was der Fantasie dieses Managers entsprungen, das war hier die Frage. Fakt war jedenfalls, dass über sie selbst und ihre Arbeiten noch kein Blatt etwas geschrieben hatte, und wenn sich jetzt in der Musikabteilung des Kaufhauses vor der kleinen Bühne, auf der Millie Malorny hinter einem kleinen Tisch Platz genommen hatte, an die 100 Jugendlichen drängten, dann konnte sie das nicht mit ansehen, ohne neidisch zu sein. Völlenklee dagegen verfolgte die Autogrammstunde mit demselben Interesse, mit dem er zugesehen hätte, wie sich eine Kuhherde an der Tränke sammelte. Menschen mit einem IQ unter 120 waren für ihn Idioten, und hier hatten sich 100 dieser Idioten zur Andacht getroffen.

»Wie gehen wir am besten vor?«, fragte Corinna. »Soll ich mir ein Autogramm holen und ihr dabei unseren Briefumschlag mit ihrer Krankengeschichte und unserer Forderung über den Tisch reichen?«

Völlenklee überlegte. »Nein, möglicherweise werfen sie das alles gleich in den Müll.«

»Dann warte ich, bis sie mal auf die Toilette muss, und spreche sie da im Vorraum an.«

20

Jemanden zu beschatten und ihm klarzumachen, wo die Musik spielte, hatte Maik Bulkowski als IM-Athlet früh geübt, und so fühlte er sich bei der Sache mit Völlenklee und seiner Tussi zurückversetzt in die guten alten Zeiten. Er seufzte. Wäre sein Staat nicht untergegangen, hätte er heute eine ruhige Kugel schieben können, so aber … Das vereinigte Deutschland war eine einzige Scheiße. In der DDR hätten sich solche Arschlöcher wie dieser Völlenklee nie getraut, Ärzte und andere Bürger zu erpressen, und wenn, dann hätten sie sich am nächsten Tag im Knast wiedergefunden.

Er stieg in seinen Wagen, um Völlenklee und Corinna einen kleinen Hausbesuch abzustatten. Klingeln, sie zur Seite stoßen, wenn sie die Tür aufgemacht hatten, ihnen das zertrümmern, was gerade auf dem Tisch stand, mit dem Feuerzeug schnell etwas anzünden und mit dem Ruf »Letzte Warnung!« wieder raus aus der Wohnung, das war sein Plan.

Als er sich in seinen Sitz fallen lassen wollte, bemerkte er, dass da noch die Tube mit Sekundenkleber lag. Den hatte er sich gestern gekauft, um an seinem Boot etwas zu reparieren, und anschließend vergessen. Er steckte ihn in die Brusttasche seines Hemdes.

Von Kladow in die Dieffenbachstraße waren es an die 30 Kilometer. Eine Strecke. Idiotisch! Hätte dieser Penner nicht wenigstens in Spandau wohnen können! Zuerst musste Bulkowski durch ganz Gatow hindurch, und da war die Straße so schlecht, dass er Angst um seine angeknackste Bandscheibe haben musste. Danach auf der Heerstraße wurde es besser, jedoch war die so lang und öde, dass es ihn ebenso ankotzte. Am Funkturm ging es endlich auf die Stadtautobahn und auf dieser ungefähr 10 Kilometer bis zur Ausfahrt Tempelhofer Damm. Er fuhr weiter bis zur Gneisenaustraße, bog rechts ab und war nach weiteren anderthalb Kilometern endlich am Südstern. Nachdem er sich ein paar Mal verfranzt hatte, rollte er endlich durch die Dieffenbachstraße. Die Parkplatzsuche ersparte er sich. Für die drei Minuten, die er brauchte, um seinen Auftrag zu erfüllen, konnte er es auch riskieren, in zweiter Spur zu halten.

Er sprang aus dem Wagen und lief zur Haustür. Das bevorstehende Spiel Deutschland gegen Portugal hatte die Straße ziemlich leergefegt. Bulkowski konnte es recht sein. Er vergewisserte sich, dass die Namen Völlenklee/Natschinski wirklich auf dem Klingelklavier standen, dachte jedoch nicht daran, auf den weißen Knopf daneben zu drücken, da die beiden den Teufel tun würden und ihn reinlassen. Stattdessen klingelte er irgendwo und sagte, als sich jemand meldete: »Werbung, bitte aufmachen!« Es summte und er konnte die Haustür aufdrücken. Im Flur standen etliche Kinderwagen. Am liebsten hätte er die alle angezündet, um das linke Pack, das hier wohnte, auszuräuchern.

Bulkowski hasste das Treppensteigen. Trotz allen Trainings schnaufte er gehörig, sowie er oben angekommen war. Er musste einen Augenblick warten, bis sich sein Puls normalisiert hatte. Dann lauschte er. Nichts. Wahrscheinlich saßen die beiden in irgendeinem Biergarten, um Fußball zu gucken. Dennoch klingelte er. Einmal, zweimal. Nichts rührte sich. Die blöden Schweine! Er überlegte, was er ihnen als kleines Andenken dalassen konnte, und kam auf seinen Sekundenkleber. Den ins Sicherheitsschloss gespritzt, und es kam Freude auf. Das hatten sie mal bei einem Kumpel gemacht, um dem die Hochzeitsnacht zu vermiesen. Ohne einen Notdienst zu holen, ging da nichts mehr. Nachdem Bulkowski die halbe Tube in Völlenklees Schloss entleert hatte, machte er sich wieder an den Abstieg. Möglicherweise kam ihm Völlenklee noch entgegen. Kam er aber nicht.

Fluchend stieg Bulkowski wieder ins Auto. Jetzt zurück nach Kladow zu fahren, hatte er keine Lust. Er überlegte, während er den Motor startete, wo es die größte Leinwand gab und wo er Deutschland gegen Portugal am besten sehen konnte.

In diesem Augenblick sah er Völlenklee auf seinem Fahrrad in die Dieffenbachstraße einbiegen. Das war seine Chance! Ohne eine Sekunde zu zögern, gab Bulkowski Gas und raste auf den anderen zu.

21

Corinna Natschinski war am U-Bahnhof Mehringdamm in den Bus M29 gestiegen, um zur Vernissage ihrer Freundin Basmath zu fahren. Allein, weil Völlenklee lieber zu Hause sitzen und sich ansehen wollte, wie die Deutschen gegen die Portugiesen verloren. Sie saß gern oben in der ersten Reihe und nahm die Busfahrt als Sightseeing-Tour. Schon als Kind hatte sie immer an diesem Platz sitzen wollen. Als Kind … Als sie noch nicht geahnt hatte, dass ihre Kindheit in einer Katastrophe enden sollte. Am Nachmittag hatte sie ihre Eltern besucht. Ihren Vater auf dem Friedhof, ihre Mutter in der Psychiatrie.

Es ging unter den Yorckbrücken hindurch, und sie zog unwillkürlich den Kopf ein, weil sie Angst hatte, das Oberdeck des Busses würde abrasiert werden. Danach ging es unter der Hochbahn durch. Wenn genau in dem Moment ein Zug herunterfiel … An manchen Tagen war das Leben nur eine Manifestation von Ängsten, das wusste sie, und sie musste an einen Dialog zwischen ihren Eltern denken. »Irgendwann hänge ich mich auf!«, hatte ihr Vater geschrien, und ihre Mutter hatte geantwortet: »Bitte, wenn du dich dadurch verbessern kannst.« Die Frage war, ob er sich wirklich verbessert hatte.

Einsatzwagen rasten an ihrem Bus vorbei und schleuderten ihre blauen Blitze in den Berliner Feierabend. Schwärmten sie aus, um sie und Völlenklee zu verhaften? Vielleicht war dieser Pilot zur Polizei gegangen und hatte Tabula rasa gemacht.

Es ging am KaDeWe vorbei und die Tauentzien hinunter, und sie staunte über die vielen Menschen, denen es so ging wie ihr und die an diesem Tag anderes im Kopf hatten als Fußball. Aber selbst die wussten, wer Jens Lehmann und Michael Ballack waren, und genau in diesem Augenblick wurde ihr klar, dass der Wert eines Lebens davon abhing, wie viele Menschen einen kannten, und ihr Leben wertlos war, weil keiner sie kannte. Corinna Natschinski? Malerin? Nie gehört. Nicht einmal Gott, dachte sie, als sie die Gedächtniskirche sah, hatte sie in seinem großen Himmelscomputer gespeichert.

An der Ecke Kurfürstendamm und Joachimsthaler Straße hatte sich auf dem Bürgersteig vor einem Bierlokal eine Gruppe jugendlicher Fans gebildet und lärmte plebejisch. Einige von ihnen pinkelten grölend gegen eine Plane, die von einem Gerüst herunterhing. Corinna wusste, dass sie den Kudamm unbedingt meiden musste, wenn es nach dem Spiel zum Autokorso kam.

An der Leibnizstraße stieg sie aus und ging in Richtung Stadtbahn. In der kleinen Galerie hatten sich an die 50 Gäste eingefunden. Die meisten von ihnen gehörten zur Szene und genossen es, sich in Szene zu setzen. Basmath war glücklich über ihre erste Vernissage. Sie hatte wirklich Talent und beim Feuilleton immer gute Karten. Ihr Thema waren Insekten. Insekten mit menschlichen Gesichtern, Insekten als Herren der Welt, nachdem die menschliche Zivilisation zusammengebrochen war.

Der Galerist klopfte gegen seinen Sektkelch, um eine kleine Begrüßungsrede zu halten. »Ihr Lieben, ich freue mich, dass ihr heute gekommen seid. Es gibt in dieser Stadt wohl doch noch echte Alternativen zum Fußball.« Hier musste er eine kleine Pause machen, weil heftig geklatscht wurde. »Danke … Das bestätigt mich in meiner Auffassung, dass die Elite dieses Landes nicht nur auf dem Rasen zu finden ist. Ich freue mich also, dass ihr gekommen seid. Es ist ja immer schön, wenn jemand kommt … Siehe Sex and the City …« Er wartete, bis das Gelächter verstummt war. »Ich freue mich, und es ist mir eine Ehre, Basmath mit ihren Bildern heute bei uns zu sehen. Sie ist unsere Entdeckung des Jahres. Ihre Biografie findet ihr, sofern ihr sie nicht schon kennt, in diesem Flyer. Basmath ist ein Name aus dem Alten Testament, aus dem ganz alten Testament sozusagen, denn der Name findet sich bereits im 1. Buch Mose, 26. Kapitel.«

»Kommt also nicht vom Basmati-Reis!«, rief ein Kultur-Journalist.

»Nein. Und unsere Basmath ist auch keine Inderin, sondern eine autochthone Deutsche aus Neukölln-Nord. Ihr Vater war Tierpfleger im Zoo, genauer gesagt im Aquarium, und Basmath, die ihn oft besucht hat, war schon als Baby fasziniert von Spinnen, Käfern, Fliegen und anderen Haustieren dieser Art. Insekten sind somit früh ›passion and obsession‹ bei ihr geworden, und das ist gut, sonst hätten wir ihre wunderbaren Bilder nicht, die demnächst auch London und New York erobern werden. Aber ihr Start war Berlin. Bevor wir uns nun gemeinsam Basmaths Bilder ansehen und uns nachher auf das Kalte Büffet stürzen, wollte ich euch mit einer kleinen geistigen Vorspeise erfreuen. Ursprünglich hatte ich meinen Freund Henning Hanke zur Lesung einer Kurzgeschichte eingeladen, doch Henning ist ja … Ach, das wisst ihr ja alle. Nun, eingesprungen für ihn ist -ky, der eine Story geschrieben hat, die voll und ganz zum Thema passt. Sie heißt …«, er blickte auf seinen Spickzettel, »›Das Massaker von Wolkenstein‹ und handelt von mörderischen Fruchtfliegen.«

Corinna ließ die Lesung über sich ergehen, musste jedoch mittendrin auf die Toilette. Als sie in den Ausstellungsraum zurückkehren wollte, lief sie Dr. Narsdorf in die Arme. Beide wichen ein Stück zurück.

»Sie hier?«, rief Corinna.

»Ja, der Galerist ist aus meinem Tennisverein, da hat sich das nicht vermeiden lassen.« Narsdorf hatte sich sehr schnell wieder gefangen.

»Ich bin hier, weil Basmath eine alte Freundin von mir ist«, erklärte Corinna, »nicht Ihretwegen.« Das wäre auch schlecht gegangen, weil sie gar nicht hatte wissen können, dass er auch da sein würde. Sie registrierte genau, dass sie wirres Zeug zu reden begann.

»Schade.«

Corinna wusste nichts zu entgegnen. Narsdorf sah sie so an, wie Männer Frauen ansehen, mit denen sie liebend gern ins Bett gegangen wären. Das irritierte sie mehr als der Gedanke, dass er eigentlich ihr Opfer war.

»Wo ist denn der Herr Völlenklee?«, fragte Narsdorf. »Sie haben sich doch nicht etwa von ihm getrennt?«

»Nein, wieso?«

»Weil Ihnen das nur gut tun würde. Mit der Erpressung sind Sie in etwas hineingerasselt, das gar nicht zu Ihnen passt.«

Endlich hatte Corinna ihre Sprache wiedergefunden. »Sie müssen das ja wissen, Sie sind ja Psychologe.«

»Das bin ich, und als ein solcher sage ich Ihnen: Wenn Sie leben wollen, machen Sie sich frei von Völlenklee.«

Corinna lachte. »Sie wollen uns ja nur auseinanderbringen, damit wir aufgeben.«

22

Leon Völlenklee lehnte schwer atmend an der Wand seines Hausflures. Er fürchtete einen Herzinfarkt. Als Bulkowski auf ihn zugerast war, hatte er wirklich geglaubt, der Kugelstoßer würde ihn über den Haufen fahren und töten. Erst in allerletzter Sekunde hatte Bulkowski gebremst und ihn nur leicht mit der Stoßstange am linken Schienbein erwischt. Es schmerzte höllisch. Er löste sich von der Wand, um nach oben zu gehen, kam jedoch nur bis zur Treppe. Zu schlapp, um hinaufzusteigen, setzte er sich zunächst auf die unterste Stufe, um tief durchzuatmen und zu warten, bis sich sein Pulsschlag wieder etwas normalisiert hatte. Allerdings dauerte das, da eben zu viel Adrenalin ausgeschüttet worden war.

Nach kurzer Zeit sah er einen Mieter die Treppen hinuntersteigen und wie er in jeder Hand einen prall gefüllten blauen Müllsack mit sich schleppte. Es blieb ihm nichts anderes übrig, als aufzustehen und den Mann vorbeizulassen. Langsam nahm er Stufe für Stufe und glitt mit der rechten Hand über das Geländer, um schnell zupacken zu können, wenn ihm wieder schwindlig werden sollte. Er hatte nur noch den einen Wunsch, sich oben auf die Couch zu legen, die Beine auszustrecken und den Fernseher einzuschalten. Das Fußballspiel würde ihn ablenken.

Doch was war das? Er bekam den Schlüssel nicht ins Schlüsselloch. Hatte Corinna drinnen den Schlüssel stecken lassen? Nein, unmöglich, sie war ja bei

Basmath. Er rückte sich die Brille zurecht, und als er genauer hinsah, bemerkte er, dass jemand das Schlüsselloch verstopft hatte. Mit Sicherheit Bulkowski, damit er wieder auf die Straße hinunter musste und der Kugelstoßer zur zweiten Attacke ansetzen konnte.

Völlenklee war einen Augenblick lang ratlos und griff zum Handy, um Corinna anzurufen, ihr zu schildern, was in den letzten zehn Minuten geschehen war und zu fragen, ob ihr etwas einfallen würde.

»Nein, aber am besten, du gehst in ein Hotel und ich komme später nach.«

»Ich hasse Hotels!«, rief Völlenklee.

»Dann übernachten wir eben im Park.«

Völlenklee hatte eine Idee. »Wie ist es denn bei Ritchie im Bauwagen?«

Corinna lachte. »Ha, ha, ha, unsere alte WG.«

»Soll ich den Schlüsseldienst holen?«, fragte Völlenklee.

»Ja, bitte.«

»Okay.«

Nachdem Corinna sich verabschiedet hatte, rief Völlenklee die Auskunft an und ließ sich die Nummern von den drei Schlüsseldiensten geben, die ganz bei ihm in der Nähe angesiedelt waren. Bei den ersten beiden nahm keiner ab, wahrscheinlich, weil alle Fußball sehen wollten, der dritte Spezialist sagte ihm, er würde zwar gerne kommen, allerdings erst nach Spielschluss, und das könne dauern, falls es eine Verlängerung und ein Elfmeterschießen geben sollte. Nachdem sie ein paar Worte gewechselt hatten, stellte sich heraus, dass sie sich von früher kannten und einmal zusammen Volleyball gespielt hatten.

»Okay, Klaus«, erklärte Völlenklee schließlich, »mir reicht es, wenn du anschließend kommst. Ich stehe ab 22.30 Uhr unten vor der Haustür. Vorher gehe ich zu Ritchie und lege mich bei dem in den Bauwagen. Mir ist irgendwie nicht gut. Den Ritchie müsstest du auch noch kennen …«

Sie redeten einen Moment über Ritchie, danach klappte Völlenklee sein Handy zu und überlegte. Er musste sich unbedingt hinlegen, und da war Ritchies Bauwagen wirklich die beste Lösung. Er machte sich auf den Weg, weit war es ja nicht. Bereits von Weitem sah er, dass draußen eine portugiesische Fahne hing. Typisch Ritchie, dachte Völlenklee, immer für das sein, was gegen Deutschland spielte. Er stieg die Stufen hinauf und klopfte gegen die Tür. Alles war aus Holz und gab einen kräftigen Klangkörper ab, sodass es gewaltig dröhnte. Von drinnen kam kein freudiges Hallo, sondern ein elendes Stöhnen. Völlenklee stieß die Tür auf und wusste sofort, was Sache war: Ritchie hatte sich eine Überdosis verpasst oder war an einen irgendwie verunreinigten Stoff geraten und drohte zu kollabieren. Er hechelte lediglich, war leichenblass und nicht mehr ansprechbar. Völlenklee ließ mehrfach seine flache Hand auf Ritchies Wangen klatschen, doch nichts passierte. Was blieb ihm anderes übrig, als 112 anzurufen. Der Rettungswagen kam, und man brachte den Jungen ins gegenüberliegende Urban-Krankenhaus. Völlenklee fuhr mit und erledigte die Formalitäten in der Notaufnahme. Ritchie wurde auf eine Trage mit Rädern gelegt und verschwand hinter einer Glastür. Völlenklee sah offenstehende Türen zu mehreren Untersuchungsräumen und war nahe daran, sich auf eine der Liegen zu werfen und zu rufen. Er könne nicht mehr, man solle ihn hier behalten und zu Ritchie ins Zimmer stecken.

Beide waren sie Verlorene, Ritchie ebenso wie er. Die Gesellschaft war wie eine Fabrik: So gut die Produktion auch lief, Ausschuss gab es immer, und sie beide gehörten zu diesem Ausschuss. Weg damit auf die menschlichen Müllhalden: Die Krankenhäuser, die Pflegeheime, die Gefängnisse, die Irrenanstalten.

Völlenklee riss sich zusammen und rief Ritchies Mutter an. Sabrina Immelborn reagierte recht ungehalten.

»Was ist? Ich sehe gerade Deutschland gegen Portugal.«

»Und ich sehe gerade Ritchie, wie er auf die Intensivstation gebracht wird«, sagte Völlenklee, worauf es eine kleine Pause gab und er fragen musste, ob sie noch dran sei.

»Ja. Wo denn?«

»Das Spiel kann man auch im InfoRadio hören«, sagte Völlenklee.

»Wo denn, habe ich gefragt?«

»Im Urban-Krankenhaus«, antwortete Völlenklee. »Er hat gegenüber im Bauwagen gelebt.«

»Gut. Ich komme.«

»Ich warte in der Notaufnahme.«

Völlenklee setzte sich auf eine Bank und döste vor sich hin. Die depressive Stimmung zog ihn noch weiter runter. Dass Corinna jetzt mit dem Sektglas in der Hand in der Galerie stand und sich mit einer

Schar aufgeblasener Schwätzer amüsierte, ärgerte ihn. »Kultur ist Scheiße!«, murmelte er. Das einzig Wahre im Kosmos waren Zahlen und Formeln, Worte und Bilder waren nur Schrott. Einzig die Musik ließ er gelten. Allerdings nur, solange keiner das Maul aufriss und sang.

Zunächst dämmerte Völlenklee nur vor sich hin, bis er schließlich einschlief. Als Sabrina Immelborn plötzlich vor ihm stand und ihn anfauchte, statt ihm zu danken, erschrak er fürchterlich.

»Dass mein Sohn vor die Hunde geht, das habe ich nur dir zu verdanken!«

Völlenklee hatte Mühe zu realisieren, was da mit ihm geschah. »Wieso? Ohne mich wäre er in seinem Bauwagen krepiert.«

»Ohne dich und deine Kumpane wäre er nie in diesem Bauwagen gelandet!«, schrie sie, riss ihn hoch und beutelte ihn durch.

»Und ohne dich alte Kuh und deinen versoffenen Alten wäre er nie an Drogen geraten!«, brüllte Völlenklee. »Du Miststück!«

Sabrina Immelborn holte aus, um ihm kräftig eine runterzuhauen, doch Völlenklee konnte sich schnell genug ducken, sodass ihre Hand gegen einen Garderobenständer krachte und heftig zu bluten anfing.

Völlenklee ergriff die Flucht und stürmte auf die Straße hinaus. Böller flogen durch die Gegend und explodierten, es war wie zu Silvester. Die Deutschen mussten ein Tor geschossen haben. Ein Blick auf die Uhr zeigte ihm, dass das Spiel noch lange nicht zu Ende war. Demzufolge ließ der Schlüsseldienst noch eine Weile auf sich warten. Völlenklee überlegte nicht lange, sondern nahm Kurs auf Ritchies Bauwagen. Dort konnte er sich einschließen und eine Runde schlafen. Sich irgendwo in eine Kneipe zu setzen und inmitten von lauter Proleten Fußball zu sehen, war nicht sein Ding.

23

Um dem Fußballwahn zu entfliehen, hatte Werner Schwenz eigentlich ins Konzert gehen wollen, doch auf dem Weg in den Kammermusiksaal war sein Husten so stark geworden, dass er es nicht gewagt hatte. Es war eine Horrorvorstellung für ihn, laut losbellen zu müssen, wenn die Sängerin gerade zu einem der schönsten Schumann-Lieder ansetzte. Dann lieber die Karte verfallen lassen. Sich in den Vorraum zu stellen und anderen zuzuflüstern, ob jemand eine Karte bräuchte, widerstrebte ihm. Seit er sich von Bernhard Jöllenbeck getrennt hatte, ging er nur noch allein in die Philharmonie, ins Kino oder ins Theater.

Werner Schwenz war nach einem heftigen Hustenanfall an der Kreuzung Potsdamer, Haupt-, Langenscheidtstraße und Willmanndamm aus dem Bus gestiegen und überquerte nun die Straße, um wieder nach Hause zu fahren. Er litt unter leichter Nachtblindheit und steuerte deswegen abends nur ungern ein Auto. Außerdem hasste er die lange Suche nach einem Parkplatz. Er wohnte in der Clausewitzstraße und damit ganz in der Nähe des U-Bahnhofs Adenauerplatz. Jahrelang war er mit der U-Bahn bis Kleistpark gefahren und dort umgestiegen in den Bus zur Philharmonie, aber heute war er zum S-Bahnhof Charlottenburg gelaufen und von dort zum Innsbrucker Platz gefahren, um auf den Bus der Linie M48 zu warten. Am Kleistpark hatte ihn erneut der Husten gepackt und er war ausgestiegen. Der Grund, die U-Bahn zu meiden, war ein ganz einfacher: Er hätte den Bahnhof Bayerischer Platz passieren müssen – und dazu hatte ihm die Kraft gefehlt. Nur nicht die Stelle sehen, an der Bernhard Jöllenbeck von den Rädern eines einfahrenden Zuges getötet worden war.

Schwenz war immer noch der Ansicht, dass Jöllenbeck von Ritchie auf die Gleise gestoßen worden war. Ritchie erschien allen immer so sanftmütig, dabei konnte er ungemein aggressiv werden, wenn er nicht schnell genug an Drogen herankam. Jöllenbeck hatte sich geweigert, ihm Geld zu geben, da war er ausgerastet. Schwenz verfluchte die Kripo, dass die nicht in der Lage war, Ritchie zu überführen. Schaffte sie es nicht, musste er die Sache in die Hand nehmen. Irgendwie. Und Jöllenbeck rächen.

Der Bus kam nicht, und plötzlich fühlte sich Werner Schwenz getrieben, seine Schwäche zu überwinden und einen Blumenstrauß dort auf den Bahnsteig zu legen, wo Jöllenbeck den Tod gefunden hatte. Dazu eine brennende Kerze. Überall machte man das, wenn Freunde den Tod gefunden hatten. Es war eine ausgefallene Idee, und wahrscheinlich hätte er sie nicht gehabt, wenn sein Fieber nicht gestiegen wäre. So aber kaufte er einem der herumziehenden dunkelhäutigen Händler eine langstielige dunkelrote Rose ab und folgte dem Mann ins nächste Lokal, um den Wirt zu bitten, ihm für einen Euro eine der auf den Tischen stehenden Kerzen zu überlassen. Der staunte zwar, tat ihm augenzwinkernd den Gefallen. Schwenz stieg mit Rose und Kerze in die U-Bahn hinunter.

Bis zum Bayerischen Platz waren es nur zwei Stationen. Er stieg aus und blieb etwa zehn Meter hinter dem Führerstand stehen. Hier musste es geschehen sein. Als der Zug den Bahnhof verlassen hatte, kniete er nieder, legte die Rose auf den Boden und entzündete die Kerze. Mehrere Fahrgäste beobachteten ihn. Keiner sagte etwas.

Mit einem Mal standen zwei Uniformierte vor ihm. Sie trugen Baretts wie schneidige Panzerjäger, waren allerdings jeweils Dick und Doof in einer Person.

»Was soll das?«, fragte der erste Mann von der Security.

»Mein bester Freund ist hier ums Leben gekommen«, antwortete Schwenz.

»Ihr Freund?«, rief der zweite Mann von der Security, und Schwenz sah ihm sein Bedauern an, dass die Zeiten vorüber waren, in denen man Schwule ins KZ gesteckt hatte.

»Ja, er ist hier ermordet worden«, wiederholte Schwenz.

Der Erste stieß die Blume zur Seite und trat die Kerze aus. »Das ist Transportgefährdung! Da stolpern Leute drüber und stürzen auf die Gleise. Nehmen Sie das weg!«

Da kam Hannelore Velkoborski aus ihrem Kiosk gestürzt und schrie die Securitymänner an, dass sie sich was schämen sollten. Sie bückte sich und hob Blume und Kerze auf.

»Kommen Sie, Herr …« Sie zog Schwenz mit in Richtung Kiosk. »Hier bei mir können Sie …

Schön, dass einer so an Herrn Jöllenbeck denkt. Das war ein feiner Mensch. Und ich bin immer noch der Ansicht, dass ihn dieser Junge vor den Zug gestoßen hat.«

24

Nicole Leckscheidt war froh, dass endlich Halbzeit war. Sie selbst interessierte sich kaum für Fußball, hatte dahingegen als Millie Malorny ständig Statements abzugeben, dass sie ›unsere Jungs‹ total verehrte und durch die Bank geil fand. Gleich nachdem ihr Corinna den Erpresserbrief in die Hand gedrückt hatte, war sie zu Steve, ihrem Manager, gefahren, der jedoch viele Gäste zum Deutschland-Spiel eingeladen hatte und erst jetzt Zeit für sie fand. Er wohnte in einem Loft am Spreeufer und war mit ihr ins Schlafzimmer gegangen, wo man ungestört miteinander reden konnte.

Sie reichte ihm den Ausdruck ihrer Krankengeschichte hinüber. »Hast du alles gelesen?«

Steve nickte. »Was meinst du, was mit dir los wäre, wenn du Kunstgeschichte studiert hättest oder Anglistik? Meinst du, du hättest keine Probleme im Museum oder als Lehrerin? Wenn du überhaupt eine Stelle bekommen hättest, was zu bezweifeln ist.«

»Ich wollte Jura studieren und Richterin werden«, wandte sie ein.

»Da wärst du mit Sicherheit auch bei Narsdorf gelandet, aber mit Hartz IV und nicht mit Aussicht auf einen Platz in den Charts und Zehntausenden Euros auf dem Konto.« Er begann das Lied zu singen, von dem er annahm, dass es Millie Malorny endlich ganz weit nach vorne bringen würde. »Siehst du einen Mann, und er blickt dich nicht an – gib nicht auf, du wirst es schaffen! Willst du ein großer Star sein, und die Jury sagt dir: Nein – gib nicht auf, du wirst es schaffen!«

»Ich bin nicht meine Zielgruppe«, sagte sie und schwieg.

Unten auf der Spree zogen Schiffe vorbei, die Leute auf dem Deck schienen allesamt glücklich zu sein. Nur sie war es nicht. Weil sie auf dem falschen Dampfer saß. Mit dem vielen Geld auf dem Konto wurde es zudem nichts, falls sie den Erpressern regelmäßig etwas überweisen musste.

»Du bist nicht deine Zielgruppe«, wiederholte Steve. »Aber deine Zielgruppe kann dir goldene Eier legen. In fünf Jahren hast du so viel Geld beisammen, dass du 20 Semester Jura studieren kannst.«

»Bis dahin bin ich eine Art Prostituierte.«

Steve lachte. »Was du von deinen Verehrern in die Hand nehmen musst, ist nur ihr Kugelschreiber – zum Autogramme schreiben – und nicht ihr Ding.«

»Komm, das ist nicht mein Niveau.«

»Nein, Frau Leckscheidt, ich weiß.«

Sie starrte weiter auf den Fluss hinunter. »Sollen wir nun zahlen oder nicht?«

»Nein, wir zahlen nicht, wir treten die Flucht nach vorne an.«

Nicole Leckscheidt runzelte die Stirn. »Du willst Völlenklee und seine Freundin doch nicht etwa …?«

»Zur Strecke bringen? Klar will ich das. Aber nicht mit dem Messer oder dem Revolver, sondern mit Hilfe unserer Medien.«

»Wie das?«

»Indem ich meine Kontakte nutze. Wir geben es an die Presseagenturen weiter, dass du erpresst wirst, und ich sorge dafür, dass jemand für viel Geld die Exklusivrechte bekommt.«

»Ich will nicht, dass das ausgeschlachtet wird!«, rief Nicole Leckscheidt und zerriss ihre Krankengeschichte.

Steve legte ihr den Arm um die Schultern. »Du kommst auf die Titelseiten von BILD und B. Z., du kommst in den Stern, den SPIEGEL und in zig Talkshows. Das wird der ganz große Durchbruch für dich. Gib nicht auf, du wirst es schaffen!«

Sie machte sich von ihm los und war nahe daran, die Contenance zu verlieren. »Sollen denn alle wissen, dass ich 'ne Macke habe?«

»Ja, sollen sie. Dann werden noch mehr deine Platten kaufen. Denk an Amy Winehouse und an meinen alten Spruch: ›Banal ist schal.‹ Die Medien machen die Leute groß, um sie anschließend auszuschlachten. Elend und Absturz sind immer gut. Jeder kann sich in dich hineinversetzen. Empathie und Mitleid sind immer gut. Wer eine CD von dir oder dein neuestes Album kauft, zeigt den anderen nicht nur, dass er weiß, was gerade angesagt ist, er will dir auch helfen. Wenn er sich mit dir vollkommen identifiziert, dann tut er auch etwas für sich, wenn er dir hilft.«

Nicole Leckscheidt bückte sich, um ihre zerrissene Krankengeschichte wieder aufzuheben und die einzelnen Teile zusammenzusetzen. »Hier: ›… hasst das Publikum, möchte herausschreien, dass sie alle für Idioten hält, die ihr zuhören, und fürchtet, dass ihr Zorn einmal so groß werden könnte, dass sie mit einem Messer auf die einsticht, die ihr zujubeln.‹ Soll das publik werden? Das ist doch tödlich für mich!«

Steve versuchte abzuwiegeln. »Natürlich müssen wir verhindern, dass die ganze Krankengeschichte irgendwo abgedruckt wird. Das schaffen wir nur, indem wir auf den Datenschutz pochen und mit Klagen drohen. Worauf die Journalisten abheben sollen, ist das, was dich sympathisch macht – wie das …« Er bückte sich, um den Rest der zerrissenen Krankengeschichte vom Boden aufzuheben. »Das mit der Borderline-Persönlichkeit kann bleiben, das finden alle interessant, und das hier: ›Mit den durchweg vernichtenden Kritiken der Redakteure kann sie nicht leben und zeigt zunehmend Symptome des Verfolgungswahns. Dinge und Menschen werden ihr unheimlich (»Die Wände in meiner eigenen Wohnung wollen mich fressen!«). Alle tun ihr Unrecht an, sie sieht sich als Opfer.‹ Das klingt gut, und alle werden dich verteidigen.«

Nicole Leckscheidt zögerte weiterhin. »Ich weiß nicht so recht …«

Steve blickte auf die Uhr. »Gleich fängt die zweite Halbzeit an, du musst dich irgendwann entscheiden.«

25

›Siehst du einen Mann, und er blickt dich nicht an – gib nicht auf, du wirst es schaffen! Willst du ein großer Star sein, und die Jury sagt dir: Nein – gib nicht auf, du wirst es schaffen!‹

Justus Tabaschinski fasste sich an den Kopf, als er das hörte. Dennoch zögerte er einen Augenblick, ehe er auf einen anderen Sender umschaltete, denn die Stimme der Sängerin war ungemein erotisch und er hätte gern ihren Namen gewusst. Als der Moderator ihn schließlich nannte, war er enttäuscht: Millie Malorny. Schrecklich und höchstens was für Kids. Er wandte sich wieder seiner Lektüre zu:

›Der Mensch wird durch die Verachtung mehr gerührt, als durch Verabscheuung oder Hass. Verachtung ist für die Menschen am allerunerträglichsten. Wenn ein Mensch gehasset wird, so kann er es doch noch ertragen, weil sich doch noch andere seinetwegen inkommodieren und sich ärgern, wird er aber verachtet; so inkommodiert sich kein Mensch seinetwegen, er ist ihm ganz gleichgültig, und er frägt gar nichts nach ihm.‹

Das war aus Immanuel Kants ›Anthropologie in pragmatischer Hinsicht‹, und Tabaschinski, der Philosophie im fünften Semester studierte, musste über diese Textstelle ein Referat halten. Er überlegte: Stimmt das alles? Er verachtete diese Sängerin – und dennoch wollte er den Namen wissen und war durch ihre Stimme so erregt, dass er wohl Hand an sich gelegt hätte, wäre er zu Hause gewesen, anstatt mit seiner Taxe am Mehringdamm zu stehen. Heute, wo alles Fußball sah, lief das Geschäft noch schlechter als gewöhnlich, aber sein Chef hatte ihn trotzdem auf die Straße geschickt. Nun denn …

Immer wenn Tabaschinski nach einem möglichen Fahrgast Ausschau hielt, stach ihm diese selten dusslige Berlin-Werbung in die Augen: Be Berlin … Es gab da einen Wettbewerb, und er hatte auch schon seine Assoziationen eingeschickt: ›Be Berlin. Be in therapy. Be in the capital of losers.‹ Auf eine Antwort wartete er noch immer.

Endlich bekam er eine Fuhre. Es war ein älteres Ehepaar, das in die Böckhstraße wollte.

Er murmelte etwas vor sich hin, das sehr nach Bibel klang: »Denn es kommt die Stunde, in welcher alle, die in den Gräbern sind, werden seine Stimme hören, und werden hervorgehen, die da Gutes getan haben, zur Auferstehung des Lebens, die aber Übles getan haben …«

Sie gab ihm einen kleinen Katzenkopf. »Hör endlich auf, Johannes, und steig ein!«

Als sie dann endlich hinten in seiner Taxe saßen, erklärte sie Tabaschinski, dass ihr Mann, seit sie im Heiligen Land gewesen waren, am sogenannten Jerusalem-Syndrom zu leiden begonnen habe und nun dabei sei, die ganze Bibel auswendig zu lernen.

»Und da kriegt er von mir, immer wenn er damit anfängt, etwas an den Hinterkopf, damit sich bei ihm im Gehirn wieder alles einpendelt. Sie wissen doch: Kleine Schläge auf den Hinterkopf erhöhen das Denkvermögen.«

Tabaschinski drehte sich nach hinten um. »Sie sind Lehrerin gewesen?«

»Ja, und er Professor am Museum für Völkerkunde.«

Er kicherte und sang dann: »Völker, hört die Sekunde!«, ehe er wieder aus der Bibel zitierte. »Wahrlich, wahrlich, ich sage euch: Wer Sünde tut, der ist der Sünde Knecht.«

Sie hielt ihm den Mund zu. »Hör auf, Johannes, sonst kommst du wieder in die Psychiatrie!«

Tabaschinski grinste. So liebte er sein Berlin: Be Berlin. Be in therapy. Be in the capital of losers. Dass auch seine beiden Fahrgäste zu den Verlierern zählten, lag auf der Hand, denn ein solches Paar wohnte normalerweise in einem Einfamilienhaus in Lichterfelde, Gatow oder Frohnau und nicht in der Böckhstraße.

Er hatte gewendet, war den Mehringdamm ein wenig nach Norden gefahren und an der Amerika-Gedenkbibliothek vorbei zur Blücher- und zur Urbanstraße gekommen. Die fuhr er nun in Richtung Hermannplatz hinunter. Kurz hinter der Baerwaldstraße sah er auf der rechten Straßenseite einen Feuerschein. Zuerst dachte er, dass die deutschen Fans nach einem Tor kräftige Böller angezündet hätten, realisierte aber kurz darauf, dass etwas brannte. Ein Auto, ein Transporter, nein: ein Bauwagen. Er gab Gas und bremste wieder so abrupt, dass seine Fahrgäste aufschrien. Es war ihm egal.

»Rufen Sie die Feuerwehr!«

»Wir haben kein Handy.«

Tabaschinski stand eine Sekunde lang da wie gelähmt. Sollte er erst … Nein! Oder? Schließlich kämpfte er sich durch den Qualm, schnellte zur Tür des Bauwagens hoch und riss an der Klinke. Es war abgeschlossen. »Hallo, ist da noch jemand drin?« Keine Antwort. Er riss sein Handy heraus und rief 112 an. Danach stürzte er zum Kofferraum, um seinen Feuerlöscher zu holen.

Auch Johannes war ausgestiegen und kommentierte das Bild mit einem Satz aus dem 5. Buch Mose: »Denn der Herr, dein Gott, ist ein verzehrendes Feuer und eifriger Gott.«

Seine Frau starrte in Richtung des brennenden Bauwagens, dachte an Sarg und Einäscherung und murmelte: »Na, hoffentlich sorgt dein eifriger Gott dafür, dass du bald kremiert wirst.«

26

Gunnar Schneeganß und Eugen Grätz hingen müde in ihren Drehsesseln. Die langen Fußballabende hinterließen nach und nach ihre Spuren. Ob man nun nach dem Schlusspfiff Wein trank, wie der eine, oder Bier, wie der andere, der Adrenalinspiegel war auch weit nach Mitternacht noch so hoch, dass man nicht einschlafen konnte. Was blieb einem da anderes übrig, als im Büro erst einmal eine Tasse Kaffee nach der anderen zu trinken und zum Warm-up Zeitung zu lesen und das Gelesene zu kommentieren.

»Diese blöden Iren mit ihrem No«, sagte Grätz. »Gleich rausschmeißen aus der EU.«

»Ich esse ab heute keine irische Butter mehr«, merkte Schneeganß an.

»Früher haben wir unsere Butter immer bei Butter-Beck gekauft«, erinnerte sich Grätz. »Aber wenn ich heute den Namen Beck höre, dann ... Wenn der Kanzler werden sollte, wandere ich aus.«

»Bei mir steht Beck ganz oben an«, erklärte Schneeganß.

»Wer – Kurt Beck?«

Schneeganß lachte. »Nein, Martin Beck, unser Kollege in den Krimis von Sjöwall/Wahlöö. Durch den bin ich zur Kripo gekommen. Aber da habe ich ja noch nicht an unseren Beck gedacht, und dass wir uns an dem die Zähne ausgebissen haben.«

Grätz konnte ihm nicht folgen. »Wer ist *unser* Beck?«

»Na, der Jöllenbeck vom U-Bahnhof Bayerischer Platz.«

Grätz wandte sich wieder seiner Zeitung zu und wechselte das Thema. »Haben sie dich schon aus Vancouver angerufen?«

Schneeganß kniff die Augen zusammen. »Wieso denn das?«

»Na, damit du den Kollegen vor Ort helfen kannst.« Grätz las vor, was von den Küsten Kanadas berichtet wurde. »Sechster Fuß angeschwemmt. Der am Strand von Campbell River angespülte rechte Fuß steckte in einem schwarzen Sportschuh für Männer.«

»Der kann nur von einem Fußballer stammen, der mit seiner Mannschaft schon in der Vorrunde ausgeschieden ist«, stellte Grätz fest. »Wahrscheinlich von einem Österreicher, den sie gelyncht haben, weil es kein zweites Cordoba gegeben hat.«

Damit waren sie wieder beim allumfassenden Thema angekommen und diskutierten lange und ausführlich den 3:2-Sieg der Deutschen über Portugal.

»Das 3:2 ist unser Schicksalsergebnis«, stellte Grätz fest. »Siehe das Wunder von Bern.«

»Zwei Gegentore sind aber schlecht«, hielt Schneeganß dagegen. »Am wichtigsten ist doch die Null, die hinten steht.«

»Bei uns in Berlin stehen die Nullen doch alle vorne«, sagte Grätz.

»Du kannst ja zusehen, ob du es schaffst, Ernst Reuter und Willy Brandt wiederauferstehen zu lassen. Besonders mit Ernst Reuter wäre das eine schöne Sache, der war ja auch so ein halber Türke und könnte viel zur Integration von Küçükoglu, Yilmaz und Co. beitragen.«

»Wenn es zum Endspiel Türkei gegen Russland kommen sollte, erschieße ich mich«, erklärte Grätz.

»Dann brauchst du wenigstens nicht mehr auszuwandern«, sagte Schneeganß.

So ging es noch eine Weile hin und her, bis es Zeit geworden war, zur Morgenandacht in den Sitzungsraum zu eilen. Dort hatte ihnen ihr Chef einiges mitzuteilen.

»Zum Fall Jöllenbeck ... Einer der Tatverdächtigen ist ja dieser Richard Immelborn, genannt Ritchie. Auf den ist am vergangenen Abend zwischen 21.30 Uhr und 22 Uhr möglicherweise ein Attentat verübt worden, jedenfalls ist der Bauwagen in der Urbanstraße, in dem er zuletzt gelebt hat, angezündet worden. Ums Leben gekommen ist aber nicht Ritchie, der vorher ins Urban-Krankenhaus eingeliefert worden war, sondern ein Freund von ihm, ein EDV-Spezialist. Der Name ... Leon Völlenklee. Die Identität hat sich schnell anhand seiner Papiere feststellen lassen. Wir haben es hier nicht mit einer total verkohlten Leiche zu tun, sondern der Mann ist an Rauchgasen erstickt und nur leicht angesengt, wenn ich das einmal so sagen darf, von den Feuerwehrleuten aus dem Bauwagen gezogen worden, den Passanten vorher weitgehend gelöscht hatten. Nun wird es interessant, denn gegen diesen Völlenklee und seine Lebensgefährtin, eine Corinna Natschinski, ist gerade Anzeige erstattet worden ... und zwar von einer Popsängerin namens Millie Mal-

orny alias Nicole Leckscheidt. Der Völlenklee und die Natschinski sollen sie erpresst haben. Es muss ihnen gelungen sein, auf die Festplatte eines Psychiaters vorzudringen, eines Dr. Hagen Narsdorf, und mit der ausgedruckten Krankengeschichte sind sie dann bei der Leckscheidt erschienen und haben Geld verlangt. Ich vermute mal, dass sie nicht die Einzige gewesen ist, bei der sie es versucht haben, sodass mehrere Leute einen Grund gehabt haben könnten, Völlenklee aus der Welt zu schaffen. Wir sollten also …«
Er brach ab, da ein Mitarbeiter hereingekommen war und ihm einen Notizzettel auf den Tisch legte. Schnell hatte er ihn überflogen. »Gerade erfahre ich, dass diese Corinna Natschinski auf dem U-Bahnhof Südstern vor einen einfahrenden Zug gesprungen ist beziehungsweise gestoßen worden ist … Man hat sie ins Urban-Krankenhaus gebracht … Über ihren Zustand wissen wir noch nichts. Hm … Die Parallelen zum Fall Jöllenbeck liegen auf der Hand, weshalb ich glaube, dass es das Beste ist, wenn Gunnar Schneeganß und Eugen Grätz da am Ball bleiben.«

*

Das Städtische Krankenhaus Am Urban, eröffnet 1890, war im Pavillonstil errichtet worden, im Zeitraum 1966–1970 hatte man die lieblichen und überschaubaren Gebäude aus gelbem Backstein aber mit einem V-förmigen Hochhaus ergänzt, somit war vom Charme des Alten nicht viel geblieben. Der Eingang befand sich jetzt in der Nähe des Landwehrkanals.

»Ich liebe Krankenhäuser«, sagte Schneeganß, als

sie das Foyer betraten und auf die Auskunft zusteuerten.

Grätz verzog das Gesicht. »Das ist ja pervers. Krankenhäuser heißen so, weil man da erst richtig krank wird, das heißt, sich die Bakterien einfängt, die einen umbringen.«

»Ich bin natürlich nicht gern als Patient hier, sondern als Besucher. Es ist ein herrliches Gefühl, dass man gesund und munter nach Hause gehen kann, während andere hier leiden und sterben.«

Corinna Natschinski lag auf der Chirurgischen Station. Sie fuhren mit dem Aufzug nach oben und fragten die erstbeste Schwester, die ihnen über den Weg lief, ob sie zu ihrer Zielperson ins Zimmer gehen könnten.

»Sind Sie die Eltern?«

Schneeganß nickte. »Ja, ich bin die Mutter, das hier ist der Vater. Nach Corinnas Geburt habe ich mich einer Geschlechtsumwandlung unterzogen, und Eugen hat das akzeptiert.«

Grätz blieb ganz ernst. »Ja, und da ich schon immer schwul war, ist mir das sehr gelegen gekommen.«

»Be Berlin«, fügte Schneeganß hinzu.

»Kommen Sie bitte mit.«

»Ist meine Tochter schwer verletzt?«, fragte Schneeganß so besorgt wie möglich.

»Nur das rechte Handgelenk und eine Rippe ist gebrochen. Dazu kommen Kopfverletzungen und der Schock. Unsere Psychologin hat bereits mit ihr gesprochen.«

»War es ein Sturz oder ist sie vor den Zug gestoßen worden?«, fragte Grätz.

»Sie hat von einem Selbstmordversuch gesprochen.«

»Dann danken wir Ihnen«, sagte Grätz.

Die Schwester öffnete die Tür, um sie eintreten zu lassen. Schneeganß blieb stehen, als er sah, dass noch drei andere Frauen im Zimmer lagen. »Ach, noch etwas ... Wir hätten Frau Natschinski gern allein gesprochen.«

Die Schwester stutzte und wurde misstrauisch. »Sie sind doch nicht die Eltern?«

»Nein. Entschuldigung, wir sind von der Kriminalpolizei.« Schneeganß zeigte seine Marke vor. »Wir ermitteln gegen Frau Natschinski wegen ... Egal, wir möchten sie jedenfalls allein sprechen.«

»Dann müssen wir ihr Bett in ein leeres Zimmer schieben – aber wir haben keines.«

»Stirbt nicht mal einer?«, fragte Grätz.

»Ja, schon, aber ...« Die Schwester hatte immer noch keine rechte Einstellung zu den beiden Beamten gefunden. »Das ist sehr pietätlos. Ich muss erst mal den Oberarzt fragen.«

»Ob einer sterben darf?«, fragte Schneeganß.

»Ob ich Frau Natschinski in ein leeres Zimmer bringen kann.«

Schneeganß fand die Kleine immer süßer und überlegte, mit welchem Leiden er sich ins Urban einliefern lassen konnte, um von ihr verwöhnt zu werden. Sie verschwand und klärte die Sache.

Corinna Natschinski wurde in den Fernsehraum gerollt, wo sie ungestört mit ihr sprechen konnten. Sie sah derart nach Unfallopfer aus, wie man es aus dem Fernsehen kannte, und Schneeganß verspürte fast so etwas wie Langeweile. Auch wusste er nicht wirklich, als was er sie behandeln sollte: Als eine Erpresserin, die möglicherweise Jöllenbeck in den Tod getrieben hatte, oder als eine junge Frau, die gescheitert war und ihr großes Abenteuer fast mit dem Leben bezahlt hätte – wie ihr Freund und Lebensgefährte.

Schneeganß stellte sich vor, danach holte er sich einen Stuhl heran und setzte sich ans Bett. Grätz tat es ihm gleich.

»Sie kennen sich ja aus mit Psychologen, Frau Natschinski«, eröffnete Schneeganß die Partie. »Und wie fangen Therapeuten in der ersten Sitzung immer an? Sie fangen immer an mit den Worten: Erzählen Sie mal … Ja, Frau Natschinski, dann tun Sie das mal bitte.«

»Ich bin Malerin und Bildhauerin«, begann Corinna Natschinski recht kläglich. »Und da hatte Leon die Idee … Also, wo soll ich anfangen …?« Sie schloss die Augen.

»Fangen Sie ruhig bei Leon Völlenklee an. Sie haben zusammengelebt?«

»Ja, in der Dieffenbachstraße, hier gleich nebenan. Leon war bei der CompWorld angestellt, oben in Reinickendorf, hat sich aber immer unterfordert gefühlt. Wie schon in der Schule. Er war ja auch ein genialer Hacker.« Corinna Natschinski suchte nach einem roten Faden. »Ja, und in der Schule, da hat er einen ganz besonders gehasst: den Hagen Narsdorf, der nachher Psychiater geworden ist. Sie hatten sich aus den Augen verloren, dann ist aber ein Klassenkamerad von ihnen ermordet worden, der

Henning Hanke, der Schriftsteller, und so sind sie dann bei der Beerdigung wieder aufeinander getroffen. Leon hat sich als Loser gefühlt, und Narsdorf, Dr. Narsdorf, war der erfolgreiche Arzt mit einer großen Praxis und prominenten Patienten. Ja, weiter ist nicht viel zu erzählen, und das wissen Sie ja auch alles: Dass Leon auf die Festplatte von Narsdorf vorgedrungen ist und wir einige seiner Patienten erpresst haben.«

»Wen denn zum Beispiel?«, fragte Grätz.

»Na ...« Corinna Natschinski nahm die Finger zur Hilfe. »Erstens mal Narsdorf selbst. Zweitens den Bulkowski, den Kugelstoßer. Drittens den Dr. Mägdesprung, den Schönheitschirurgen. Viertens den Fröttstädt, einen Piloten. Und fünftens diese Millie Malorny, diese Sängerin.«

»Und warum waren die erpressbar?«, wollte Schneeganß ganz dringend wissen, weil er befürchtete, dass Dr. Narsdorf über diese Angelegenheit schweigen würde, so wie es das Gesetz vorschrieb, ärztliche Schweigepflicht.

Bei Corinna Natschinski war das etwas anderes, und sie tat ihm den Gefallen, die Gründe aufzuzählen, warum sie alle, von Bulkowski bis zu Millie Malorny, bei Dr. Narsdorf in Behandlung gewesen waren.

Schneeganß fand das alles sehr eindrucksvoll und schrieb es in Stichworten nieder. Auf die Gerichtsverhandlung freute er sich heute schon. Wann wurden die Zuhörer ausgeschlossen? Wann schickten die Richter und die Datenschützer ihn und Grätz zur Gehirnwäsche, damit sie vergaßen, was sie nicht wissen durften?

»Gut«, sagte Schneeganß, als Corinna Natschinski am Ende war. »Und was ist mit Bernhard Jöllenbeck, dem Rechtsanwalt, den haben Sie nicht erpresst?«

Corinna Natschinski wollte den Kopf schütteln, zuckte jedoch bei der ersten kleinen Bewegung zusammen, weil das offenbar mit starken Schmerzen verbunden war. »Nein, den nicht, den hatten wir zwar auf der Liste, weil er auf Jungs scharf war, der war aber dann schon tot, bevor wir Kontakt zu ihm aufnehmen konnten.«

»Hm …«, murmelte Schneeganß, der nicht so ganz überzeugt von dieser Ausage war.

»Und sie haben alle gezahlt?«, fragte Grätz.

»Die beiden Ärzte ja, Fröttstädt und Bulkowski nicht. Bulkowski hat uns einzuschüchtern versucht, und Fröttstädt hat es darauf ankommen lassen. Millie Malorny hat wirklich Anzeige erstattet, wenn ich die Zeitung richtig gelesen habe.«

Grätz nickte. »Ja, hat sie. Von ihr wissen wir auch Ihren Namen.«

Schneeganß schrieb sich auf, was ihm wichtig erschien. »Ja, Frau Natschinski, das war dann sozusagen der Tragödie erster Teil, in groben Zügen jedenfalls, und nun zum zweiten Teil, zum Tod Ihres Lebensgefährten.«

Corinna Natschinski begann zu schluchzen. »Das ist alles so schrecklich! Das hat er nicht verdient, er hat doch keinen umgebracht!«

»Sollen wir Sie einen Augenblick allein lassen?«, fragte Schneeganß.

»Ja, bitte.«

»Gut, ich rufe die Schwester, und wir gehen für eine halbe Stunde in die Cafeteria.«

Dort fanden sie einen freien Tisch in der hinteren Ecke, und Grätz holte für jeden eine Flasche Mineralwasser. Kaffee konnten sie nicht mehr sehen.

»Das ist ja der Albtraum eines jeden Datenschützers«, sagte Schneeganß.

»Dass wir Selterswasser trinken?«, fragte Grätz.

»Nein, dass das passiert, was die beiden da gemacht haben. Menschen in bestimmten Berufsgruppen müssen eben hundertprozentig funktionieren, und wenn herauskommt, dass sie etwas haben, was im DSM steht, sind sie verloren.«

»DSM?« Grätz hatte nie davon gehört und suchte zu erraten, was sich dahinter versteckte. »Das Deutsche Säufer Monatsheft?«

»DSM gleich Diagnostic and Statistical Manual of Mental Disorders, also das Handbuch psychischer Störungen.«

»Ah, danke.« Grätz hob sein Glas und trank.

Schneeganß sah aus dem Fenster. »Der mit der größten psychischen Störung dürfte den Bauwagen angesteckt und Völlenklee umgebracht haben.«

Grätz begann zu philosophieren. »Man müsste das ebenso einfach messen können wie den Alkoholgehalt im Blut. Du pustest in ein Röhrchen, und ich kann dir sofort sagen, wie viel Promille Macke du im Gehirn hast.«

Als sie wieder am Krankenbett von Corinna Natschinski standen, hatte sie sich bereits etwas erholt und wohl auch ein Beruhigungsmittel gespritzt bekommen. Sie wollte auf alle Fälle weiter aussagen.

»Es geht ja schließlich darum, dass der gefasst wird, der Leon aufm Gewissen hat.«

Schneeganß hielt seinen Notizblock bereit. »Erzählen Sie bitte einmal, Frau Natschinski, wie das gestern Abend alles abgelaufen ist.«

»Ja …« Sie atmete tief durch. »Mal sehen, ob ich noch alles rekonstruieren kann … Der Schock … Ich war bei einer Vernissage in der Leibnizstraße. Bloß weg vom Fußball und weg von unserer Sache, der Erpressung also. Aber wen treffe ich bei der Vernissage: den Dr. Narsdorf. Deshalb bin ich schnell wieder los und mit dem Fahrrad nach Hause gefahren. Die Straßen waren leer. In der Dieffenbachstraße bin ich auf einmal nicht in unsere Wohnung gekommen, weil das Schlüsselloch verstopft war. Irgendein Kleber. Ich wusste nicht, wo Leon war, und die Tür ging auch nicht auf. Also habe ich mit dem Handy den Schlüsselnotdienst angerufen. Als der gekommen ist, war auch ein zweiter Schlosser da, und der hat mir erzählt, dass Leon ihn bestellt habe. Ein Klaus Soundso. Nach Schluss des Spiels sollte er da sein. Vorher hat er nicht gekonnt, wegen Deutschland gegen Portugal. Und dieser Klaus hat mir erzählt, dass Leon sich solange bei Ritchie im Bauwagen aufhalten wollte, weil ihm nicht gut war. Nachdem die Wohnungstür geöffnet worden war und ich die Leute bezahlt hatte, bin ich los zum Bauwagen. Da habe ich nur noch rauchende Trümmer vorgefunden, und die Feuerwehrleute haben mir erzählt, dass sie einen Mann gefunden und rüber ins Krankenhaus gebracht haben. Ich hin … Ja, und im Urban haben sie mir gesagt, dass es Leon gewesen ist, der gestorben ist und nicht Ritchie, wie ich angenommen hatte. Da habe ich die Nerven verloren und bin ab zum U-Bahnhof. Das Weitere wissen Sie ja.«

Wieder verließen sie die Kräfte, und der herbeigeeilte Oberarzt setzte Schneeganß und Grätz mit einigen harschen Worten vor die Tür.

Sie gingen wieder in die Cafeteria, diesmal um Mittag zu essen. Als sie fertig waren, schaute Schneeganß auf seine Liste. »Bulkowski, Fröttstädt, Dr. Narsdorf, Dr. Mägdesprung, Millie Malorny – Schrägstrich – Nicole Leckscheidt.«

»Die ja wohl nicht, die hat ja Anzeige erstattet«, wandte Grätz ein.

»Richtig. Kommen aber noch die hinzu, die es vielleicht gar nicht auf Völlenklee abgesehen hatten, sondern auf Ritchie, warum auch immer.«

»Da haben wir nur einen, diesen – wie hieß er?«

Auch Schneeganß musste einen Augenblick überlegen. »Schwenz, wie Schwanz nur mit e. Motiv: Rache für den Tod von Jöllenbeck, in der Annahme, dass Ritchie Jöllenbeck vor die U-Bahn gestoßen hat. Und Schwenz hat ja nicht wissen können, dass Völlenklee statt Ritchie im Bauwagen schläft.«

»Das ist mir zu viel Arbeit«, sagte Grätz. »Die alle abzuklappern. Warten wir erst mal ab, was die Techniker herausfinden. Vielleicht hat auch nur einer einen Knallkörper aus dem Auto geworfen, und der Bauwagen hat Feuer gefangen, oder einer hat ihn angesteckt, weil da die falsche Fahne rausgehangen hat.«

Diese Spekulationen hatten allerdings ein Ende, als Schneeganß' Handy klingelte und die Techniker meldeten, es sei ein Brandbeschleuniger verwendet worden, und zwar ganz gewöhnliches Benzin. Die Tat musste demzufolge geplant gewesen sein.

Schneeganß stand auf. »Also: hopphopp, gehen wir Klinken putzen und fragen die Leute nach ihren Alibis.«

*

Es kam zunächst das Wochenende dazwischen, und erst am Mittwoch, als Deutschland und die Türkei im Halbfinale der Europameisterschaft aufeinandertreffen sollten, waren sie mit ihren Hausbesuchen durch. Schneeganß, der einen sichtlichen Spaß an solchen Protokollen hatte, setzte sich danach an den Computer, um festzuhalten, was die Gespräche mit den Tatverdächtigen 1-6 bis zu dieser Stunde ergeben hatten:

1. Dr. Hagen Narsdorf

Gibt ohne Weiteres zu, dass zwischen ihm und Völlenklee eine ›innige Feindschaft‹ bestanden und er dessen Erpressung als existentielle Bedrohung gesehen habe. Hat kein Alibi für die Tatzeit, will, nachdem er Corinna Natschinski bei der Vernissage in der Leibnizstraße getroffen hatte, ziellos durch die Straßen gestreift sein. Sein Auto sei in der Mommsenstraße geparkt gewesen, er sei aber erst weit nach Ende des Fußballspiels eingestiegen und nach Hause gefahren. Es gibt niemanden, der das bestätigen kann.

Sein Einwand, er wäre ja schön dumm gewesen, Völlenklee und Corinna N. zu töten, weil ja damit alles an die Öffentlichkeit gekommen wäre und er als Hauptverdächtiger dagestanden hätte, ist nicht von der Hand zu weisen, kann aber auch als strategische Finte gesehen werden. Von sich aus erzählt er uns, Bulkowski gebeten zu haben, Völlenklee einzuschüchtern und von der Erpressung abzubringen.

2. Dr. Mägdesprung
Erzählt, dass Corinna Natschinski bei ihm gewesen sei. Er habe willig gezahlt. Die Erpressung sei für ihn ein Schicksalsschlag, ein Unfall gewesen, und dagegen sei man machtlos. Viel mehr habe ihn getroffen, dass der Sohn seiner Lebensgefährtin Sabrina Immelborn, Richard (= Ritchie), in die Sache verwickelt sei. Völlenklee, Corinna Natschinski und Ritchie hätten früher in einer WG zusammengelebt. Was da im Einzelnen geschehen sei, wisse er nicht, da sollten wir Frau Immelborn direkt befragen. Auf die Idee, seine Erpresser zu eliminieren, sei er nie gekommen, weil das seine Probleme nicht gelöst hätte, ganz im Gegenteil. Ein Alibi hat er nicht: Er will allein zu Hause gesessen und das Fußballspiel verfolgt haben.

3. Sören Fröttstädt
Ist bisher nicht zu erreichen gewesen, hat sich aber laut Auskunft seiner Fluggesellschaft zur Tatzeit auf dem Flug Korfu–Berlin Tegel befunden. Dass er jemanden mit dem Anschlag auf den Bauwagen beauftragt haben könnte, das kann wohl ausgeschlossen werden.

4. Maik Bulkowski
Steht der rechten Szene nahe und gilt als sehr impulsiv, kanalisiert seine Aggressionen im Kugelstoßen und Gewichtheben. Gegen ihn sprechen seine Angriffe auf Völlenklee. Augenzeugenberichten zufolge soll er etwa drei Stunden vor dem Brand des Bauwagens in der Dieffenbachstraße auf Völlenklee zugerast und erst kurz vor ihm zum Stehen gekommen sein. Er gibt an, von Dr. Narsdorf dazu gebracht worden zu sein. Mit dem Abfackeln des Bauwagens will er nichts zu tun gehabt haben, hat jedoch kein Alibi zur Tatzeit. Nach der ›Scheinhinrichtung‹ (O-Ton) will er in verschiedenen Lokalen zwischen Südstern und den Yorckstraßenbrücken das Fußballspiel verfolgt haben, kann aber keine genauen Angaben dazu machen. Eine Durchsuchung seines Motorbootes hat Benzin von der Art zutage gebracht, wie es auch in der Urbanstraße als Brandbeschleuniger benutzt worden ist. Further research is needed (es sei denn, wir konzentrieren uns mehr auf die nachfolgenden Tatverdächtigen).

5. Sabrina Immelborn
Sie könnte den Bauwagen aus zweierlei Gründen in Brand gesteckt haben: a) weil er für sie das Symbol des Elends ihres Sohnes gewesen ist und weil sie Ritchies Rückkehr an diese Stätte ein für alle Mal ausschließen wollte und b) weil sie Völlenklee die Schuld für das Abgleiten ihres Sohnes in die Drogenszene gegeben hat und sich an ihm rächen wollte. Im ersten Fall hat sie angenommen, der Wagen sei leer, im zweiten sehr wohl gewusst, dass Völlenklee

dort gelegen hat. Die Frage ist: Hätte sie nicht erst nachsehen müssen, ob der Wagen leer ist, also klopfen müssen? Sie streitet generell ab, das Krankenhaus für längere Zeit verlassen zu haben, sie sei höchstens einmal auf die Straße getreten, um eine Zigarette zu rauchen. Zeugen kann sie nicht angeben. Ihr Alibi ist sehr wacklig. Eine erste Befragung der Krankenschwestern wie der Mitarbeiterin an der Rezeption hat nichts ergeben, auch hier muss weiter nachgeforscht werden.

6. Werner Schwenz
Sein Motiv liegt auf der Hand: Rache für Jöllenbeck, den er einmal sehr geliebt hat und für dessen Tod er Ritchie verantwortlich macht, das auch offen sagt. Dass Eifersucht im Spiel ist und er den Jungen hasst, streitet er nicht ab, behauptet aber, zu einer solchen Tat unfähig zu sein. Dass die Videoaufzeichnung eher für einen Selbstmord Jöllenbecks spricht, will er nicht wahrhaben. Ein Alibi hat er nicht. Er will zur Tatzeit allein vor dem Fernseher gesessen und Deutschland gegen Portugal gesehen haben.

Generell ist zu diskutieren, wie die Tatverdächtigen 1, 2, 4 und 5 erfahren haben, dass sich Völlenklee und nicht Richard Immelborn (Ritchie) zur fraglichen Zeit im Bauwagen aufgehalten hat. Sie streiten das zwar alle ab, aber am wahrscheinlichsten ist, dass sie Völlenklee beim Verlassen seines Wohnhauses beziehungsweise des Urban-Krankenhauses beobachtet haben. Diese Vermutung trifft am ehesten auf Maik Bulkowski und Sabrina Immelborn zu, die sich nachweislich in der Gegend aufgehalten haben. Dr. Mägdesprung könnte von seiner Partnerin gehört haben, dass Völlenklee und ihr Sohn wieder Kontakt miteinander haben und Völlenklee und Corinna Natschinski schon mindestens einmal zu Gast im Bauwagen gewesen sind. Von Relevanz ist auch die Tatsache, dass der Bauwagen abgeschlossen war und der Schlüssel innen in der Tür gesteckt hat.

»Was nun?«, fragte Grätz, als er Schneeganß' Aufzeichnungen durchgelesen hatte.

»Keine Ahnung.« Schneeganß gab nur ungern zu, ratlos zu sein, doch in diesem Falle konnte er nicht anders. »Am besten, wir würfeln, danach wissen wir, wer es war. Früher nannte man so etwas ein Gottesurteil, und der Umstand, dass wir sechs Tatverdächtige haben, ist ein deutlicher Fingerzeig, so zu verfahren. Hast du einen Würfel dabei?«

»Ja, sechs sogar, denn am Freitag ist Spieleabend bei uns zu Hause, und da ist zum ersten Mal auch Kniffel dabei, deshalb habe ich vorhin welche gekauft.«

»Mensch, noch ein Zeichen des Himmels!«, rief Schneeganß. »Los, würfel!«

Grätz kam der Weisung nach. Der Würfel rollte lange aus und zeigte schließlich eine Eins.

»Dr. Narsdorf!«, rief Grätz. »Auf den hätte ich sowieso getippt. Die alte Devise der Linken: Macht kaputt, was euch kaputt macht. Und Völlenklee hat ja sein Leben zerstört.«

»Klingt logisch«, sagte Schneeganß. »Das Duell, das im Klassenzimmer begonnen hatte …«

27

Sein Sohn trabte gerade los, um pünktlich zwei Minuten zu spät in der Schule zu sein, da kam sein Enkel die Treppe hinauf und nahm den freien Platz am Frühstückstisch ein.

»Na, Opa?«, fragte Orlando. »Den gestrigen Fußballabend ohne Herzinfarkt überstanden?«

»Hör auf!«, rief Mannhardt. »Das war ja teilweise so schrecklich, dass man gar nicht hinsehen konnte.«

»Darum ist auch zeitweise das Fernsehbild ausgefallen«, sagte Heike.

»Der Sieg ist alles«, erklärte Orlando.

»Richtig«, sagte Mannhardt. »Der Freddy Sieg.«

»Wer ist Freddy Sieg?« Orlando und Heike kannten ihn beide nicht.

»Gleich ausweisen aus Berlin!« Mannhardt stöhnte anhaltend. »Das ist der, der die beiden Lieder gesungen hat, die für jeden Eingeborenen eine Heilige Kuh sein sollten: ›Zickenschulzes Hochzeit‹ und ›Das Lied von der Krummen Lanke‹: ›Und dann saß ick mit der Emma uff da Banke …‹«

Orlando lachte. »Wie würde mein Opa sagen: Besser Sieg Freddy als Sieg Heil.«

»Können wir nicht auch mal über was anderes reden als über Fußball?«, mahnte Heike.

»Ja, darüber, ob die deutsche Nationalmannschaft nun wegen ihres 3:2-Sieges über die Türken wegen

Beleidigung des Türkentums angeklagt wird«, sagte Orlando.

»Die sollte man lieber wegen Verunglimpfung der Fußballkunst anklagen«, forderte Mannhardt. »Andererseits waren die Slapstickeinlagen unseres Torwarts schon wieder hohe Kunst.«

»Hätten sie lieber schön spielen und 2:3 verlieren sollen?«, fragte Orlando.

»Die Frage ist falsch gestellt, meine Damen und Herren!«, rief Mannhardt im Tonfall eines Redners im Bundestag. »Sie hätten das tun sollen, was meine Partei schon seit Langem fordert: Schön spielen und 3:2 gewinnen.«

»Der Sieg ist alles«, wiederholte Orlando.

»Das merkt euch mal«, sagte Heike.

»Wieso?«, fragte Mannhardt.

»Weil ihr beide im Fall Dr. Narsdorf ja nicht gerade gesiegt habt«, sagte Heike. »Wenn ihr Pech habt, hat der Gute eine Anklage wegen Mordes am Hals.«

Sie kamen nun auf Völlenklee und Ritchie zu sprechen und trugen alles zusammen, was sie in den Zeitungen gelesen und über informelle Kanäle erfahren hatten. Damit brachten sie es auf etwa denselben Wissensstand wie Schneeganß und Grätz.

»Tja, wer hat den Bauwagen vorsätzlich angezündet und Völlenklee getötet? Das ist die große Frage.« Mannhardt sah die beiden anderen an. »Oder ist Völlenklee nur versehentlich Opfer geworden?«

»Einer weiß es ganz bestimmt«, sagte Orlando.

»Oder eine«, fügte Mannhardt hinzu. »Nach allem, was wir herausgefunden haben, käme auch Sabrina Immelborn infrage.«

»Wir müssen sehen, dass wir Narsdorf entlasten«, sagte Orlando. »Sonst muss ich allein Doppel spielen – und das geht wohl schlecht.«

»Wieso?«, fragte Mannhardt. »Nimmst du einen Schläger in die rechte und einen in die linke Hand und spielst abwechselnd mit beiden. Wäre mal etwas, um das Tennis wieder interessanter zu machen, zurzeit ist es nur ein besseres Schlafmittel.«

»Wann sollt ihr bei Narsdorf sein?«, fragte Heike.

»Um halb zehn, vor seinem ersten Patienten.«

»Dann mal ab!« Sie stand auf und drückte den beiden Männern alles in die Hand, was auf dem Tisch zu finden war. »Aber tragt das erst mal in die Küche, damit ihr heute wenigstens ein Erfolgserlebnis habt.«

*

Dr. Narsdorf schreckte davor zurück, zum Eigentlichen zu kommen, und philosophierte erst einmal mit leichter Selbstironie über das gestrige Länderspiel. »Wenn ich etwas zu sagen hätte, wäre die Sache anders gelaufen. Dann hätte ich verfügt, dass das Spiel 2:2 endet und anschließend eine gemischt deutsch-türkische Mannschaft im Endspiel gegen Spanien oder Russland angetreten wäre: sechs Deutsche, fünf Türken.«

»Das hätten die Gralshüter der political correctness bestimmt nicht durchgehen lassen«, wandte Mannhardt ein. »Die denken mit Schrecken daran, wie Sepp Herberger nach dem Anschluss Österreichs auf Befehl Hitlers aus Deutschen und Österreichern eine gemeinsame Mannschaft bilden musste, die dann auch prompt bei der WM 1938 baden gegangen ist.«

»Heute ist es ja eher umgekehrt«, sagte Orlando. »Frau Merkel und Herr Sarkozy sind gegen die Aufnahme der Türkei in die EU. Da würde eine gemeinsame Mannschaft eher verboten werden.«

Mannhardt sah erst auf die Uhr, anschließend zu Dr. Narsdorf hinüber. »Damit Ihre Patienten nicht zu lange warten müssen, sollten wir vielleicht …«

»Und ehe der Schneeganß hier ist, dich zu verhaften«, fügte Orlando hinzu.

»Ich bin wohl der Tatverdächtige Nummer eins?«

Mannhardt zuckte mit den Schultern. »Weiß ich nicht genau, ich glaube schon. Ihr Glück ist vorerst nur, dass die anderen auch handfeste Motive und ebenfalls kein Alibi haben.«

Narsdorf schloss die Augen. »Ach Gott, manchmal glaube ich wirklich, dass ichs getan habe. Mein gleichsam angeborener Hass gegen Leon … Ihm ist es nicht anders ergangen. Hass kettet zwei Menschen ebenso aneinander wie Liebe. Nun fehlt er mir direkt.« Narsdorf begann ›La Paloma‹ zu summen: »›Einmal muss alles vorbei sein …‹« Er kam kaum gegen seine Rührung an. »So simpel dieser Satz ist, er enthält die letzte Wahrheit: Einmal muss alles vorbei sein. Nun ist es vorbei, nun ist unser lebenslanges Duell zu Ende, und verloren haben wir beide: er sein Leben, ich meine Zukunft.«

»Im Augenblick stehst du noch nicht vor Gericht«, sagte Orlando.

»Aber alles wird so kommen, wie es kommen muss.«

»Alles hängt von Ihrem Alibi ab«, sagte Mannhardt. »Lässt sich da nicht doch irgendwo ein Zeuge finden?«

»Wie denn? Ich war nach der Vernissage ein wenig durcheinander und wollte nach Hause laufen«, erklärte Narsdorf. »Nach einer halben Stunde habe ich umgekehrt und mein Auto geholt.«

»Und warum waren Sie ein wenig durcheinander?«, hakte Mannhardt nach.

»Weil ...« Narsdorf zögerte einen Augenblick mit der Antwort. »Weil ich Corinna getroffen habe, Corinna Natschinski, meine Erpresserin. Es ist Wahnsinn, aber ich finde, dass sie eine faszinierende Frau ist.«

Mannhardt, der in früheren Fortbildungsveranstaltungen einiges aus der Psychologie gelernt hatte, lachte. »Wenn Bruno Bettelheim von der Identifikation mit dem Aggressor spricht, dann ist es bei Ihnen die Identifikation mit dem Erpresser – beziehungsweise der Erpresserin.«

»Irgendwie hat sie's mir angetan«, sagte Narsdorf.

»You are my destiny«, sang Orlando.

»Wenn Sie wenigstens mit ihr nach Hause und ins Bett gegangen wären«, sagte Mannhardt. »Dann hätten Sie ein wunderschönes Alibi.«

»Bin ich aber nicht, sie war plötzlich verschwunden.«

»Kein Wunder«, stellte Orlando fest. »Erstens war sie noch mit Leon Völlenklee zusammen und zweitens musste sie naturgemäß Angst vor dir haben, Angst, dass du sie und Völlenklee eliminieren würdest.«

»Was nun?«, fragte Narsdorf. »Am besten, ich schließe meine Praxis, bevor ich in U-Haft komme.«

»Mach das«, sagte Orlando. »Heute ist sowieso großer Ärztestreik in Berlin.«

Narsdorf sah Mannhardt an. »Wie sehen Sie meine Chancen?«

»Die stehen meiner Ansicht nach gar nicht mal so schlecht. Neben Ihnen gibt es unseres Wissens nach drei weitere Tatverdächtige: ihren lieben Maik Bulkowski, den Sie ja selbst auf Völlenklee losgelassen haben, Sabrina Immelborn, die Mutter von Ritchie, und Werner Schwenz, wenn der auch nur indirekt mit Ihnen was zu tun hat. Ihr Kollege Mägdesprung könnte noch hinzukommen, der ist allerdings wohl am ehesten außen vor.«

»Und was soll ich nun machen?«, fragte Narsdorf.

»Nur nicht mit Corinna Natschinski in Verbindung treten«, riet ihm Mannhardt. »Das gäbe nämlich ein besonders überzeugendes Motiv für Sie und man könnte sagen: Er hat Völlenklee eliminiert, um an Corinna heranzukommen.«

28

Dr. Martin Mägdesprung war erstaunt, dass sein Name im Zusammenhang mit dem Mordfall Leon Völlenklee bisher nicht in der Zeitung gestanden hatte, nicht einmal Formulierungen wie ›unter den Tatverdächtigen soll sich auch der bekannte Schönheitschirurg Dr. Martin M. befinden‹ waren zu lesen gewesen. Gegenwärtig funktionierte der Datenschutz, wahrscheinlich hatte man in den Redaktionen zu viel Angst vor einer Klage wegen Rufschädigung. Jedoch, wann brachen die Dämme? Spätestens, wenn Sabrina Immelborn zugab, den Bauwagen angesteckt zu haben, aus welchem Motiv heraus auch immer. Er musste mit ihr reden. Es war kurz vor 17 Uhr, und eigentlich war er zu müde dazu. Den Vormittag über hatte er operiert, allerdings nur Krampfadern, das war weit genug weg von der Kehle, und anschließend hatte er bis eben seine Sprechstunde abgehalten. Als er Termine ausgemacht hatte, war er sich wie ein Betrüger vorgekommen, weil er bis August und September seine Praxis bestimmt längst verkauft hätte – oder er bis dahin in Untersuchungshaft sitzen würde. Nein, realistischer war, dass man ihm die Ausübung seines Berufes verbot, wenn man erfuhr, warum er sich bei Dr. Narsdorf in Behandlung befand. ›Leidet unter der zwanghaften Vorstellung, seinen Patientinnen bei der Operation mit dem Skalpell die Kehle durchschneiden zu müssen.‹ Dass man ihn unter diesen Umständen nicht auf die Menschheit loslassen durfte, lag auf der Hand.

Neben einem starken Kaffee brauchte er Anton Bruckner, um wieder handlungsfähig zu werden. Er ging seine CDs durch und entschied sich für die Achte Sinfonie. Nach einer halben Stunde fühlte er sich kräftig genug, sich in seinen Wagen zu setzen, um nach Zehlendorf zu fahren und mit Sabrina Immelborn zu sprechen. Er fand sie in ihrer Buchhandlung, gerade ins Gespräch mit einer Kundin vertieft, die ihrem Aussehen nach Oberstudienrätin war und selbst schrieb. Solche Frauen kamen nie zu ihm, obwohl sie es am nötigsten gehabt hätten. Er gähnte und wartete. Als ihm der Dialog der beiden zu lange dauerte, ging er die Regale entlang und suchte etwas Passendes für sich. Vielleicht etwas von diesem Henning Hanke, den sie im Wedding ermordet hatten. Doch dessen ›Berliner Blut‹ suchte er bei Sabrina Immelborn vergeblich, Triviales führte sie nicht. Handke ja, Hanke nein. Doch auf den ›Versuch über den geglückten Tag‹ hatte er wenig Lust. Seit diese Corinna Natschinski bei ihm aufgetaucht war, um ihn zu erpressen, hatte es für ihn keine geglückten Tage mehr gegeben.

Endlich schickte Sabrina Immelborn ihre beiden Jungbuchhändlerinnen nach Hause, schloss den Laden und hatte Zeit für ihn. Sie setzten sich hinten ins kleine Büro, das mehr eine Rumpelkammer war, die Wände vollgestellt mit Remittenden und nicht abgeholten Büchern, die Tische übersät mit Rechnungen, Briefen und Flyern aller Art. Sie kochte grünen Tee, zur Beruhigung der Nerven, wie sie meinte.

»Was soll nun werden?«, fragte er.

Sabrina Immelborn griff zu einem Reclamheft, auf dessen in orange gehaltenen Deckel er las: ›Hartmann von Aue, Der arme Heinrich‹. Sie zitierte drei Zeilen: »›man giht, er sî sîn selbes bote / und erlœse sich dâ mite, / swer vür des andern schulde bite.‹«

»Schön, dein Mittelhochdeutsch. Wenn du das bitte übersetzen würdest …«

»Man sagt, wer für die Schuld des anderen bete, / sei sein eigener Bote / und erlöse sich damit selbst.«

Mägdesprung nickte. »Gut, dann bete du für meine Schuld.«

Sie fixierte ihn. »Wenn ich die mal kennen würde. Ich weiß ja nicht einmal, womit Völlenklee dich erpressen wollte.«

Er schaffte es, ihr in die Augen zu sehen, als er sagte: »Datenschutz.«

Sabrina Immelborn stieß einen Laut des Unmuts aus. »Komm, damit kann man jede ehrliche Diskussion unterdrücken. Wenn du nicht mal zu mir Vertrauen hast, dann …«

Mägdesprung starrte auf den Schreibtisch. »Es ist etwas, das Frauen nicht gerne hören …«

»Und deswegen warst du bei Dr. Narsdorf in Behandlung?«

»Ja.«

»Und wenn es an die Öffentlichkeit dringt, kann es dir das Genick brechen?«, fragte sie.

Mägdesprung gab sich leicht genervt. »Ja, was denn sonst!«

»Hast du mit deinen Patientinnen immer was angefangen?«

Er lachte. »Das wäre ja genau das andere Ende des Kontinuums gewesen.«

»Hast du sie umbringen wollen?«

»Ja, ihnen die Kehle durchschneiden wollen!«, brach es aus ihm heraus. »Ein dunkler Drang aus dem Unbewussten.«

Sabrina Immelborn zuckte unwillkürlich zusammen und rollte mit ihrem Drehsessel ein Stückchen nach hinten. »Gott, du Armer!«

»Du sagst es. Wenn das an die Öffentlichkeit dringt, bin ich erledigt, das ist wie ein Berufsverbot.«

»Weiß dieser Schneeganß, warum du …?«

Mägdesprung nickte. »Ja, sicher. Narsdorf wird geschwiegen haben, allerdings hat es ihm diese Corinna mit Sicherheit gesagt.«

»Aber die Kripo darf es nicht nach draußen geben«, sagte Sabrina Immelborn.

Er winkte ab. »Ach, da gibt es immer eine undichte Stelle. Wie auch immer, das ist erst einmal nur das eine, das andere ist, dass ich für Schneeganß einer der Tatverdächtigen bin. Es sei denn, du entlastest mich.«

Sabrina Immelborn wich ihm aus. »Ich bin doch nicht von Völlenklee erpresst worden.«

Mägdesprung fixierte sie. »Aber du hast ihn gehasst, weil du ihm die Schuld an Ritchies Elend gegeben hast.«

»Ja, aber deswegen einen umbringen? Na, hör mal!«

Er versuchte weiter, sie in die Enge zu treiben. »Da gibt es immerhin noch eine zweite Möglichkeit: Du hast den Bauwagen angesteckt, um deinen Sohn daran zu hindern, wieder in sein altes Leben zurückzukehren. Ohne zu wissen, dass Völlenklee drin liegt und schläft. Alles bei dir hat sich auf diesen Bauwagen fokussiert.«

Sabrina Immelborn sprang auf, verlor jede Contenance und schrie los. »Ja, und als Ritchie so dagelegen hat, fast wie ein Toter, da habe ich es nicht mehr aushalten können und bin runter zu meinem Wagen gelaufen, habe mir den kleinen Reservekanister genommen und bin zur Urbanstraße, zum Bauwagen …«

29

Gunnar Schneeganß und Eugen Grätz kamen im Mordfall Völlenklee nicht weiter und konnten nur auf zweierlei hoffen: Auf den Kommissar Zufall und darauf, dass einer der Tatverdächtigen einen Fehler machte oder die Nerven verlor. Deshalb war vorerst Warten angesagt. Dabei half ihnen die Fußball-EM. An diesem Morgen galt es, das Spiel Spanien gegen Russland zu kommentieren, das die Iberer 3:0 gewonnen hatten und damit ins Endspiel gegen Deutschland eingezogen waren.

»Das war wirklich Fußball vom Feinsten«, sagte Schneeganß. »Gegen die haben wir im Endspiel keine Chance.«

Grätz kam ihm mit einer der alten Weisheiten: »Jede Mannschaft spielt immer nur so gut, wie es der Gegner zulässt.«

»Den Deutschen wird mangels Klasse gar nichts anderes übrig bleiben, als die Spanier gewähren zu lassen«, sagte Schneeganß.

»Na, wenigstens wird ein EU-Staat Europameister«, freute sich Grätz. »Und nicht die Russen oder die Türken. Serbien wäre noch schlimmer gewesen.«

Schneeganß grinste. »Oder England.«

In diesem Augenblick klopfte es an der Tür, und auf ihr »Herein bitte!« erschien ein älteres Ehepaar, das ihnen in den nächsten Minuten viel Freude bereiten sollte und das Einschalten einer Comedy-Serie ersparte.

»Sind wir hier richtig?«, fragte sie.

»Kommt darauf an, was Sie suchen«, sagte Schneeganß.

»Na, sicherlich nicht die Käsetheke des KaDeWe, junger Mann«, gab sie zurück. »Hier ist doch die Mordkommission, die den Fall Völlenklee bearbeitet?«

»So ist es.«

»Na, also!«, rief sie. Ihr Mann strahlte und zitierte aus dem 9. Kapitel des 1. Buch Moses: »Auch will ich eures Leibes Blut rächen … und will des Menschen Leben rächen … Wer Menschenblut vergießt, des Blut soll durch Menschen vergossen werden.«

Schneeganß stöhnte leise auf. »Wenn Sie einen Antrag auf Wiedereinführung der Todesstrafe stellen wollen, da sind Sie hier falsch.«

»Wir sind wegen des Herrn Völlenklee hier«, sagte sie.

»Wenn Sie sich bitte einmal vorstellen würden«, bat Grätz. »Es ist ja nicht so wie beim Fußball, dass wir alle unsere Namen auf dem Rücken tragen.«

»Mein Name ist Dorothea Otto, ich bin pensionierte Lehrerin. Dies ist mein Mann Johannes Otto. Er ist Professor für Völkerkunde.«

»Nehmen Sie bitte Platz.« Schneeganß rückte ihnen zwei Stühle zurecht.

Prof. Dr. Johannes Otto setzte sich und wiederholte bedeutungsschwer einen seiner Lieblingssätze: »Denn der Herr, dein Gott, ist ein verzehrendes Feuer und eifriger Gott.«

»Sie sind wegen dem Bauwagen hier?«, wollte sich Grätz vergewissern.

»Wegen des Bauwagens«, wurde er von Frau Otto verbessert.

»Meinetwegen auch wegen des Bauwagens.«

Johannes Otto kicherte und sagte mit Blick auf seine Frau: »Mein Kind, verwirf die Zucht des Herrn nicht und sei nicht ungeduldig über seine Strafe.«

Schneeganß verlor dennoch ein wenig die Geduld und bat die beiden, zur Sache zu kommen. »Sie sind wegen des Brandes des Bauwagens in der Urbanstraße zu uns gekommen?«

»Ja«, antwortete Dorothea Otto. »An Ort und Stelle hat uns ja niemand beachtet. Daraufhin sind wir in die nächste Taxe eingestiegen, weil mein Mann mit seiner schwachen Blase …«

»Dorothea, ich bitte dich!«, rief Johannes Otto und kam ihr diesmal nicht mit der Bibel, sondern dem Grundgesetz: »Die Würde des Menschen ist unantastbar.«

»Also gut«, Dorothea Otto nahm einen neuen Anlauf. »Wir sind am Freitagabend am Mehringdamm in eine Taxe gestiegen, um zu uns nach Hause in die Böckhstraße zu fahren. Als es die Urbanstraße entlanggeht, entdeckt unser Taxifahrer auf Höhe des Nachbarschaftshauses den brennenden Bauwagen, springt hinaus, sucht die Flammen zu löschen und ruft, als ihm dies nicht gelingen will, die Feuerwehr.«

Schneeganß nickte. »Ja, die Aussage des Taxifahrers haben wir bereits protokolliert.« Er erinnerte sich auch an dessen variierte Berlin-Werbung: Be Berlin. Be in therapy. Be in the capital of losers.

»Allerdings hat er das, was ich gesehen habe, nicht gesehen«, fuhr Johannes Otto fort. »Nämlich die Frau auf der anderen Straßenseite, wo sich das Gelände des Urban-Krankenhauses befindet.«

»Und was war mit dieser Frau?«, fragte Schneeganß.

»Die hielt einen kleinen Benzinkanister in der Hand.«

»Das ist ja interessant!«, rief Grätz. »Und – können Sie die Frau beschreiben?«

»Nicht nur das.« Wieder kicherte Johannes Otto etwas debil, was ihm einen kleinen Schlag seiner Frau auf den Hinterkopf einbrachte. Er nahm es gelassen hin, kam jedoch nicht umhin, den 19. Psalm zu zitieren: »Wer kann merken, wie oft er fehlet? Verzeihe mir die verborgenen Fehler!«

»Was ist denn nun mit dieser Frau?«, wollte Schneeganß wissen.

»Das war die Buchhändlerin, von der sich unser Institut alle Neuerscheinungen unseres Faches zur Ansicht kommen lässt. Immelborn ihr Name, Sabrina Immelborn.«

*

Da man von ihrem Büro in der Keithstraße mit den öffentlichen Verkehrsmitteln nur mit mehrmaligem Umsteigen nach Zehlendorf kam, waren sie zur Fahrbereitschaft gegangen und hatten sich einen Dienstwagen besorgt. Große Navigationskünste waren nicht vonnöten, denn nachdem sie die Joachimsthaler Straße erreicht hatten, ging es – mit einem leichten Knick am Walther-Schreiber-Platz – eigentlich immer nur geradeaus, jedoch nervten die unzähligen Ampeln auf der Bundesallee, der Schloßstraße und der Straße Unter den Eichen gewaltig. Grätz erregte sich zudem darüber, dass auch am Vormittag so viele Leute unterwegs waren.

»Können die denn alle nicht mit ihrem Arsch zu Hause bleiben?«

»Die werden schon was Wichtiges zu erledigen haben«, sagte Schneeganß. »Bei diesen Benzinpreisen fährt keiner zum Vergnügen spazieren.«

Grätz hatte sich fotokopiert, was Schneeganß zum Verdacht gegen Sabrina Immelborn zu Papier gebracht hatte, und zitierte die im Augenblick wichtigste Passage: ›Sie streitet aber generell ab, das Krankenhaus für längere Zeit verlassen zu haben, sie sei höchstens einmal auf die Straße getreten, um eine Zigarette zu rauchen.‹

»Da hat sie wohl gelogen«, sagte Schneeganß. »Ein Stückchen zu laufen ist es vom Haupteingang am Landwehrkanal bis zur Urbanstraße ja doch.«

»Und wer raucht eine Zigarette, wenn er einen Benzinkanister in der Hand hat«, fügte Grätz hinzu.

»Wenn das mal wirklich so gewesen ist«, sagte Schneeganß.

»Wie meinst du das?«, fragte Grätz.

»Ich meine das im Hinblick auf unsere beiden Augenzeugen, den Johannes und die Dorothea. Wenn ich mir die beiden vor Gericht vorstelle, er mit seinen Bibelzitaten, und sie haut ihm andauernd auf den Kopf …«

»Was sollten die beiden für ein Interesse daran haben, die Immelborn fälschlicherweise zu beschuldigen?«, fragte Grätz.

»Eigentlich keines, aber wer weiß. Vielleicht hat der Herr Professor ein Buch geschrieben, und sie hat es nicht im Regal stehen gehabt. Das ist nun die Rache.«

Sowie sie die Buchhandlung betraten, bekannte Grätz, eine phobische Abneigung gegen Bücher zu haben. »Schade, dass das wegen unserer Nazivergangenheit nicht zu machen ist, doch wenn es nach mir ginge: Alle auf einen Haufen werfen und anzünden!«

Eine alte Dame fuhr herum und zischte, er solle sich was schämen.

Der ältere Herr neben ihr dagegen lachte und meinte, etwas gegen das Lesen zu haben, stünde in der Tradition Arthur Schopenhauers, und stützte dies mit einem Zitat aus dem handschriftlichen Nachlass des Philosophen: »›Lesen ist ein bloßes Surrogat des eigenen Denkens. (…) … wer sehr viel und fast den ganzen Tag liest, (…) die Fähigkeit, selbst zu denken, allmälig verliert … Solches aber ist der Fall sehr vieler Gelehrten: sie haben sich dumm gelesen.‹«

»Eine wunderbare Formulierung«, sagte Schneeganß. »Sich dumm lesen.« In seinem Umkreis gab es in der Tat viele selbst ernannte Intellektuelle, die so viel lasen, dass sie nicht mehr zum eigenen Denken kamen, und lediglich das nachplapperten, was andere zu Papier gebracht hatten.

Allerdings blieb zu weiteren Reflexionen keine Zeit mehr, da Sabrina Immelborn nahte und fragte, ob sie ihnen helfen könne.

»Was denn, Sie erkennen uns nicht mehr wieder?«, fragte Grätz.

»Doch, natürlich, aber Sie sind sicherlich hier, um Bücher zu kaufen, und wenn nicht, besprechen wir das andere lieber bei mir hinten im Büro.« Dort angekommen, schickte sie ihre Praktikantin nach draußen und bot den Beamten die beiden verfügbaren Stühle an. Sie selbst blieb stehen.

»Sind Ihnen seit unserem letzten Gespräch neue Erkenntnisse gekommen?«, fragte Schneeganß.

»Nein. Haben Sie den Täter?«

»Das nicht, aber eine Aussage zweier Fahrgäste, die in der Taxe gesessen haben, in der der Fahrer gesessen hat, der ...« Schneeganß merkte, dass er dabei war, einen fürchterlichen Satz zu bilden, und stockte.

Grätz kam ihm zu Hilfe. »Also, der Fahrer springt raus, um den brennenden Bauwagen zu löschen, da sehen die beiden auf der anderen Seite der Straße eine Frau mit einem Benzinkanister stehen.«

»Ja, und?«, fragte Sabrina Immelborn.

»Das nenne ich Chuzpe!«, rief Schneeganß. »Denn diese Frau, das waren Sie.«

Sabrina Immelborn verlor die Contenance und rief: »Sie können mich mal!«, und stürzte aus ihrem Büro.

Schneeganß und Grätz blieben seelenruhig sitzen. Alles, was Sabrina Immelborn in diesem Moment tat, sprach gegen sie und war hilfreich, sie zu überführen.

Nach einer halben Minute war sie zurück und bereit, mit sich reden zu lassen. »Okay, ich gebe zu, die Absicht gehabt zu haben, den Bauwagen in Brand zu stecken, um zu verhindern, dass Ritchie in sein altes Leben zurückkehrt, aber als ich in der Urbanstraße angekommen bin, da hat der Bauwagen schon gebrannt.«

»Eine schöne Märchenstunde«, sagte Eugen Grätz.

Schneeganß erhob sich. »Ja, Frau Immelborn, da liegt wohl eine Menge Arbeit vor uns. Ich schlage vor, dass Sie uns erst einmal begleiten.«

»Soll das heißen, dass ich festgenommen bin?«

»Das werden wir am Ende dieses Tages entscheiden. Wir fahren zuerst einmal in die Urbanstraße, und Sie sind so nett, uns zu zeigen, wie alles abgelaufen ist, damit wir uns ein besseres Bild von allem machen können.«

»Darf ich noch mal auf die Toilette?«, fragte sie.

»Ja, aber …« Schneeganß zögerte. Sie konnte aus dem Fenster springen und fliehen, sie konnte sich die Pulsadern aufschneiden, und dann gab es in der Öffentlichkeit wieder großes Theater. Andererseits konnte es kein besseres Geständnis geben. Schließlich ließ er sie gehen.

»Ich würde 1.000 Euro drauf wetten, dass sie es war«, sagte Grätz, als Sabrina Immelborn in der kleinen Toilette der Buchhandlung verschwunden war.

Schneeganß lachte. »Ich sogar 2.000. Bis zum Feierabend haben wir ihr Geständnis.«

30

Auch Hansjürgen Mannhardt war wegen des Spiels Spanien gegen Russland spät ins Bett gekommen, hatte jedoch als Pensionär die Chance, sich nach dem Mittagessen wieder ins Bett zu legen und noch eine Runde zu schlafen, als sein Sohn sich auf den Weg zu einem Freund machte und die Gefährtin seines Lebens sich ins Auto setzte, um zu einer Recherche nach Potsdam zu fahren. So ließ sich das Leben ertragen und er genoss es. Wahrscheinlich hätte er bis zur Kaffeezeit geschlafen, wenn nicht gegen 3 Uhr an seiner Wohnungstür geklingelt worden wäre. Wütend fuhr er hoch und eilte zur Gegensprechanlage. Sicher wieder einer, der in den Hausflur wollte, um Werbung in den Briefkasten zu werfen, oder der Bote von Hermes, der fragte, ob er ein Paket für Arschikowskis annehmen könne, die seien nicht zu Hause. Nein sagen konnte er nicht, allerdings er gab sich alle Mühe, sein »Ja, bitte?« so unfreundlich wie möglich klingen zu lassen, damit die Herren es beim nächsten Mal woanders versuchten.

»Nein, danke!«, kam es zurück. »Wenn einer so miese Laune hat …«

»Wer ist denn da?«

»Ein naher Verwandter.«

»Mensch, Orlando!« Erst jetzt hatte er den Enkel erkannt und drückte auf den Knopf, der dafür sorgte, dass sich unten die Haustür öffnen ließ. Schnell zog er sich einen Bademantel über und strich sich die verbliebenen Haare aus der Stirn.

Orlando staunte wegen des Bademantels. »Was denn: Trainierst du für dein Comeback als Boxer?«

»Nein, sie drehen einen Film über Bubi Scholz, und ich soll die Hauptrolle kriegen.«

»Was denn, du hast doch deine Frau gar nicht erschossen?«

»Aber vielleicht ersticke ich auch einmal wie er, wenn ich im Altersheim sitze und eine Schrippe esse.«

»Besser, als im Bauwagen kremiert zu werden«, sagte Orlando. »Ach, was sind wir wieder makaber heute!«

Mannhardt schloss die Tür hinter seinem Enkel. »Was führt dich zu mir, sprich?«

»Wir wollten zu Ritchie ins Krankenhaus fahren. Du hast mich selbst angerufen.«

Mannhardt schlug sich mit der flachen Hand gegen die Stirn. »Mensch, mein Kurzzeitgedächtnis! Klar, wollten wir. Ich weiß nämlich aus für gewöhnlich gut unterrichteten Kreisen, wie das immer heißt, dass die Kollegen Schneeganß und Grätz bei Sabrina Immelborn waren und sie mitgenommen haben. Ob sie bereits ein Geständnis abgelegt hat, weiß ich nicht, aber es wäre interessant zu hören, was ihr Sohn dazu sagt.«

Orlando grinste. »Dir geht es nur darum, besser zu sein als dein Nachfolger und nachzuweisen, dass sie es nicht gewesen sein kann.«

Mannhardt klatschte in die Hände. »Bravo, der Kandidat hat 100 Punkte! Setz dich ins Zimmer und nimm dir was zu lesen, ich zieh mich nur schnell an. In zehn Minuten können wir los.«

Nun gehörte es nicht gerade zu den letzten großen Abenteuern der Menschheit, am frühen Nachmittag mit dem Auto von Tegel nach Kreuzberg ins Urban-Krankenhaus zu kommen, war jedoch anstrengend genug, um tüchtig zu fluchen und das Ganze eine Schnapsidee zu nennen. Endlich saßen sie mit Ritchie im Besucherzimmer seiner Station. Er wusste, dass sie seine Mutter zur Vernehmung mitgenommen hatten.

»Und?«, begann Orlando. »Meinst du, dass sie den Bauwagen wirklich angesteckt hat?«

Ritchie konnte nicht mehr blasser werden, als er war, und presste die Hände vors Gesicht, um seine Augäpfel zu kneten. »Kann sein, schließlich habe ich damals, als sich mein Vater ihretwegen aufgehängt hat, ihr Bücherlager in Brand gesteckt. Was sie gemacht hat, war wohl die Rache, und nun sind wir quitt.«

»Möglicherweise hat sie es auch getan, damit du nicht mehr dorthin zurückkannst«, gab Orlando zu bedenken. »In dein altes Leben.«

»Kann sein, kann nicht sein«, sagte Ritchie.

»Das wären immerhin zwei Motive«, murmelte Mannhardt.

»Wenn sie es nicht wirklich auf Völlenklee abgesehen hatte«, sagte Orlando. »a) weil sie Mägdesprungs Erpresser eliminieren wollte, und b) weil sie ihm die Schuld an deinem Absacken gegeben hat.«

»Kann sein, kann nicht sein«, wiederholte Ritchie, der sehr schnell müde wurde.

Ehe er völlig wegtrat, stellte Mannhardt rasch die entscheidende Frage: »Hast du ihr gesagt, dass Völlenklee bei dir im Bauwagen steckt?«

Ritchie zuckte mit den Schultern und flüchtete sich zum dritten Mal hintereinander in sein »Kann sein, kann nicht sein.«

Mannhardt blieb geduldig. »Versuch dich bitte daran zu erinnern, wie es gewesen ist, als Völlenklee dich im Bauwagen gefunden hat.«

»Da war ich völlig weggetreten, ich bin erst im Krankenhaus wieder zu mir gekommen. Leon und meine Mutter haben sich nicht bei mir am Bett getroffen, sondern irgendwo draußen, weiß ich, wo. Als sie reingekommen ist, hat ihre rechte Hand stark geblutet. Sie hat Leon eine runterhauen wollen und ist dabei gegen einen Garderobenständer gekommen.«

»Demnach müssen sie sich heftig gestritten haben«, hielt Mannhardt fest.

»Ja, klar.«

Orlando überlegte. »Da wird er ihr bestimmt nicht gesagt haben, dass er nicht in seine Wohnung kommt, weil da sein Schloss verkleistert ist, sondern solange in Ritchies Wohnwagen wartet, bis das Fußballspiel zu Ende ist und der Schlosser endlich auftaucht.«

»Nein, das halte ich auch für ausgeschlossen«, sagte Mannhardt. »Also war es, wenn sie den Bauwagen wirklich angesteckt haben sollte, eine Art Unfall, ein Unglücksfall, und kein Mord.«

»Das mit dem Mord glaube ich auch nicht«, sagte Ritchie. »Damals, als wir alle in der WG gelebt haben, hat sie sich immer auf Corinna eingeschossen und nicht so sehr auf Leon.«

»Corinna«, wiederholte Mannhardt, und erschrak über sich selbst, weil er Sekunden brauchte, bis ihm wieder einfiel, wer Corinna war und welche Rolle sie bei den Erpressungen gespielt hatte. Um sie wieder voll in sein Programm zurückzuholen, sagte er etwas, das in dieser Situation eigentlich gar nicht gesagt werden musste. »Corinna war auf der Vernissage und hat dort Dr. Narsdorf getroffen, und der hat irgendwie Gefallen an ihr gefunden.«

Orlando lachte. »Klar, und um von Völlenklee loszukommen, hat sie Ritchies Bauwagen in Brand gesteckt.«

»Corinna kann doch gar nicht gewusst haben, dass Leon Ritchie gefunden und ins Urban gebracht hat«, sagte Mannhardt.

Orlando sah seinen Großvater kopfschüttelnd an und spielte den höheren Beamten. »Herr Mannhardt, die Prüfungskommission muss Ihnen leider mitteilen, dass Sie die Prüfung zum Kommissar außer Dienst leider nicht bestanden haben.«

»Danke.« Mannhardt fühlte sich ein wenig gekränkt und sah Ritchie an. »Wie war das Verhältnis zwischen Völlenklee und Corinna?«

Ritchie zuckte mit den Schultern. »Puuuh! So etwa wie das zwischen meinem Vater und meiner Mutter.«

»Was soll das heißen?«, fragte Orlando.

Wieder reagierte Ritchie mit einem Laut der Ratlosigkeit. »Ich glaube, sie hat immer von ihm loskommen wollen, das aber nie geschafft.«

Mannhardt schmunzelte. »Es heißt ja auch, um Émile Durkheim zu zitieren: ›Das Verbrechen eint die aufrechten Gemüter‹. Darum haben sie vielleicht mit ihren Erpressungen angefangen.«

»Völlenklee ist tot, und Corinna wird für ein bis zwei Jahre im Gefängnis sitzen«, sagte Orlando. »Was es so für Erpressung geben wird.«

Mannhardt erhob sich. »Dann wäre ja alles klar: Sabrina Immelborn hat den Bauwagen angezündet, nicht ahnend, dass Leon Völlenklee dort drin liegt und schläft. Corinna Natschinski kommt wegen der Erpressungen auf die Anklagebank. Lass uns zu Narsdorf fahren und ihm sagen, dass er aufatmen kann.«

Sie verabschiedeten sich von Richard Immelborn und machten sich auf den Weg in die Schloßstraße zu Dr. Narsdorf. Bei den vielen Ampeln und kleineren Staus an jeder größeren Kreuzung hatten sie Zeit genug, alles erneut durchzugehen.

»Bliebe nur noch einer abzuhaken«, sagte Orlando, der am Steuer saß. »Jöllenbeck.«

Mannhardt winkte ab. »Das ist ein separater Fall.«

Orlando lachte. »Wenn das ein Kriminalroman wäre, dann müsste er derjenige sein, der Völlenklee umgebracht hat.« Mannhardt fasste sich an die Stirn. »Er war doch schon längst tot, als der Bauwagen in Flammen aufgegangen ist!«

»Eben darum wäre das doch ein Gag.« Orlando warf ihm vor, keine Kriminalromane zu lesen.

»Das tut kaum ein echter Kriminalkommissar«, sagte Mannhardt. »Irgendwie ist das alles albern.«

»Finde ich nicht«, hielt Orlando dagegen. »Seid den Schreibern dankbar, dass sie euren Beruf so glorifizieren.«

»Okay.« Mannhardt schwieg und konzentrierte sich lieber darauf, den Anblick sommerlich bekleideter Schönheiten zu genießen, die es auf den Berliner Bürgersteigen reichlich gab. Jedoch arbeitete es in seinem Gehirn irgendwie automatisch weiter, ohne dass er es bemerkte, und als sie am neu eröffneten S-Bahnhof Julius-Leber-Brücke vorbeikamen, schrie er plötzlich: »Du!«

Orlando zuckte unwillkürlich zusammen. »Ja, was ist?«

»Es könnte doch einer gewusst haben, dass Völlenklee im Bauwagen steckt.«

»Der Verfassungsschutz?«, fragte Orlando.

»Quatsch! Corinna Natschinski.«

»Wieso kommst du darauf? Die war doch auf der Vernissage?«

»Ja, und Völlenklee hat sie bestimmt per Handy angerufen«, erklärte ihm Mannhardt, »um ihr zu sagen, dass das Schlüsselloch verstopft sei, er nicht in die Wohnung käme und zu Ritchie in den Bauwagen gehen würde, bis der Schlüsseldienst kommt.«

»Deine Fantasie möchte ich haben«, sagte Orlando.

»Ohne Fantasie hast du als Mordkommissar keine Chance.«

»Wie willst du Corinna Natschinski nachweisen, dass Völlenklee Sie angerufen hat?«, fragte Orlando.

So viel Naivität hätte Mannhardt bei einem jungen

Menschen nie vermutet, und darum verdrehte er die Augen. »Mensch, das wird doch alles aufgezeichnet, und ich brauche mich nur mit der Telefongesellschaft von Völlenklee in Verbindung zu setzen.«

»Du bist nicht mehr im Dienst«, sagte Orlando.

»Nein, aber ich habe noch genügend Freundinnen und Freunde, die im Dienst sind, und die werden mir den kleinen Gefallen mit Sicherheit tun. Und wenn nicht, bleibt mir immer noch Schneeganß selbst, den wir sowieso informieren müssen.«

*

Am nächsten Vormittag standen Mannhardt und Orlando bei Corinna Natschinski im Atelier. Sie arbeitete gerade an einem Bild, bei dem schauerliche Rottöne dominierten. Ein Mann, den sie als Zecke dargestellt hatte, war dabei, eine Frau auszusaugen. Sie bestand nur noch aus Haut und Knochen, während er so dick war, dass er jeden Augenblick zu platzen drohte. Er war schwarz gekleidet, sie ganz in Weiß.

»Das ist aus meinem Borderline-Zyklus«, erklärte sie den beiden. »Der Titel: ›ganz und gar‹. Eine Borderline-Persönlichkeit funktioniert ja manchmal wie ein Parasit, das heißt, sie zerstört auf Dauer den Menschen, an den sie sich klammert.«

Mannhardt nickte. »Ich verstehe: Sie hatten Angst, dass Völlenklee sie schließlich zerstören würde, so sehr, wie er sich an Sie geklammert hatte?«

Corinna Natschinski hörte auf, die Augen ihrer Frau zu skizzieren und starrte ihn an. »Wie meinen Sie das?«

Mannhardt lächelte. »So wie ich es sage: Sie waren es, die den Bauwagen in der Urbanstraße angesteckt hat.«

Corinna Natschinski reagierte mit einem Wutanfall und zeigte mit Pinsel und Palette zur Tür. »Raus hier!«

»Ja, und Sie gehen dann selbst zu Herrn Schneeganß und legen ein Geständnis ab.«

»Ich habe kein Geständnis abzulegen, was soll der Unsinn?«, rief Corinna Natschinski. »Ich war währenddessen bei der Vernissage in der Leibnizstraße.«

»Und da hat Völlenklee Sie per Handy angerufen und Ihnen erzählt, dass Ihr Schloss an der Wohnungstür verstopft ist und er in der Zwischenzeit in den Bauwagen geht, bis das Fußballspiel zu Ende ist und der Schlüsseldienst kommt.«

»Mich hat keiner angerufen!«

»Doch.« Mannhardt wurde immer ruhiger. »Bei Völlenklees Telefongesellschaft ist das alles festgehalten, das können Sie nicht leugnen.«

»Und wenn«, sagte Corinna Natschinski. »Dieser Anruf ist noch lange kein Beweis dafür, dass ich Leon getötet habe. Und außerdem: Ich hätte doch damit rechnen müssen, dass auch Ritchie im Wagen ist. Dass er im Krankenhaus war, davon hatte ich ja keine Ahnung, wie denn auch?«

Mannhardt lachte. »Ganz einfach: Sie werden vorher durchs Fenster geguckt haben oder durch einen Spalt in der Tür, so ein altes Ding hat schließlich überall Löcher.«

»Ich soll Leon ermordet haben?«, rief Corinna

Natschinski. »Das ist absurd! Im Gegenteil, sein Tod hat mich so erschüttert, dass ich mich vor die U-Bahn geworfen habe.«

»Man kann sich so geschickt vor den Zug werfen, dass einem nichts passiert«, hielt Orlando dagegen. »Auf jedem U-Bahnhof stehen die Tafeln, wo der Fahrer halten muss. Und wenn man am Südstern an der Stelle auf die Gleise springt, wo die Sechs zu sehen ist, kann einem nicht viel passieren, da der Fahrer mit einem Sechswagenzug garantiert vor einem anhält und man mit ein paar Schrammen davonkommt.«

»Das ist doch alles absurd!«, rief Corinna Natschinski.

»Logisch, denn Berlin ist nun mal Absurdistan«, sagte Mannhardt. »Sie können sich die Sache ja noch mal durch den Kopf gehen lassen. Heute ist Sonnabend, ich werde erst am Montagnachmittag zu Schneeganß gehen und mit ihm reden, und wenn Sie es früher tun, haben Sie die besseren Chancen auf ein mildes Urteil.«

31

An diesem Montagmorgen trug ganz Deutschland Trauer, und überall ging es um die 0:1-Niederlage der deutschen Fußballer gegen die stolzen Spanier, folglich auch in den Räumen der Mordkommission.

»So kann sich unsere Nationalmannschaft wenigstens richtig wohl fühlen, wenn sie heute Nachmittag auf die Berliner Fanmeile kommt«, sagte Schneeganß. »Wir sind die Hauptstadt der Verlierer.«

»Gott, war das ein kümmerliches Spiel!«, stöhnte Grätz. »Schade, dass wir nicht …« Er brach ab und sah sich erst einmal um, ob niemand hinten im Raum war.

»Was?«, hakte Schneeganß nach.

»Bei Karl May, da haben die Übeltäter im Osmanischen Reich immer die Bastonade bekommen. Kann ich mir auch heute gut vorstellen: Alle Spieler 20 Peitschenhiebe auf die nackten Fußsohlen – und der Löw sogar 30.«

»Nicht auf die Fußsohlen«, sagte Schneeganß. »Das sind doch ihre edelsten Teile, und sie fallen für die ersten Bundesligaspiele aus.«

Grätz war längst nicht am Ende. »Und wenn sie mich so überschätzen würden wie diesen Ballack, wäre ich schon lange Präsident des BKA.«

Schneeganß nickte. »Mein Vater hat immer gesagt: ›Und ist der Zirkus noch so klein, einer muss der August sein‹. Wie beim deutschen Fußball: ›Und ist das Talent auch noch so klein, einer muss der Weltstar sein‹. Aber das brauchen wir für unsere nationale Identität, und die Vereine, der DFB, die Fernsehanstalten, die Presse und all die Rechteverwerter brauchen es, damit Geld in die Kasse kommt.«

»Und der Löw ist der größte Heini!«, wetterte Grätz. »Lehmann und Metzelder ohne Spielpraxis, die lässt er auftreten! Und was die für 'n Mist gemacht haben! Dafür schickt er Markus Marin, das einzige Genie, das wir haben, noch vor dem ersten Anpfiff nach Hause.«

Schneeganß summte den Abba-Song ›Thank you for the music‹. »War doch amüsant alles, und man hatte drei Wochen lang prima Unterhaltung. Was willst du mehr?«

»Ich will, dass wir Europameister werden!«, rief Grätz.

»Ich will, dass wir endlich herausfinden, ob die Immelborn wirklich den Völlenklee kremiert hat, und was mit diesem Jöllenbeck war«, sagte Schneeganß. »In zwei Wochen fliege ich in den Urlaub, und da will ich das alles aus dem Kopf draußen haben.« Er kramte in seinen Papieren herum. »Hatten wir nicht bei den Jugendämtern nachgefragt, dass die sich mal im Hinblick auf den U-Bahnhof Bayerischer Platz umhören sollen, wer sich mit Jöllenbeck gestritten haben könnte?«

Grätz nickte. »Ja, hatten wir. Aufgrund der Aussage der Frau da im Kiosk, derzufolge ein Junge mit schlabbernden Hosen auf Jöllenbeck losging und es eine Rangelei gegeben hat.«

»Bisher hat sich keiner gemeldet?«

»Nein«, antwortete Grätz. »Ich sage ja: Wenn es nicht dieser Ritchie gewesen ist.«

»Ja, im Auftrag von Völlenklee, um Jöllenbeck weich zu kochen. Wäre die schönste Lösung für uns.« Schneeganß erhob sich. »Darum: Auf zu Mägdesprung und Ritchie befragt.«

Sie machten sich auf den Weg in die Villenkolonie Grunewald. Richard Immelborn war am Morgen aus dem Urban-Krankenhaus entlassen worden und wohnte vorübergehend bei Dr. Mägdesprung, war demzufolge irgendwie unter ärztlicher Kontrolle.

Als sie in der Wernerstraße am Gartentor standen und klingelten, passierte zunächst gar nichts. Sie kannten das. Meist hatten die Leute noch schnell etwas beiseite zu schaffen. Endlich kam das »Ja, bitte?«.

Schneeganß winkte in die Überwachungskamera. »Wie Sie sehen, sind wir es: Schneeganß und Grätz, die Mordkommission.«

»Treten Sie ein.«

»Was denn?«, fragte Grätz.

»Bitte!«, mahnte Schneeganß.

Mägdesprung kam ihnen auf dem Weg durch den Garten entgegen, begrüßte sie mit sensiblem Händedruck und sagte, dass er mit ihrem Kommen fest gerechnet habe. »Doch sicher wegen Sabrina?«

»Nein, eigentlich nicht«, antwortete Schneeganß. »Frau Immelborn bleibt weiter in U-Haft, morgen wird der Richter neu entscheiden. Wir warten stündlich auf ihr Geständnis. Das können wir vorerst abhaken. Nein, heute sind wir wegen Ritchie hier, da der Fall Jöllenbeck noch immer nicht abgeschlossen ist.«

»Ich weiß«, sagte Dr. Mägdesprung, »und eventuell kann ich Ihnen da weiterhelfen. Ritchie hat im Moment einen Freund zu Besuch, der überraschend bei uns aufgetaucht ist und von sich aus angefangen hat, über Jöllenbeck zu reden.«

Dieser Freund hieß Norman Meier und sah aus, wie all die jungen Männer aussahen, die in der Berliner U-Bahn unterwegs waren und die Fahrgäste nervten: ›Entschuldigen Sie die Störung. Ich bin seit zwei Jahren obdachlos und verdiene mir meinen Lebensunterhalt mit dem Verkauf des »Straßenfegers«« …‹ Norman Mailer wäre besser als Norman Meier, dachte Schneeganß, aber nun …

Mägdesprung rief die beiden jungen Männer, die in der oberen Etage steckten, man ließ sich zu fünft auf der Terrasse nieder. In einer Ecke stand der Fernseher. Es wurde gerade eine Talkshow wiederholt, und in diesem Moment wurde Millie Malorny interviewt. Sie erzählte, wie und weshalb sie erpresst worden war, und dass das Ganze sie einen entscheidenden Schritt voran gebracht habe. Jetzt würde sie die, von denen sie angebetet wurde, schätzen und lieben. Daraufhin sang sie: ›Siehst du einen Mann, und er blickt dich nicht an – gib nicht auf, du wirst es schaffen! Willst du ein großer Star sein, und die Jury sagt dir: Nein – gib nicht auf, du wirst es schaffen!‹ Von der Straße her sah die Runde der Fünf vor dem Fernseher wie ein fröhliches Familientreffen aus, allerdings war es das mitnichten. Schneeganß hoffte, dass Ritchie im Verlaufe ihrer Vernehmung ein Geständnis ablegen würde: Ja, ich habe Bernhard Jöllenbeck vor den Zug gestoßen. Wenn Sabrina Immelborn danach nachzog, hatten die Boulevardblätter etwas zu feiern: Das Mördergen – Mutter und Sohn haben je einen Menschen auf dem Gewissen. Indes, es sollte anders kommen.

Als Erster ergriff Dr. Mägdesprung das Wort. »Nachdem Sabrina ja möglicherweise eine Weile ausfällt, habe ich beschlossen, mich um Ritchie zu kümmern, zumal ich im Augenblick nicht operiere. Und da habe ich mich erst einmal um ein Alibi bemüht, um ein Alibi, was Jöllenbeck betrifft.«

Schneeganß konnte gerade noch vermeiden, süffisant zu lächeln und den Schönheitschirurgen zu fragen, was er dafür bezahlt habe, aber er schaffte es, sich auf eine vergleichsweise neutrale Bemerkung zu beschränken: »Da bin ich ja wirklich mal gespannt.«.

»Ritchie war zu dieser Zeit im Volkspark Hasenheide, um sich neuen Stoff zu beschaffen, und ist dabei in eine Razzia geraten. Es ist alles protokolliert. Sie können es gerne überprüfen, wenn Sie bitte diese Nummer anrufen wollen.« Er hielt Schneeganß einen Notizzettel hin.

»Danke«, sagte Schneeganß und konnte eine gewisse Enttäuschung nicht verbergen. »Das hat Zeit.«

»Und ick war et ooch nich«, sagte Norman Meier. »Aba ick war der, der zuletzt mit Bernie jequatscht hat.«

Grätz erinnerte sich an die Aussage der Frau im Kiosk. »Da will jemand eine Rangelei zwischen Ihnen und Bernhard Jöllenbeck beobachtet haben?«

Norman Meier lachte. »Wat heißt Rangelei! Bernie hatte 'n Schein inne Hand, 20 Euro, und die wollt ick ihm abnehm. Die hatta mir dann ooch jejehm, und ick bin ab.«

»Und wollen nicht mehr mitbekommen haben, dass Jöllenbeck vom Zug erfasst worden ist?«, fragte Schneeganß.

»Doch, als ick schon am Ausjang war ... Da bin ick dann in Panik weg.«

Schneeganß schwieg. Die Aussage des jungen Mannes war nicht zu widerlegen, und damit konnte man die Akte Bernhard Jöllenbeck schließen und auf das letzte Blatt schreiben, dass es sich zweifelsfrei um einen Suizid gehandelt habe. Schön, es hatte eine Rangelei gegeben und die Frau im Kiosk hatte eine andere Version, aber das Land Berlin war arm und man hatte weder Zeit noch Geld, jedem Wenn und Aber nachzugehen, und die Devise war: Lasst die Toten ruhen.

*

Corinna Natschinski hatte sich zu Dr. Narsdorf geflüchtet. Seine Vormittagssprechstunde war zu Ende, und er hatte eigentlich die Mittagspause nutzen wollen, um zum Tennisplatz zu fahren und ein bis zwei Sätze mit Orlando zu spielen.

»Ich wollte zu Ihnen in die Therapie.«

Narsdorf lachte bitter. »Jetzt, wo ich dabei bin, hier alles abzuwickeln ...«

»Es tut mir leid«, hauchte sie. »Aber ich brauche jemanden, der mir hilft.«

»Ausgerechnet ich!«

»Ja, ich spüre, dass Sie …«

Narsdorf stand auf und trat ans Fenster. Er hielt es nicht aus, ihr ins Gesicht zu sehen. ›Und führe mich nicht in Versuchung‹. Sie war die Versuchung. You are my destiny. Es geschah mit ihm, und er kam nicht dagegen an. Es war Zwang, ein Kitzel, ein Reiz, eine übermächtige Lust.

»Ich bin nicht nur wegen der Erpressung hier«, begann Corinna Natschinski.

Narsdorf drehte sich wieder um und setzte sich auf den Stuhl ihr gegenüber. »Sondern?«

»Wegen Leon.«

»Der ist tot. Das ist alles tragisch, ich weiß. Er hat einen hohen Preis bezahlen müssen. Nehmen wir es wie einen Unfall, denn wie hätte Sabrina Immelborn ahnen können, dass er …«

»Es war kein Unfall«, sagte Corinna Natschinski.

»Was dann?«

»Mord.«

Narsdorf konnte ihr nicht folgen. »Hat Sabrina Immelborn doch gewusst, dass Völlenklee …?«

»Nein, ich habe es gewusst. Leon hat mich angerufen und mir gesagt, dass er in den Bauwagen geht, bis der Schlosser kommt.«

»Daraufhin haben Sie es Sabrina Immelborn gesagt?«

Corinna Natschinski schüttelte den Kopf und starrte auf ihre Finger. »Nein, ich war es, ich habe den Bauwagen angesteckt.«

Narsdorf fuhr zurück. »Um Leon Völlenklee zu töten?«

»Ja. Ich kann es mir nicht erklären. Aber ich musste ihn loswerden, er hat mich ausgesaugt wie ein Vampir, er wäre mein Tod gewesen, ich konnte nicht anders. Und es war, wie dieser Mannhardt gesagt hat: Ich habe tatsächlich vorher durch eine Lücke im Vorhang in den Bauwagen gespäht und gesehen, dass Leon allein drin war.« Sie stand auf und taumelte. »Helfen Sie mir!«

Narsdorf kam um den Tisch herum und fing sie auf. »Du bist arm dran, ich weiß.«

*

Schneeganß und Grätz saßen im Büro und hatten viel Mühe damit, ihr Mittagessen zu verdauen. Diesmal hatten sie die Kantine verschmäht und auf dem Rückweg von Mägdesprung in einem argentinischen Steakhaus gegessen. Das rächte sich. Jedoch hatten sie im Augenblick ohnehin nicht viel zu tun, weil der Fall Jöllenbeck abgeschlossen war, und was Völlenklee betraf, konnten sie nichts anderes tun, als zu warten, bis sich Sabrina Immelborn endlich bequemte, ein Geständnis abzulegen.

Um sich die Zeit zu vertreiben, nahm sich Schneeganß ein Blatt Papier und schrieb alles auf, was ihm zur Werbung ›Be Berlin‹ einfiel. Der Senat hatte einen schönen Preis für den besten Spruch ausgesetzt, und den wollte er gewinnen.

»Be Berlin. Be bescheuert. Wie findest du das?«

Grätz verzog das Gesicht. »Und da fehlt doch auch noch die dritte Zeile.«

»Sag bloß!« Schneeganß überlegte weiter. »Be Berlin. Be bescheuert. Be bi.«

»Nicht schlecht«, urteilte Grätz. »Besser finde ich immer noch, was der Taxifahrer hatte: Be Berlin. Be in therapy. Be in the capital of losers.«

»Wir beide sind doch keine Verlierer!«, rief Schneeganß.

Und damit sollte er recht behalten, da wenig später Corinna Natschinski und Dr. Narsdorf vor seinem Schreibtisch standen.

»Frau Natschinski möchte ein Geständnis ablegen«, sagte der Psychiater.

32

Mannhardt kam von der Geburtstagsfeier seiner alten Kollegin Yaiza Teetzmann und wollte noch einmal die Toilette aufsuchen, ehe er das Polizeirevier verließ und wieder nach Hause fuhr. Überall spielten sie Weihnachtslieder, er aber hatte Hans Albers und ›La Paloma‹ im Ohr: ›Einmal muss es vorbei sein.‹ Für ihn war es vorbei ... Dass er langsam alt wurde, merkte er auch daran, dass er spätestens alle zwei Stunden Harn lassen musste, andernfalls drohte Dranginkontinenz. Heike spottete bereits, dass bald die ersten Windeln fällig sein würden.

Der Zufall macht vor keinem Halt, sagte er immer, und so trat Gunnar Schneeganß neben ihn ans Pinkelbecken. Man begrüßte sich kollegial und heuchelte Freude, aber als Schneeganß dann pro forma fragte, ob Mannhardt nicht auf eine Tasse Kaffee mitkommen wolle, sagte er nicht nein. Bis Silvio aus der Schule kam, hatte er gute drei Stunden Zeit. Auch Eugen Grätz war gerade nicht im Einsatz, und so konnten sie eine Weile plaudern. Nachdem sie darüber geredet hatten, wer bei ihnen im Beritt mit wem ins Bett ging und befördert beziehungsweise nicht befördert worden war, kamen sie auch auf das zu sprechen, was sie im letzten Sommer gemeinsam erlebt hatten.

»Was ist denn aus denen geworden, die der Völlenklee und seine Mörderin damals erpresst haben?«, fragte Schneeganß. »Deine Frau hat doch da recherchiert ...«

»Heike, ja.« Mannhardt überlegte, und es dauerte einen Augenblick, bis er alles beisammen hatte. »Na, die Sabrina Immelborn ist bei einem Verkehrsunfall in der Nähe von Jüterbog ums Leben gekommen. Daraufhin hat Ritchie die Buchhandlung seiner Mutter übernommen, und Dr. Mägdesprung ist zur Entwicklungshilfe gegangen und arbeitet als Arzt in Malawi.«

»Und der andere Arzt, der Narsdorf?«, fragte Schneeganß.

»Der hat eine Professur für Psychiatrie an irgendeiner süddeutschen Uni bekommen, ist jedoch regelmäßig in Berlin, um sich um Corinna Natschinski zu kümmern. Die hat acht Jahre bekommen und sitzt in Plötzensee, aber das wisst ihr selbst.«

»Er soll die Gutachter ganz schön bearbeitet haben«, sagte Grätz. »Von wegen Unzurechnungsfähigkeit. Borderline und Schizophrenie sind das Mindeste gewesen, worunter sie gelitten haben soll.«

»Wie auch immer«, fuhr Mannhardt fort. »Er will sie heiraten.«

Schneeganß lachte. »Und dann fliegen sie mit Fröttstädt in die Flitterwochen.«

»Fröttstädt fliegt nicht mehr, der verkauft jetzt Flugreisen: bei seinem Bruder im Reisebüro.«

»Und dieser Bulkowski?«, fragte Grätz.

»Der arbeitet als Trainer in China«, antwortete Mannhardt.

Schneeganß nahm den Faden auf. »Bleibt noch Millie Malorny – und die ist die große Ikone der Generation Doof geworden. Freude, schöner Götterfunken!«

»Vergessen wir nicht, dass Leon Völlenklee auf dem Friedhof an der Bergmannstraße liegt«, sagte Mannhardt. »Er war schließlich der Protagonist des Ganzen, der Auslöser.«

»Und was lernen wir daraus?«, fragte Grätz.

»Nichts«, antwortete Schneeganß. »Was sollen wir auch lernen? Wir wissen doch schon lange, dass jede Tat unzählige Folgen hat, für die einen gute, für die anderen schlechte. Alles hängt mit allem zusammen, und so kommt gesellschaftliche Dynamik zustande.«

»Das lass mal nicht die hören, die an Prädestination und ein göttliches Drehbuch glauben«, sagte Mannhardt.

So plauderten sie noch ein Weilchen, dann klingelte bei Schneeganß das Telefon. Er nahm ab und lauschte. »Wie …? Der Mann, der den Schriftsteller Henning Hanke im Döner-Imbiss erschossen hat, der hat eine Familie als Geiseln genommen und sich in einer Wohnung im Wedding verschanzt, in der Türkenstraße … Ja, hinter dem war ich her. Roland Neuhäuser heißt er, ja. Gut, ich komme.«

Schneeganß und Grätz machten sich auf den Weg. Mannhardt fuhr mit, weil die Türkenstraße auf halbem Weg nach Tegel lag und er nachher in Rehberge in die U-Bahn steigen konnte.

Unterwegs informierte Schneeganß ihn. »Dieser Roland Neuhäuser ist ein völlig durchgeknallter Vegetarier. Er hat sich vorgenommen, alle auszurotten, die Tiere morden und Fleisch essen, besonders das Zeug an den Döner-Spießen.«

Als sie in der Türkenstraße angekommen waren, bot sich ihnen das altvertraute Bild: Alles war abgesperrt, hinter einem Fenster im Parterre war ein hagerer Mann zu erkennen, der mit einer Pistole herumfuchtelte, ein Psychologe versuchte, mit ihm ins Gespräch zu kommen, hinter Lieferwagen lauerten die Männer vom SEK. Der Geiselnehmer war klug genug, sich immer so zu bewegen, dass er den Psychologen als Schutzschild vor sich hatte.

Eine Stunde verging. Es war, als hätte ein Regisseur »Freeze!« gerufen. Der Mann war nicht dazu zu bewegen, aufzugeben, auch wagte er sich nicht aus seiner Deckung hervor und bot den SEK-Beamten keinerlei Chance zum Eingreifen.

Mannhardt sah auf die Uhr. Er musste langsam nach Hause, denn Silvio hatte um 14.15 Uhr Schulschluss. Und Hunger hatte er auch. Er stellte sich vor, eine warme Blutwurst auf dem Teller liegen zu haben … Mensch, das war es!

»Weißt du, wie du den Mann aus der Reserve locken kannst?«, fragte er Schneeganß.

»Nee, leider nicht.«

»Du ziehst dir eine kugelsichere Weste an, kaufst dir eine dicke, fette Blutwurst, stellst dich vor Neuhäusers Fenster und verzehrst sie mit sichtbarem Hochgenuss. Da wird der wahnsinnig werden, wenn er das sieht, und aus seiner Festung herauskommen, um dich abzuknallen. Und dann habt ihr ihn. Blutwurst ist das Schlimmste für einen Vegetarier.«

Dies wurde mit der Einsatzleitung diskutiert und dann gewagt. Und es glückte.

Mannhardt musste sich nun per Handy eine Taxe rufen, um noch rechtzeitig zu Hause zu sein, und erzählte dem Fahrer, was er eben erlebt hatte.

Der lachte. »Ja, was sage ich immer: Be Berlin. Be in therapy. Be in the capital of losers.«

Mannhardt schüttelte den Kopf. »Ich sehe mich nicht als Verlierer.«

»Im Kampf mit Alter und Tod sind wir alle Verlierer«, sagte der Taxifahrer.

ENDE

Weitere Krimis finden Sie auf den folgenden Seiten und im Internet:
www.gmeiner-verlag.de

HORST BOSETZKY

Unterm Kirschbaum

230 Seiten, Paperback.
ISBN 978-3-8392-1025-3.

AUF FONTANES SPUREN Hans-Jürgen Mannhardt, pensionierter Kommissar und nebenamtlicher Dozent, besucht mit seinen Studenten die Justizvollzugsanstalt Berlin-Tegel. Dort wird er von dem ehemaligen Profi-Fußballer Karsten Klütz angesprochen, der wegen Mordes zu einer langen Haftstrafe verurteilt ist. Klütz behauptet unschuldig zu sein.

Mannhardt und sein Enkel Orlando machen sich auf die Suche nach der Wahrheit. Der Fall liegt zehn Jahre zurück und die Beweise waren erdrückend, doch dann liefert ihnen ausgerechnet Fontanes Roman »Unterm Birnbaum« einen entscheidenden Hinweis …

BERNWARD SCHNEIDER

Spittelmarkt

372 Seiten, Paperback.
ISBN 978-3-8392-1099-4.

PHARAONENKINDER Berlin im Herbst 1932. Der Anwalt Eugen Goltz reist im Auftrag des Bankiers Philipp Arnheim nach New York, um die Scheidung von dessen amerikanischer Ehefrau Florence zu regeln. Dort erfährt er von einem mysteriösen »Pharao«, dem Oberhaupt einer okkulten Geheimgesellschaft in Berlin, die mit der nationalsozialistischen Bewegung in Verbindung zu stehen scheint. Kurz darauf kommt Florence Arnheim auf rätselhafte Weise ums Leben.

Goltz kehrt nach Berlin zurück. Angewidert und fasziniert zugleich nähert er sich dem Geheimbund und macht eine furchtbare Entdeckung …

GMEINER

Wir machen's spannend

FRANZISKA STEINHAUER
Gurkensaat

420 Seiten, Paperback.
ISBN 978-3-8392-1100-7.

UNTER WÖLFEN Ein nebliger Novemberabend in der Lausitz. Kommissar Peter Nachtigall wird in das Herrenhaus der Unternehmerfamilie Gieselke gerufen. Maurice, der sechsjährige Enkel des Spreewälder »Gurkenkönig« und Hobbyjägers Olaf Gieselke, liegt tot im Arbeitszimmer – erschossen mit einem Gewehr aus dem Arsenal des Großvaters.

Am nächsten Tag wird eine weitere Leiche entdeckt. Es handelt sich um den Naturschutzaktivisten Wolfgang Maul, der sich für die Wiederansiedlung von Wölfen in der Lausitz eingesetzt hatte.

Nachtigall beginnt sich durch ein Gestrüpp aus Hass, Neid und dunklen Geheimnissen zu kämpfen …

BEATE BAUM
Weltverloren

276 Seiten, Paperback.
ISBN 978-3-8392-1077-2.

ALLES VERLOREN Winter in Dresden. Journalistin Kirsten Bertram liegt im Krankenhaus. Dort lernt sie Marianne »Ännchen« Kulka kennen, die von der Familie Erich Kästners abstammt und einer freikirchlichen Gemeinde angehört. Als Ännchen aus der Klinik entlassen wird, beschließt sie ihr Leben radikal zu ändern. Sie schließt sich einer Initiative an, die im Namen Kästners den Ausbau der Königsbrücker Straße in der Dresdner Neustadt verhindern will. Doch dann wird ein Praktikant des Erich Kästner Museums ermordet und Ännchen ist die Hauptverdächtige. Kirsten ist hingegen von ihrer Unschuld überzeugt und beginnt auf eigene Faust zu ermitteln …

GMEINER

Wir machen's spannend

STEFAN KELLER

Kölner Kreuzigung

278 Seiten, Paperback.
ISBN 978-3-8392-1078-9.

TAG DER KREUZIGUNG Hoch über der Stadt, auf einem alten Schutthügel des 2. Weltkriegs, steht ein roh gezimmertes Holzkreuz. Langsam steigt die Sonne über den Türmen des Kölner Doms empor. Doch der Mann am Kreuz sieht die Sonne nicht mehr. Er ist tot.

Privatdetektiv Marius Sandmann reagiert geschockt auf den Tod seines Chefs Gunther Brock. Offenbar hat der Mord mit ihrem neuen Fall zu tun, den sie kurz zuvor übernommen hatten: Die beiden Detektive sollten ein verschollenes Gemälde aus dem 15. Jahrhundert wiederfinden. Eine Kreuzigung, angeblich gemalt auf einem Stück vom Kreuz Jesu Christi …

FRIEDERIKE SCHMÖE

Wieweitdugehst

227 Seiten, Paperback.
ISBN 978-3-8392-1098-7.

WIESN-MORDE Auf dem Münchner Oktoberfest wird ein 14-jähriger Junge in der Geisterbahn ermordet. Ghostwriterin und »Wiesn-Muffel« Kea Laverde begleitet ihren Freund Nero Keller, Hauptkommissar im LKA, bei den Ermittlungen. Dabei trifft sie auf Neta, die beruflich Kranken und Trauernden Geschichten erzählt, um deren Schmerz zu lindern. Als auf Neta ein Mordanschlag verübt wird, versucht Kea den Hintergründen auf die Spur zu kommen. Sie stößt auf einen Sumpf aus Gier, Lügen und unerfüllter Liebe …

GMEINER

Wir machen's spannend